杜甫诗

全鉴

〔唐〕杜甫◎著

东篱子◎解译

中国纺织出版社有限公司

国家一级出版社
全国百佳图书出版单位

U0734411

内 容 提 要

杜甫，字子美，号少陵野老，又号杜陵野客、杜陵布衣，唐朝现实主义诗人。杜甫被后人称为"诗圣"，与"诗仙"李白并称"李杜"。其诗被誉为"诗史"，诗风浑朴沉郁。著有《杜工部集》，含诗18卷、文2卷。本书精选杜甫近300首诗作，包含题解、原文、注释及译文，对生僻难解字加以注音，并配上精美插图，便于爱好国学的读者安心阅读。

图书在版编目（CIP）数据

杜甫诗全鉴 /（唐）杜甫著； 东篱子解译.—北京：中国纺织出版社有限公司，2020.3

ISBN 978-7-5180-7197-5

Ⅰ.①杜… Ⅱ.①杜… ②东… Ⅲ.①杜诗—诗歌评论 Ⅳ.①I207.227.42

中国版本图书馆CIP数据核字（2020）第035179号

策划编辑：张淑媛　　　责任校对：寇晨晨　　　责任印制：储志伟

中国纺织出版社有限公司出版发行

地址：北京市朝阳区百子湾东里 A407 号楼　邮政编码：100124

销售电话：010—67004422　传真：010—87155801

http://www.c-textilep.com

中国纺织出版社天猫旗舰店

官方微博 http://weibo.com/2119887771

佳兴达印刷（天津）有限公司印刷　各地新华书店经销

2020 年 3 月第 1 版第 1 次印刷

开本：710×1000　1/16　印张：20

字数：325 千字　定价：48.00 元

　　之于文学，在每一个历史时期，都会有最具代表意义的文学体裁出现，而古诗词堪称中国文学宝库中璀璨的明珠，它一直高悬于历史的长空之中，闪烁着耀眼的光芒，经过历史的沉淀，唐诗的魅力非但不减，反而是更加源远流长。

　　在我国唐朝，先后涌现出很多著名的诗人，诸如李白、杜甫、白居易、刘禹锡等。他们十分注重对词句锻造锤炼：或是豪放洋溢，追求淳朴；或是关心政治，针砭时弊；又或是沉浸于亲情的顾念之中，呵护友情的挚厚。总之，他们以博大宽广的情怀营造了一个艺术世界。

　　杜甫（712—770 年），字子美，汉族，原籍湖北襄阳，后迁河南巩县。因家住少陵附近，自号"少陵野老"，世称"杜工部"、"杜少陵"，且被世人尊为"诗圣"，是唐代伟大的现实主义诗人。杜甫少年时家庭环境优越，因此过着较为安定富足的生活。他自小好学，七岁便能作诗，有志于"致君尧舜上，再使风俗淳"。然而，动荡的年代以及庸君佞臣，注定他的一生坎坷，不但仕途失意，而且还要遭受战乱流离、困苦漂泊。尽管如此，他依然忧国忧民，不乏生活热情，创作了无数感人肺腑的诗篇佳作。

或许你对"为人性僻耽佳句，语不惊人死不休"；你还会记得"国破山河在，城春草木深"；你更会记得"安得广厦千万间，大辟天下寒士俱欢颜"，这些至今都流传不衰的经典名句记忆犹新，也会深深为杜甫的诗篇所折服，为他愤世嫉俗和忧国忧民的情怀所感动。其中，有他优游时表达的人生感悟；有他咏史怀古，抒发的爱国豪情；有他爱恋糟糠之妻，教化子侄；有他以物寄兴，表达壮志难酬……

杜甫一生作诗无数，因为历史原因，所以至今只留下 1400 余首，由于字数所限，本书只能忍痛割爱，精选了杜甫近 300 首诗作。虽然选篇不多，但却囊括了他每个时期的经典之作，具有很强烈的时代意义，更有其特有的文风。

本书包含题解、原文、注释及译文四大部分，特别对诗中出现的生僻难解的字进行注音，并加以解释，一扫读者阅读赏析上的障碍，而且本书图文并茂、格式精美，更会令读者赏心悦目，犹如身临诗境一般。

解译者
2019 年 8 月

目录

四　七言律诗

五　古体诗

一 五言绝句

八阵图

【题解】

杜甫在唐代宗大历元年（公元 766 年）夏迁居夔州，夔州有武侯庙，江边有八阵图，传说为三国时诸葛亮在夔州江滩所设。杜甫素来仰慕诸葛亮才华，因而用了许多笔墨记咏古迹、抒发情怀，这是他初到夔州时所作，怀古的同时，也流露出自己虽已是垂暮之年，但是大志未酬的遗憾而抑郁的心情。

诗中开门见山，继而点出诗题，进一步赞颂功绩，同时又为下面凭吊遗迹作了铺垫，然后以千古遗恨收笔，抒发了自己对遗址的无限感慨。语言生动形象，抒情与怀古融为一体，给人一种此恨绵绵、余意不尽之感。

【原文】

功盖三分国①，名成八阵图②。

江流石不转③，遗恨失吞吴④。

【注释】

①盖：超过。三分国：指三国时魏、蜀、吴三国分立。

②名成：一作"名高"。八阵图：由八种阵势组成的图形，用来操练军队或作战。

③石不转：指涨水时，八阵图的石块仍然不动。

④失吞吴：是吞吴失策的意思。

【译文】

三国鼎立时期，孔明的功勋最为卓著，他研创的由八种阵势组成、能够攻守自由的作战队形，史称"八阵图"，此阵法更是使他名扬千古。

世事变迁，任凭江流如何冲击，巨大的石头是永远都不会被推动扭转的，就像诸葛亮留下的千年遗恨，那一场吞吴失策，却使诸葛亮助刘备统一天下的功名未就。

绝句二首

【题解】

杜甫有很多"以诗为画"的作品，这是他入蜀后所作，写于成都草堂，是极富诗情画意又蕴含思乡之情的绝美佳作。

这组五言绝句，意境明丽悠远，格调清新。全诗对仗工整又自然流畅，毫无雕琢之感。第一首以花草香氛之中飞燕筑巢的动，结合睡鸳鸯的静，展现了初春时节一派生机盎然的明丽怡人之景；第二首诗以乐景写哀情，采用了色彩相互映衬的手法，描绘了一幅春光融暖、清新灿烂的春景图，反衬出诗人羁旅异乡的殷切归心之情，但并没直接透露出感伤，而是以客观景物与主观感受来反衬乡思之深，别具情韵。

【原文】

其一

迟日①江山丽，春风花草香。

泥融②飞燕子，沙暖睡鸳鸯③。

【注释】

①迟日：即春日。春天白日渐长，所以说迟日。

②泥融：这里指泥土滋润、湿润。

③鸳鸯：一种水鸟，雄鸟与雌鸟常双双出没。

【译文】

春天的阳光明媚，祖国的大好江山都沐浴着春光，是那么秀丽壮美，春风习习，送来阵阵花草的芳香。

河滩上的冰雪已经融化，泥土也变得湿润松软了，引得春暖归来的燕子快乐地飞来飞去，衔着湿润的泥草，忙着筑巢，被阳光晒得暖融融的沙子上，睡着成双成对的鸳鸯，看起来是那么的安详。

【原文】

其二

江碧鸟逾①白，山青花欲燃②。

今春看又过③，何日是归年？

【注释】

①逾：更加。

②花欲燃：形容花红似火。

③过：过去。

【译文】

碧波荡漾的江水，使浮游在江面上的水鸟那雪白的羽毛显得更加洁白；抬眼望去，山峦郁郁苍苍，映衬得山花更艳，那火红的花儿就像快要燃烧的火一样。

时光飞逝，今年的春天眼看就要过去，可是什么时候才是我回归家乡的日子呢？

归雁

【题解】

此诗写作具体时间说法不一，仇注杜诗将其系在广德二年（764年）春杜甫再回成都时作；按浦起龙《读杜心解》定为三历三年（768年）出峡后所作。

安史之乱后，杜甫带着一家老小背井离乡，从洛阳、关中流离到秦州，又辗转到四川成都。这年初春，他在川北的阆州飘泊时，准备由水路下渝州出峡，以便回河南老家。但由于老朋友严武第二次到成都任东西川节度使，邀请杜甫到成都，于是杜甫打消了出峡的念头，举家重返成都草堂，在思乡情浓之中写下此诗。

这首诗短小精悍，含义隽永，余味无穷，足以看出了他"语不惊人死不休"的创作态度。

【原文】

东来①万里客②，乱③定几年④归？

肠断江城⑤雁，高高向北飞。

【注释】

①东来：郭知达《九家集注杜诗》作"春来"。

②万里客：作者自指。作者的故乡洛阳在成都东北。

③乱：指安史之乱。

④几年：犹如何时、几时的意思。

⑤肠断：指极度悲哀伤心。江城：指梓州。

【译文】

春天来了，万物重现生机，而我这个远离家乡的人，却依旧在四处飘泊；不知道这恼人的安史之乱何时才能平定，居无定所的我什么时候才能回归家乡？

最让我感到悲伤的是，连那江城的大雁尚且还可以在高空里向北飞回故乡，而我却依然在异地他乡颠沛流浪。

二 七言绝句

江南逢李龟年①

【题解】

此诗作于大历五年（公元 770 年）杜甫在长沙之时。安史之乱后，杜甫漂泊到江南一带，恰好与宫廷乐师李龟年重逢，二人因回忆起在岐王和崔九的府第频繁相见与听歌的情景而感慨万分，于是杜甫便写下了这首诗。

诗中描绘了两位分别几十年的好友在江南重逢，既高兴又不免感慨万分的情景。诗的前两句是追忆昔日与李龟年的交往场景，寄寓诗人对开元初年鼎盛的眷怀；后两句主要体现出诗人对当前国事衰败、艺人颠沛流离的感慨。全诗虽然仅仅四句，却生动地概括了整个开元时期（713—741 年）的时代沧桑、人生巨变。尽管语句平淡无奇，内涵却无限深远饱满。

【原文】

岐王宅里寻常见②，崔九堂前几度闻③。

正是江南好风景④，落花时节又逢君⑤。

【注释】

①李龟年：唐朝开元、天宝年间的著名乐师，擅长唱歌。因为受到皇帝唐玄宗的宠幸而红极一时。"安史之乱"后，李龟年流落江南，以卖艺为生。

②岐王：唐玄宗李隆基的弟弟，名叫李范，以好学爱才著称，雅善音律。寻常：经常。

③堂：正房，高大的房子。崔九：崔涤，在兄弟中排行第九，得玄宗宠幸。崔姓是当时一家大姓，以此表明李龟年很受王官贵胄赏识。

④江南：这里指今湖南省一带。

⑤落花时节：暮春，通常指阴历三月。落花的寓意很多，人的衰老飘零、社会的凋弊丧乱都在其中。君：指李龟年。

【译文】

想当年我们都还年轻的时候，在唐玄宗皇帝的王宫里，经常能见到你精彩的演出；在崔涤富丽堂皇的府邸，也曾多次听闻他们对你的赞美，而且有幸也在那里欣赏到了你精妙绝伦的歌唱。

眼下正是江南风景秀丽的时候，在这落花纷飞的暮春时节，又能在这里遇见你，真是太令我高兴了。

赠花卿①

【题解】

此诗约作于唐肃宗上元二年（公元761年）。唐朝的花敬定曾因平叛战乱而立过功，因此居功自傲，骄恣不法，放纵士卒大掠东蜀；又目无朝廷，擅自使用天子音乐。杜甫赠此诗，表面是赞美此曲之优美只有天上宫阙才有，实则大有委婉地讽刺之意。因为在中国封建社会里，礼仪制度极为严格，即使音乐，亦有异常分明的等级界限。而这些分明的通行乐制都是当朝的成规定法，稍有违背，便是紊乱纲常、大逆不道。但对于如此功高之人，诗人也只能采取一语双关的巧妙手法加以劝诫了。

【原文】

锦城丝管日纷纷②，半入江风半入云。

此曲只应天上有③，人间能得几回闻④？

【注释】

①花卿：这里指成都尹崔光远的部将花敬定，一作"花惊定"。曾平定段子璋之舌。卿：当时对地位、年辈较低的人一种客气的称呼。

②锦城：即锦官城，此指成都。丝管：本意是弦乐器和管乐器，这里泛指

音乐。纷纷：形容乐曲的轻柔悠扬。

③天上：双关语，虚指天宫，实指皇宫。

④几回闻：能听到几回。

【译文】

如此轻柔悠扬的乐曲，日日夜夜在繁华的成都城里随风飘扬，也许你不知道，这乐曲正是从花卿家的宴席上飘然而来，一半随风萦绕在锦江之上，另一半飘向了白云之中。

这样美妙的乐曲应该只有天上的宫阙才能拥有，恐怕只有神仙才能天天听到；而人世间的平民百姓，一辈子又能听到几回呢？

戏为六绝句

【题解】

庾信曾总结了六朝文学的成就，特别是他那句式整齐、音律谐和的诗歌以及用诗的语言写的抒情小赋，对唐代的律诗、乐府歌行和骈体文，都有直接先导作用。而这也就成了如何评价庾信和四杰，是当时诗坛上论争的焦点所在。于是，在唐肃宗上元二年（公元761年），杜甫创作了此组诗以表达自己的观点。

这组诗以诗论诗，且形式是论诗绝句。每首可谈一个问题；把多首连缀成组诗，又可表现出完整的艺术见解。在中国诗歌理论遗产中，有不少著名的论诗绝句，而最早出现、最有影响的则是杜甫的《六绝句》。此组诗前三首评论作家，后三首揭示论诗宗旨。其精神前后贯通，互相联系，是一个不可分割的整体。因此，可以说是中华诗词文化的瑰宝。

【原文】

其一

庾信文章老更成①，凌云健笔意纵横②。

今人嗤点流传赋③，不觉前贤畏后生④。

【注释】

①庾（yǔ）信：庾信（513—581年），字子山，小字兰成。南阳新野（今

河南新野）人，南北朝时期文学家、诗人。其家"七世举秀才"、"五代有文集"。文章：这里泛指文学。老更成：到了老年就更加成熟了。

②凌云健笔：高超雄健的笔力。意纵横：文思如潮，文笔挥洒自如。

③嗤点：讥笑、指责。

④前贤：指庾信。畏后生：即孔子说的"后生可畏"。后生：指"嗤点"庾信的人。

【译文】

庾信的诗赋与骈文章法，到了老年的时候就更加成熟了，他的思维开阔、大有凌空驾云之势，笔力雄健，文思如潮更是挥洒自如。

然而，现在有些人对他留下的文章嗤之以鼻，指手画脚，我想，如果庾信现在还活着的话，恐怕真的会觉得"后生可畏"了。

【原文】

其二

王杨卢骆当时体①，轻薄为文哂未休②。

尔曹身与名俱灭③，不废江河万古流④。

【注释】

①王杨卢骆：这里指王勃、杨炯、卢照邻、骆宾王。这四人都是初唐时期著名的作家，时人称之为"初唐四杰"。诗风清新、刚健，一扫齐、梁颓靡遗风。当时体：指四杰诗文的体裁和风格在当时自成一体。

②轻薄（bó）：言行轻佻，有玩

弄的意味。此处指当时守旧文人对"四杰"的攻击态度。哂（shěn）：讥笑。

③尔曹：你们这些人。

④不废：不停止。废：停止。此处比喻"四杰"等人的优秀作品以及他们的名声像长江黄河一般流传不息。

【译文】

王勃、杨炯、卢照邻和骆宾王的诗歌体裁，在当时那个年代，已经达到了极其高端的造诣，他们的诗文体裁和风格能够自成一体，但有些守旧的文人却总是拿出一副言行轻佻的态度，进行无休止地讥笑"四杰"所作的文章。

你们这些自以为是的文人啊，思想顽固，墨守成规，最终只能是生命与名声一同消亡，而四杰是不会受你们影响的，他们的名字和著作会像长江和黄河那样流传千古、万世流芳。

【原文】

其三

纵使卢王操翰墨①，劣于汉魏近风骚②。

龙文虎脊皆君驭③，历块过都见尔曹。

【注释】

①翰墨：笔墨。

②风骚："风"指《诗经》里的《国风》，"骚"指《楚辞》中的《离骚》，后代用来泛称文学。

③龙文虎脊：比喻华丽的文辞。

【译文】

有人说，即便是王杨卢骆四杰操笔作诗、挥毫泼墨，他们的文笔风格相对于汉魏时期的著作，还是差很多，他们的诗风只能算是接近《诗经》和《楚辞》。

但依我看，他们华丽的文辞，是经得起时间考验的，不像你们这群只会墨守成规的顽固不化之人，所有作品都经不起长久的推敲。

【原文】

其四

才力应难跨数公，凡今谁是出群雄？

或看翡翠兰苕上①，未掣鲸鱼碧海中②。

【注释】

①翡翠：鸟名。兰苕（tiáo）：兰花和苕花。

②掣（chè）：拉，拽。

【译文】

你们这群人的文采造诣，应该说是很难超越初唐四杰，当今所有的文人都出来比试一下，试问，又有谁的成就能够超过他们而雄居天下呢？

或者再看看你们的作品，不过是如同盘旋在兰花和苕花之上的翡翠鸟一样，缺少大的气度与目光，更没有在大海之中掣取鲸鱼那样的雄伟气魄。如果与"四杰"相比，简直是微不足道。

【原文】

其五

不薄今人爱古人①，清词丽句必为邻②。

窃攀屈宋宜方驾③，恐与齐梁作后尘。

【注释】

①薄：看不起，轻视。

②必为邻：一定要引以为邻居，即不排斥的意思。

③屈宋：这里指屈原和宋玉。方驾：才能并车而行。

【译文】

要想提升自己的文学造诣，不但不能轻视像庾信、初唐四杰这样有作为的今人，同时也要敬重古人，不排斥他们清雅的词藻和华丽的句式，而是要积极地去学习，争取靠近他们。

我认为，如果你们想与屈原、宋玉齐名，应当首先练就扎实的文笔功力，才能与他们并驾齐驱；如若不然，恐怕就要像齐梁的文人一样无所作为，只能是步入他们的后尘了。

【原文】

其六

未及前贤更勿疑，递相祖述复先谁①？

别裁伪体亲风雅②，转益多师是汝师③。

【注释】

①递相祖述：互相学习，继承前人的优秀传统。复先谁：又怎么能分出谁是先谁是后呢？

②亲风雅：学习《诗经》风、雅的传统。

③转益多师：多方面寻找老师。汝师：你的老师。

【译文】

　　那些轻薄之辈，最终才华不及前贤是毋庸置疑的，因为，互相学习与继承前人的优秀传统，这两种态度又怎么能分出谁在前，或者谁在后呢？

　　区别和裁剪、辨别真伪，淘汰那些形式内容都不好的东西，多多亲近和学习《诗经》风雅的传统，虚心向前贤学习，多方面的寻找老师以便来提升自己，这才是最重要的，也只有这种方法才是能使你有所成就的老师。

江畔独步寻花七绝句①

【题解】

　　这组诗作于杜甫定居成都草堂之后，大约在唐肃宗上元二年（公元761年）或唐代宗宝应元年（公元762年）春。上元元年（公元760年）杜甫在饱经离乱之后，寓居四川成都，在西郊浣花溪畔建成草堂，暂时有了安身的处所。杜甫卜居成都郊外草堂，感到很满足，所以，时值春暖花开，便有赏心乐事，体现了杜甫对生活是热爱的。这是他写这组诗的生活和感情基础。第二年春暖花开时节，他独自在锦江江畔散步赏花，一步一花，一花一景，汇聚了这组绝美之诗。

　　这组诗，每首都紧扣着寻花题意来写，每首都有花。第一首起句的"江上被花恼不彻"和末首的"不是看花即欲死"遥相呼应，脉络清楚且又层次井然，堪称是一幅独步寻花图。表现了杜甫对花的怜爱、在美好生活中的留连和希望美好事物常在的愿望。

【原文】

其一

江上被花恼不彻②，无处告诉只颠狂③。

走觅南邻④爱酒伴，经句⑤出饮独空床。

【注释】

①江：指作者在成都居住的草堂边的浣花溪。独步：独自散步。

②彻：已，彻底。恼：花恼人，实际上是花惹人爱之意。

③颠狂：放荡不羁。

④南邻：指斛斯融。诗原注："斛斯融，吾酒徒。"

⑤旬：十日为一旬。

【译文】

　　浣花溪畔的春花遍地，花虽可爱，但如此众多繁乱，实在是被他们彻彻底底惹得很烦，而这种恼人的心情无法向他人诉说，我只好在江边乱走。

　　走着走着，我来到南邻斛斯融家，他可是一个喜欢喝酒的好伙伴，今日正好同他一起开怀畅饮，我前去敲门无人应，一打听，原来十天前他就外出去喝酒去了，到现在还没有回来，屋子里只剩下一张空床。

【原文】

其二

稠花乱蕊畏江滨①，行步欹危实怕春②。

诗酒尚堪驱使在，未须料理白头人③。

【注释】

①稠：密集。畏（wēi）：通"隈"，山水弯曲处。

②行步：脚步。欹（qī）：歪斜。

③料理：安排、帮助。白头人：老人，诗中是作者自指。

【译文】

　　那些密集的花，吐露的蕊也显得杂乱无章，就这样蜿蜒盛开在江水之滨，我脚步歪斜地在江边一步步走着，实在是害怕一不留神，踩伤了这遍地的春花，也着实是怕了这春天。

　　眼前的乱花使我不禁诗兴大发，看来只有这作诗与饮酒尚且还能受我驱遣，无需别人替我安排词句，也不用谁来帮助我这个白发老人抒写心情。

【原文】

其三

江深竹静两三家，多事①红花映白花。

报答春光知有处，应须美酒送生涯②。

【注释】

①多事：这里有撩人之意。

②送：打发。生涯：生活。

【译文】

江畔的幽深之处，有一片静谧的竹林，那里住着两三户人家，但走近一看，你会发现有一簇簇撩人心动的红花映衬着白花。

此时春色美好，如果想报答春光对我们的盛意，就应该知晓该怎样去做，我想，除了要有所作为，还要有美酒相伴，如此度过余下的年华。

【原文】

其四

东望少城①花满烟，百花高楼更可怜②。

谁能载酒开金盏，唤取佳人舞绣筵③。

【注释】

①少城：小城。成都原有大城和少城之分，少城在大城西面。

②可怜：可爱。

③盏：一作"锁"。佳人：指官妓。秀筵：丰盛的筵席。

【译文】

举目向东望去，那座小城里盛开的鲜花一望无际，如同云烟漫天，百花簇拥中的高楼，更是惹人怜爱。

此时此刻，不知有谁能带着酒与我一同前去开怀畅饮？然后唤来几个美人，翩翩起舞于丰盛的筵席，若能如此，岂不是令人艳美的

快意人生？

【原文】

其五

黄师塔前江水东^①，春光懒困^②倚微风。

桃花一簇开无主^③，可爱深红爱浅红？

【注释】

①黄师塔：埋葬和尚的塔。

②懒困：疲倦困怠。

③一簇：一丛。无主：自生自灭，无人照管的。

【译文】

江水的东岸，有一座黄师塔，我来到黄师塔前，但见那碧绿的江水滚滚向东流去，春风阵阵袭来，柔暖的阳光不免令人疲倦困怠，好想倚着微微春风在一旁休息。

江畔之上有一丛无人照管的桃花开得正浓艳，缤纷的色彩令人眼花缭乱，一时间，我竟不知道，是该爱那些深红色的，还是爱那些浅红色的呢？

【原文】

其六

黄四娘家花满蹊^①，千朵万朵压枝低。

留连^②戏蝶时时舞，自在娇莺恰恰啼^③。

【注释】

①黄四娘：杜甫住成都草堂时的邻居。蹊（xī）：小路。

②留连：即留恋，舍不得离去。

③娇：可爱的样子。恰恰：象声词，形容鸟叫声音和谐动听。

【译文】

通往黄四娘家的小路上，盛开着很多花儿，差不多要把小路遮满了，成千上万朵的花儿，压得枝条低垂了下来。

花枝上有很多蝴蝶在飞舞嬉戏，它们眷恋着这些花朵，舍不得离去，忽然，从枝条深处传来了一阵悠然自在的啼鸣，原来，正是那些娇巧可爱的黄莺发出的和谐乐声，犹如天籁一般动听。

【原文】

其七

不是爱花即肯死①，只恐花尽老相催②。

繁枝容易纷纷落，嫩蕊③商量细细开。

【注释】

①爱：一作"看"。肯：犹"拼"。一作"欲"。

②恐：唯恐，担心。催：催促。

③嫩蕊：指含苞待放的花。

【译文】

并不是说爱花，就要爱得宁可立即为它死去的地步，我只是害怕，这些花儿都有落尽之时，而我们也难逃被岁月催促着变老了。

越是那些茂密的枝头，花儿盛开之后，就越容易让人看到杂乱无章的凋落，那些含苞待放的花儿啊，请你们商量一下，细细慢慢地开放，这样，我就可以感受到绽放之美，感觉时间也能过得慢了一些。

漫成一首①

【题解】

此诗作于唐代宗大历元年（公元766年），当时杜甫正从云安（今四川云阳）前往夔州的船上。

这首诗描写的是夜泊之景。但诗人写月夜没从空中之月写起，而是抓住江上夜景的特色描写了水中月影、江水之清明，刻画出一幅宁静而安谧的月夜美景；然后又转而写了江岸，沙滩如雪，夜宿沙洲的白鹭蜷曲着身子，三五成群地安恬入睡，与静夜构成和谐之美，同时又表现出宁静的景物中有生命的呼吸。这和平境界的可爱，惟有饱经丧乱的不眠人才能充分体会。因此说，短短四句便充分地洋溢出诗人对和平生活的向往以及对于自然界生灵的热爱，这与诗人忧国忧民的精神是一脉相通的。

【原文】

江月去人只数尺②，风灯照夜欲三更③。

沙头宿鹭联拳静④，船尾跳鱼拨剌鸣⑤。

【注释】

①漫成：即诗人一时随手之作。

②江月：江面上空的月亮。

③风灯：船桅杆上挂着照夜的灯，有纸罩避风。

④沙头：沙滩边，沙洲边。

⑤拨剌：鱼在水里跳动所发出的声音。

【译文】

今夜的江水很平静，月亮慢慢升上高空，倒映在水中的影子便显得离我只有几尺远，小船桅杆上挂着照夜的灯盏，在月光的照耀下显得格外柔和，看时辰，现在将要进入三更天了。

在月光的映衬下，沙滩如雪，夜宿在沙洲边的白鹭蜷曲着身子，静静地卧在沙滩上栖眠；突然船尾方向传来"拨剌"一声，我回头一看，发现一条大鱼跳跃着在夜空中画了一条若隐若现的弧线后，又潜入水中，原来，刚才的声音正是这条鱼所发出来的。

绝句四首

【题解】

此诗当作于唐代宗广德二年（公元764年）杜甫的成都草堂内。

这一时期，安史之乱已经平定，杜甫经过一段较长时间的东川漂流，也是吃尽了颠沛流离之苦。当他得知好友之子严武再次奉命镇守蜀地，便决定继续投奔这位"忘年交"好友，重返自己的成都草堂，此时他的心情特别舒畅，面对一派生机的春景，不禁将所见所感，欣然入诗，这四首即景绝句竟一挥而就，这也是杜诗中寓情于景的佳作。其中第三首最为著名，曾作为唐诗名篇选入了小学语文教科书中。

【原文】

其一

堂西长笋别开门，堑北行椒却背村①。

梅熟许同朱老吃，松高拟对阮生论②。

【注释】

①行椒：成行的椒树。

②朱老、阮生：杜甫在成都结识的朋友，后世也常用"阮生朱老"或"朱老阮生"比喻普普通通的邻里朋友。

【译文】

草堂西边的竹笋长得很茂盛，快要将门挡住了，堑北那一片成行的椒树也是一样长势良好，却把邻村隔开了。

我看到了园中快要长熟的梅子，等到梅子完全熟了的时候，我要邀请朱老一同品尝，看到堂前一天天长高的松树，就计划着每天和阮生在松树下尽情地谈古论今。

【原文】

其二

欲作鱼梁云复湍①，因惊四月雨声寒。

青溪先有蛟龙窟②，竹石如山不敢安。

【注释】

①鱼梁：筑堰拦水捕鱼的一种设施，用木桩、柴枝或编网等制成篱笆或栅栏，置于河流中。

②青溪：碧绿的溪水。

【译文】

我本想建造一个拦水捕鱼的设施放在河流中，这样就可以挡住险恶的水势，可正在这个时候，天上乌云又翻滚而来，就像那湍急的浪涛，正因为这突来的大雨，让我忽然觉得很惊讶，原来这四月的雨水，竟也如此凄寒。

也许是这碧绿的溪水中，远古的时候就有蛟龙窟的缘故，所以时常有蛟龙大行云雨，眼下，尽管筑堤用的竹石堆积如山，我也不敢再轻易前去冒险，以免不得安生。

【原文】

其三

两个黄鹂鸣翠柳①，一行白鹭②上青天。

窗含西岭千秋雪③，门泊东吴④万里船。

【注释】

①黄鹂：黄莺。

②白鹭：一种鸟，羽毛纯白，能高飞。

③窗含：是说由窗往外望西岭，好似嵌在窗框中。西岭：即成都西南的岷山，其雪常年不化，故称千秋雪。

④东吴：指长江下游的江苏一带。

【译文】

两只黄莺在翠绿的柳枝之间欢喜地鸣叫着，宛如优美的歌声，抬眼望去，看见一行白鹭迎着春风飞上青天，那洁白的翅羽在阳光的照耀下，仿佛流动的白玉一般。

由窗口向西南方向的岷山望去，那高耸的山峰之上覆盖着常年不化的积雪，此刻，窗外的景色就像是一幅美丽的图画镶嵌在窗框里，门前就是宽阔浩荡的江水，江面上停泊着很多船只，大概是从万里之外的东吴而来。

【原文】

其四

药条药甲润青青①，色过棕亭入草亭②。

苗满空山惭取誉，根居隙地③怯成形。

【注释】

①药条药甲：指种植的药材。

②棕亭、草亭：这里形容药圃之大，从棕亭一直蔓延跨越到草亭。

③隙地：干裂的土地。

【译文】

山野里的药材茎杆肥壮，枝叶长得更是青葱繁盛，郁郁苍苍的绿色从棕亭一直蔓延到草亭，微风袭来，仿佛一条浮动的绿毡。

若说这药苗多得能布满空山，恐怕是愧不敢当这样的美誉，我倒是担心它们在这干裂的土地上生长，根须是否能够扎劳，会不会终因土质贫瘠而长不成饱满的药材。

夔州歌十绝句

【题解】

唐代宗大历元年（公元766年）杜甫几经漂泊初寓夔州（今重庆市奉节县），就被这里的山川雄壮奇险，历史古迹层积不穷所深深吸引，因此，初到夔州杜甫就一连写下十首绝句，尽情地歌咏夔州的山川景色和人文景观，合为《夔州歌十绝句》。各首之间在内容上有一定关联。

这组诗第一首点明了夔州地点所在，突出了形胜，统领全篇；第二首突出了山高水险；第三首描述了政治上的兴衰历程；第四、五、六首从不同角度描绘了夔州优美的风景；第七首写出了交通便利，物产丰富，很适合商家进行货币交易；第八首记述楚王宫的兴衰历史，并穿插了巧妙的遐想；第九首写了武侯祠，寄予了无限的钦佩与感怀；第十首总结全篇，呼应全局。让人读后不禁赞叹夔州之绝美胜景，又触动怀古之情。

【原文】

其一

中巴之东巴东山①，江水开辟流其间。

白帝高为三峡镇②，瞿塘险过百牢关③。

【注释】

①中巴之东巴东山：东汉末刘璋据蜀，分其地为三巴，有中巴、西巴、东巴。夔州为巴东郡，在"中巴之东"。"巴东山"即大巴山，在川、陕、鄂三省边境，诗中特指三峡两岸连山。

②白帝：白帝城。三峡：分别指瞿塘峡、巫峡、西陵峡。

③百牢关：原名白马关，在今陕西省勉县西南。百牢关在汉中，两壁山相对，六十里不断，汉水流其间，与夔州的瞿塘相似。

【译文】

夔州在中巴的东面，连接着巫山峡，山峡两岸群山环绕；自从天地开辟以来，这条江水就奔流在巴东的群山之间。

这里有著名的白帝城，下临瞿塘天险，其高，自古以来就是三峡的重镇；至于瞿塘峡的奇险之处，可以说，比汉中的百牢关还要更胜一筹。

【原文】

其二

白帝夔州①各异城，蜀江楚峡混殊名②。

英雄割据非天意，霸主并吞在物情③。

【注释】

①夔（kuí）州：旧府名，在今重庆市奉节县。

②蜀江楚峡混殊名：瞿塘旧名西陵峡，与荆州西陵峡相混。

③物情：人心归向。

【译文】

白帝城原本在夔州城的东面，它与古夔州城地界相连，但由于白帝城和夔州城的营建时间相隔五百多年，又因为这两个古城的地域界限多年前被淹没，已经分辨不出来了，其实他们是两个不同的城。因为蜀江的瞿塘峡以前叫西陵峡，与荆州的西陵峡名称相同，所以人们常常也把它们的名字弄混。

自古以来，世上有很多事物都难以分辨得过于清楚，就像天下英雄们割据一方并不是天意使然，他们互相争霸为主，以武力强势吞并对方，完全在于人心归向。

【原文】

其三

群雄竞起问前朝①，王者无外见今朝。

比讶渔阳结怨恨②，元听舜日旧箫韶③。

【注释】

①群雄竞起：是指隋朝末年民变四起。问：一作"向"，一作"间"。前

朝：指隋朝。

②比（bì）：直到，等到。

③元：开始，当初。箫韶：传说是舜所作的乐曲。

【译文】

隋朝末年，隋炀帝穷奢极欲，残害忠良，人民被逼得走投无路，群起反抗责问前朝，以致天下大乱，而最后能成为帝王的人，一定是以天下为一家，任用贤臣，励精图治，所以国之盛景才在今天的朝堂上出现。

直到安禄山渔阳起兵反叛，造成安史之乱后，玄宗才感到惊讶，怨恨安禄山口蜜腹剑，大胆妄为。哎！还不是因为玄宗晚年听信谗言，不理政事，就像舜帝在位时，整天听《箫韶》享乐一样，偏偏爱听那支《霓裳羽衣曲》与贵妃饮酒作乐造成的。

【原文】

其四

赤甲白盐俱刺天①，闾阎缭绕接山巅②。

枫林橘树丹青合，复道重楼锦绣悬③。

【注释】

①赤甲：即赤甲山，位置在瞿塘峡西口的北岸。白盐：即白盐山，位置在瞿塘峡中段的北岸，今称桃子山。俱刺天：形容都很高。

②闾阎（lú yán）：原指古代里巷内外的门，后泛指平民老百姓。缭绕：盘旋。

③锦绣：形容景物很美观。

【译文】

赤甲山和白盐山都很高，就像要刺破天一样，但是这两座高山从山脚到山顶盘旋而上，星星点点地都住着人家。

夔州一带的枫树和橘树很多，红色的枫林与青色的橘树交相辉映，在楼阁互相通行的天桥之间，橘树青青，金果累累，仿佛悬挂着的秀丽画卷，美不胜收。

【原文】

其五

瀼东瀼西一万家①，江北江南春冬花。

背飞鹤子遗琼蕊，相趁凫雏入蒋牙②。

【注释】

①瀼东：是指唐时夔州城之东入江的一条小河——草堂河的东岸，瀼西：是指距草堂河之西十里流入长江的一条小河——梅溪河的西岸。一万家：形容人烟稠密。

②凫（fú）雏：野鸭子。蒋牙：蒋草的幼苗。

【译文】

瀼东和瀼西都有一条流入长江的河流，而且这两地的人烟非常稠密，长江两岸一年四季都是鲜花盛开。

白鹤经常带着幼子从花丛中成群结队地飞到天空，成群的老幼野鸭也经常浮游在江面上，或者是在蒋草之中嬉戏追逐，这里到处呈现出一派生机勃勃的景象。

【原文】

其六

东屯①稻畦一百顷，北有涧水②通青苗。

晴浴狎鸥③分处处，雨随神女下朝朝④。

【注释】

①东屯：东屯在白帝城东北角，因公孙述曾在此屯田，故称东屯。

②涧水：两山之间的流水，这里指上坝（地名）上面那一段东瀼水。

③狎（xiá）鸥：与人亲近的鸥鸟。后喻指隐逸之人。

④雨随神女下朝朝：用"神女"这个典故，一是点明东屯距巫山近，二是说当地经常下雨。因为雨水充沛，灌溉东屯稻田的涧水充足。

【译文】

白帝城东北角的这片稻田，面积有一百公顷左右，从东屯北面的两山之间奔流而来的溪水被当地人们称作东瀼水，这水流可以直接引来灌溉稻田青苗。

由于东瀼水水质清澈，流速平缓，在晴朗的日子里，到处都有鸥鸟在水中嬉戏洗濯，因为这距离巫山很近，并且这里有神女护佑而经常下雨，所以灌溉东屯稻田的水源非常充足。

【原文】

其七

蜀麻吴盐自古通，万斛①之舟行若风。

长年三老②长歌里，白昼摊钱高浪中。

【注释】

①万斛：极言容量之多。古代以十斗为一斛，南宋末年改为五斗为一斛。

②三老：这里指撑船的熟手，也指船工。

【译文】

蜀地和长江下游一带自古以来就有物资互通的交易习俗，因此常常有大批买卖麻盐的商人乘着商船，像风一样往返于各地的船运通货之中。

那些常年依靠驾驶商船度日的船工们，唱着船歌，在不绝于耳的歌声里飞快地驾船前进，而那些商人们只管悠闲自在地在白天晴日里摊钱赌博，任凭船只在高高掀起的浪涛中穿梭。

【原文】

其八

忆昔咸阳都市合①，山水之图②张卖时。

巫峡曾经宝屏见，楚宫③犹对碧峰疑。

【注释】

①合：会集，云集。

②山水之图：山水画。

③楚宫：这里指夔州府治所在地的传说中的楚宫，楚宫遗址究竟在何处，尚无准确的说法。

【译文】

回忆当年，长安城内的市井之中商贾云集，热闹非凡，其中，也有很多人张挂山水画在大声叫卖。

现在，呈现在我眼前的巫峡，就曾经在那些被他们当作宝贝一样爱惜的画屏上见过，至于画上的楚宫是否在我面对的碧峰里，尚存疑问，甚至怀疑他们是否真的到过这里。

【原文】

其九

武侯祠堂①不可忘，中有松柏参天长②。

干戈满地客愁破，云日如火炎天凉。

【注释】

①武侯：即蜀国的丞相诸葛亮。武侯祠堂：即供俸诸葛亮的祠堂。

②参天：耸立在高空。

【译文】

如果到了夔州，前去诸葛亮的祠堂供奉这件事，是绝不可以忘记的，祠堂院内生长着四季常青的松柏，而诸葛亮高洁的人格就像这参天的松柏一样，万古垂青。

回溯三国时代，到处是兵戈相见，诸侯争霸，那时刘备大业难成，是孔明的出现才使刘备愁容舒展，当然，刘备是真正的明君，诸葛亮能遇到这样的明主，真是不枉此生，可叹我生不逢时，但值得欣慰的是，在这片葱葱郁郁的林木中，哪怕是烈日如火我也觉得凉爽无比，仿佛诸葛先生在天之灵在慰藉我一般。

【原文】

其十

阆风玄圃与蓬壶①，中有高堂②天下无。

借问夔州压何处，峡门江腹拥城隅。

【注释】

①阆风：阆风巅。玄圃：玄圃堂。都是传说中仙人所居之处，都在昆仑山顶。蓬壶：即蓬莱，传说为东海三仙山之一。

②高堂：也作高唐，即高唐观，在来鹤峰上（来鹤峰在今奉节县城对岸偏西的文峰山上，其形似鹤展翅乘来，故名之）。这里泛指夔州具有仙境之美。

【译文】

阆风巅和玄圃堂都在高耸巍峨的昆仑山顶，都是传说中仙人居住过的地方，而蓬莱岛更是东海三座仙山之一，这三个地方已经足以称奇，再加上夔州来鹤峰上的高唐观，更是天下独有，没有第二个观宇能与之媲美。

也许你会说，请问夔州城坐落在哪里呢？那么让我来告诉你，它就坐落在瞿塘峡口，也就是长江流域的腹部。

赠李白

【题解】

这首七绝是现存杜诗中最早的一首绝句，作于唐玄宗天宝四载（公元745

年）秋。天宝三载（744年）初夏，杜甫与刚被唐玄宗赐金放还的李白在洛阳相识，遂相约同游梁宋之地。天宝四载（745年），二人又同游齐赵，他们一同驰马射猎，赋诗论文，感情相当默契。这年秋天，杜甫与李白在鲁郡（今山东兖州）相别，杜甫便写了这首赠别诗。当时，李白也写下了《鲁郡东石门送杜二甫》留别，从中流露出李白依依惜别的深情。

此诗突现了一个狂字，显示出一个傲字。傲骨飞扬，狂荡不羁，这就是杜甫对于李白的真实写照。这首诗虽然言简意赅却是韵味无穷。通篇措辞奇崛朴，沉郁顿挫；抑扬有致，跌宕起伏，末句用反诘口吻，更是把全诗推向了高潮。

【原文】

秋来相顾尚飘蓬①，未就丹砂愧葛洪②。
痛饮狂歌空度日③，飞扬跋扈为谁雄④？

【注释】

①相顾：相视，互看。飘蓬：草本植物，叶如柳叶，开白色小花，秋枯根拔，随风飘荡。故常用来比喻人的行踪飘忽不定。

②未就：没有成功。丹砂：即朱砂。道教认为炼砂成药，服之可以延年益寿。葛洪：东晋道士，自号抱朴子，入罗浮山炼丹。

③狂歌：纵情歌咏。空：白白地。

④飞扬跋（bá）扈（hù）：不守常规，狂放不羁。此处作褒义词用。

【译文】

在这秋高气爽的时节，我特地前来看望你，得知你的行踪还是像飞蓬一样随风飘荡、飘忽不定，你云游四海只为追求修仙之道，你听说炼砂成药以后服之可以延年益寿，但是没有炼就成功，心里觉得愧对精于炼制仙丹的仙道葛洪。

但是，凡尘俗世之中又能有几人知道，你隐居炼丹却因壮志难酬。你无奈中只能是痛饮狂歌，白白地虚度时光，你气度飞扬、狂放不羁，从不苟且依附权贵奸佞，然而你如此豪迈雄壮，究竟又是为了谁呢？

存殁口号二首①

【题解】

这组诗是唐代宗大历元年（公元766年）杜甫寓居夔州时因怀念故友而作。

诗中表达了对已经逝去的席谦、毕曜、郑虔、曹霸四位老友的无比怀念，其友爱深情自肺腑溢出，朴实真挚。全诗写情沉郁顿挫，动人心弦；怀念之情暗寓在景物之中，含蕴丰富，耐人寻味

杜甫自己一生的遭遇和身世，使他深深地体会到了生存的艰难，然而乱世的苦难之中，唯有友谊才是生活中的美酒，无比醇浓，飘溢着醉人的芬芳，于是在这两首诗中，诗人尽情地抒发了友爱之情的浓烈与醇美无比。

【原文】

其一

席谦不见近弹棋②，毕曜仍传旧小诗③。
玉局他年无限笑④，白杨今日几人悲⑤。

【注释】

①存殁（mò）：生存和死亡，生死，生者和死者。口号：古诗标题用语。表示随口吟成和"口占"相似。两首诗各咏两个人物，都是一生一死，故题为"存殁口号二首"。

②席谦：道士，吴人，善弹棋。弹棋：古代博戏之一。两人对局，白黑棋各六枚，先列棋相当，更先弹之。其局以石为之。后亦称弈棋为弹棋。

③毕曜（yào）：毕曜，生卒年待考，唐朝人，擅长写诗。乾元间为监察御史，尔后以酷毒流贬黔中（今重庆市彭水），其殁当在此时。旧：过去的，原来的。

④玉局：棋盘的美称。这里借指善弹棋的席谦。他年：往年，以前。

⑤白杨：指生长于墓地周围的白杨树。几人：多少人。悲：伤心，哀痛。

【译文】

最近这几天一直没有看到善于弹棋的席谦道长，不知他近况如何；忽又想起善于写诗的毕曜，虽然他已经不在人世了，但他生前创作的诗歌，至今仍然被后人传颂着。

每当我想起以前和席谦道长下棋的那段时光，就会感到无比的欢乐，笑容总是挂在脸上；而如今面对毕曜墓地旁生长着的白杨树，又能有几个人为他的死而感到悲伤呢？

【原文】

其二

郑公粉绘随长夜①，曹霸丹青已白头②。

天下何曾有山水③，人间不解重骅骝④。

【注释】

①郑公：郑虔（691—759年），字趋庭，又字若齐（一字弱齐、若斋），唐代都畿道郑州荥阳县人，盛唐著名高士，文学家、诗人。粉绘：彩色的图画。长夜：指死亡。

②曹霸：曹霸（约704—约770年），谯县（今安徽亳州市）人，是唐代最有名的鞍马人物画家之一。丹青：丹和青是中国古代绘画中常用之色。泛指绘画艺术。白头：白发，形容年老。

③何曾：用于反问句，表示不曾。山水：山水画的简称。

④骅骝（huá liú）：周穆王八骏马之一，此处喻指曹霸。

【译文】

著名画家郑虔的那些彩色绘画，随着他的离世，也就变成了无法比拟的绝笔之作，曹霸一生酷爱绘画艺术，不慕名利，现在虽然已经白发苍苍了，但依旧执着于在丹青水墨中。

自从郑虔去世以后，试问天下间哪还有真正的山水画可言呢？世间人对他们难以释怀的钦佩与怀念，那种无人理解的深重，就像叹惋当年周穆王的骅骝骏马一样。

三 五言律诗

春夜喜雨

【题解】

　　此诗创作于唐肃宗上元二年（公元 761 年）的春天。杜甫在经历一段颠沛流离的生活以后，来到四川成都定居，开始了在蜀中的一段较为安定的生活。作此诗时，他已在成都草堂定居两年。在成都草堂定居的这段时间，他每天亲自耕作，种菜养花。蜀地因气候湿润，所以经常下雨，一场场春雨触发了杜甫内心深处的情感，因而写下了这首描写春夜降雨、润泽万物的传世佳作。

【原文】

好雨知时节①，当春乃发生②。

随风潜③入夜，润物④细无声。

野径⑤云俱黑，江船火独明。

晓看红湿处⑥，花重锦官城⑦。

【注释】

　　①好雨：珍贵的雨，指春雨。知时节：知：明白，知道。这里用拟人化的写法，写雨下得正是时候。

　　②发生：萌发生长。

　　③潜（qián）：悄悄地，暗暗地。

　　④润物：使植物受到雨水的滋养。

　　⑤野径：田野间的小路。

　　⑥晓：天刚亮的时候。红湿处：雨水湿润的花丛。

　　⑦花重（zhòng）：花因为饱含雨水而显得沉重。锦官城：古代成都的别称，也可简称为锦城。后世也常以锦城和锦官城作为成都的别称。故址在今成都市南面。此句是指雨后成都百花盛开的美景。

【译文】

　　一场恰到好处的雨，之所以珍贵，是它知道应该在下雨的时节下雨，就像这春雨，正当植物萌发生长的季节，它便翩然而来了。

绵绵春雨，随着春风在夜里悄悄地到来，如此悄无声息地滋润着万物，细细柔柔的，是那么地无怨无悔。

欣喜中，我举目远望，雨夜里，田野间的小路都被浓密的乌云笼罩着，江上的船只也变得模糊不清，只有江船之上的灯火，闪烁着光明。

等到明天天亮的时候，你再去看那雨水湿润的花丛，一定是格外的娇美鲜艳、饱满深重，那时候，整个锦官城必将是花团锦簇，万紫千红。

春望

【题解】

天宝十四年（公元 755 年）的十一月，安禄山起兵叛唐，次年六月，叛军攻陷潼关，唐玄宗匆忙逃往四川。七月，太子李亨即位于灵武，世称肃宗，改元至德。杜甫听到此消息后，认为自己报效国家的机会来了，他将家属安顿在鄜州后，只身一人前去投奔肃宗，结果不幸在途中被叛军俘获，押送至长安，后因官职卑微才未被囚禁。至德二年的春天，身处沦陷区的杜甫目睹了长安城一片萧条零落的景象，百感交集，于是写下了这首传诵千古的名作。此诗全篇情景交融，感情深沉而又含蓄凝练，言简意赅，充分体现了杜甫"沉郁顿挫"的诗风。

【原文】

国破山河在①，城春草木深②。
感时花溅泪③，恨别鸟惊心④。
烽火连三月⑤，家书抵万金⑥。
白头搔更短⑦，浑欲不胜簪⑧。

【注释】

①国：国家，这里指长安。破：陷落。山河在：旧日的山河仍然存在。

②城：指唐朝的首都长安城。草木深：人烟稀少，荒草丛生。深：幽深。

③感时：为国家的时局而感伤。溅泪：流泪。

④恨别：怅恨离别。

⑤烽火：古时边防报警的烟火，这里指安史之乱的战火。三月：正月、二月、三月。

⑥抵：值，相当。

⑦白头：这里指白头发。搔：用手指轻轻的抓。

⑧浑：完全，几乎。不胜：不能，受不住。簪：这里指发簪，古代中国人用来固定和装饰头发的一种首饰。古代男子蓄长发，成年后束发于头顶，用簪子横插住，以免散开。

【译文】

虽然长安沦陷，甚至在战火的摧残中变得破碎不堪，但山河依旧在，春天来了，曾经繁华的长安城，现在人烟稀少，林木纵深，荒草丛生。

我为战败感伤，虽然是春暖花开的时节，却依然忍不住涕泪四溅。我正满怀离愁别恨的时候，听到不远处传来阵阵鸟鸣声，原本清脆悦耳的啼鸣，此刻听起来，反而惊扰了我，使我心绪不宁。

战乱连续不断地持续三个多月，至今还没有结束的迹象，硝烟弥漫，阻断了书信传送，我已经很久没有家人的消息了，家书之难得一求，甚至能胜过万两黄金。

内心烦闷至极，搔头顿脚恨那更短夜长，短短数日，青丝也变成了白发，用手轻轻一抓，觉得又稀少了许多，简直连发簪都插不上了。

登岳阳楼

【题解】

唐代宗大历二年（公元 767 年），那一年杜甫 57 岁，当时的杜甫年老体衰，又饱受肺病和风痹症的折磨，凄苦不堪。只有靠喝药才能勉强维持生命。大历三年（公元 768 年），杜甫沿江由江陵、公安一路漂泊，来到岳州（今属湖南）。登上向往已久的岳阳楼，凭栏远眺，面对烟波浩渺、壮阔无垠的洞庭湖，诗人发出由衷的赞美，继而想到自己晚年飘泊无定，国家多灾多难，不免感慨万千，于是在岳阳接连创作三首诗，分别是《登岳阳楼》《泊岳阳城下》和《陪裴使君登岳阳楼》。

【原文】

昔闻洞庭水①，今上岳阳楼②。

吴楚东南坼③，乾坤日夜浮④。

亲朋无一字⑤，老病有孤舟⑥。

戎马关山北⑦，凭轩涕泗流⑧。

【注释】

①洞庭水：即洞庭湖，古称云梦、九江和重湖，在今湖南北部，是中国第二淡水湖。

②岳阳楼：位于湖南省岳阳市古城西门城墙之上，与湖北武昌黄鹤楼、江西南昌滕王阁并称为"江南三大名楼"，在湖南省岳阳市，下临洞庭湖。

③吴楚：吴地和楚地，分别在我国东面和南面。坼（chè）：分开。

④乾坤：指日、月。浮：飘浮。

⑤无一字：音信全无。字：这里指书信。

⑥老病：杜甫时年五十七岁，身患肺病，风痹，右耳已聋。有孤舟：唯有孤舟一叶飘零无定。

⑦戎马：指战争。关山北：这里指北方边境。此句指当时吐蕃入侵，威胁长安，战争不息，国家不得安宁。

⑧凭轩：靠着窗户。涕泗（sì）流：眼泪禁不住地流淌。

【译文】

很久以前就听闻洞庭湖的大名，今天终于登上了岳阳楼，而且还在岳阳楼上观看了洞庭湖。

宽阔的洞庭湖水浩浩荡荡地向东南伸展，将大地一下子分裂成为吴

地和楚地两大板块，向四面眺望，仿佛日月乃至世间万物都漂浮在洞庭湖水之上。

在这兵荒马乱的年代，我的亲朋好友，至今音信全无，年老多病的我唯有一叶孤舟相伴，孤独地漂泊着。

北方边境的战火一直没有停息，国家百姓终日里不得安宁，我站在岳阳楼上倚窗北望，不禁老泪纵横。

旅夜书怀

【题解】

唐代宗永泰元年（公元765年）的正月，杜甫辞去节度参谋职务，返回成都草堂。四月，严武去世，杜甫在成都失去依靠，于是他携家眷由成都乘舟东下，大历三年（公元768年），迟暮之年的杜甫终于乘船出了三峡，来到了湖北荆门，此诗就作于这期间。全诗景情交融，景中有情，用景物之间的对比，烘托出一个独立于天地之间的飘零形象，使全诗弥漫着深沉凝重的孤独感，令人深深地感到诗人生命的激情正如他笔下的江河一样澎湃难平，发人深思。

【原文】

细草微风岸①，危樯独夜舟②。
星垂平野阔，月涌大江流③。
名岂文章著，官应老病休。
飘飘何所似④，天地一沙鸥。

【注释】

①岸：指江岸边。
②危樯：这里指高高的船杆。樯：船的桅杆。
③月涌：月亮倒映，随水流涌。大江：指长江。
④飘飘：飘零、飘泊，这里诗人借沙鸥以衬托人的飘泊。

【译文】

阵阵微风吹拂着岸边的细草，此时，夜色宁静，一只竖着高高桅杆的小船在寂夜里孤独地停泊在江岸的水面。

广漠的夜空，星星低垂，田野显得格外广阔，月光倒映在浩渺的江流之中，随着水波涌动，好不凄凉。

我难道是因为文章而被人知道声名的？这个无从得知，不过，这官位倒是因为年老多病而被彻底罢退了。

如今我四处漂泊，无依无靠，现在如此落魄的样子像什么呢？唉！就像蜷缩在天地之间的一只孤零零的沙鸥。

月夜

【题解】

天宝十五年（公元 756 年）春，安禄山由洛阳攻潼关。六月，长安陷落，玄宗逃蜀，杜甫携家逃往鄜州羌村。七月肃宗在灵武即位，杜甫得知后只身奔向灵武，不料途中被安史叛军所俘。八月被押回长安的杜甫看到长安城在战争的摧残下一片萧条零落的景象后，月夜之中百感交集，于是便创作了这首诗。

诗中借夜观看月而抒离情，将离乱之苦和内心之忧融为一体，表达了作者对时代的愤恨与无奈之情。

【原文】

今夜鄜州月①，闺中只独看②。

遥怜③小儿女，未解④忆长安。

香雾云鬟湿，清辉玉臂寒。

何时倚虚幌⑤，双照泪痕干⑥。

【注释】

①鄜（fū）州：今陕西省富县。当时杜甫的家属在鄜州的羌村，杜甫在长安。

②闺中：内室。看（kān）：读平声音。

③怜：怜爱，怜惜。此处有思念之意。

④未解：还不懂得。

⑤虚幌：透明的帷帐。

⑥双照：与上面的"独看"对应，同时照向两个人，这里表示对未来团聚的期望。

【译文】

今夜月亮清明，鄜州上空的月亮一定也很明亮吧？遥想家乡的妻子，此时只能一人在内室中独自观看。

远在他乡的我，想念幼小的儿女，只是他们现在还小，怎能懂得思念的心酸？

弥漫着体香的雾气沾湿了你的鬓发，清冷的月光照在你的手臂上，会不会使你的玉臂感到阵阵清寒？

不知道什么时候我们才能相聚，何时才能并肩坐在薄薄的帷帐下共赏月圆，我盼望早日团聚，到那时我们就可以出入成双，那么，就让今夜的月亮，同时照向我们两个人，把我们相思的泪痕照干。

月夜忆舍弟①

【题解】

这首诗是唐肃宗乾元二年（公元 759 年）的秋天杜甫在秦州所作。唐玄宗天宝十四年（公元 755 年），安史之乱爆发以后，山东、河南等地到处都处于战乱之中。当时，杜甫的几个弟弟正分散在这一带，由于战事阻隔，音信不通，使得他们兄弟四人四处流散。月光常会引人遐想，也更容易勾起思乡的情绪，而饱受颠沛流离之苦的杜甫更是别有一番滋味在心头。诗中强烈地抒发了思乡忧国以及顾念手足安危之情。

【原文】

戍鼓断人行②，边秋一雁声③。
露从今夜白④，月是故乡明。
有弟皆分散，无家问死生。
寄书长不达⑤，况乃未休兵⑥。

【注释】

①舍弟：这里指杜甫的四个弟弟，分别是：杜占、杜颖、杜丰、杜观。

②戍鼓：戍楼上用以报时或告警的鼓声。断人行：指鼓声响起后就开始宵禁。

③边秋：这里指秦州。一雁：孤雁。古人以雁行比喻兄弟，此处比喻兄弟分散。

④露从今夜白：指从"白露节"的夜晚开始露珠格外晶莹。

⑤长：一直，时间长久。

⑥况乃：何况是。未休兵：此时叛将史思明正与唐将李光弼激战。

【译文】

戍楼上响起报时的钟声，鼓声响起后，就开始宵禁，不能随意出行了，忽然，听见秦州边境处传来了阵阵孤雁的哀鸣。

原来今天是白露节，天气转凉，露珠从今日起会格外晶莹，这样的夜晚令人更加思念家乡，人是故乡的亲切，月亮也是家乡的更加明亮。

我共有四个弟弟，然而如今却四处离散，都是居无定所，无法打听到他们的消息。

就连寄给他们书信都是一直无法送达，更何况如今战事频繁，尚未止息，兄弟们是生是死都不清楚。

别房太尉墓①

【题解】

房太尉即房琯，是唐朝正谏大夫房融之子，在唐玄宗时任唐朝的宰相，房琯为人正直，刚正不阿。至德二年（公元757年），因受小人谗言，为唐肃宗所贬。杜甫曾上疏力谏，结果却因此事得罪肃宗，几遭刑戮。房琯被罢免后，于宝应二年（公元763年）被任命为刑部尚书。不料在赴任的路上突发疾病，死于阆州。两年后杜甫经过阆州，特地去看看老友房琯的坟墓，写下此诗。

诗中所表达的感情深沉而含蓄，写得既雍容典雅，又情深意重，十分切合题旨。诗人不只是悼念亡友，更多的是对国事的殷忧和叹息。

【原文】

他乡复行役②，驻马别孤坟。

近泪无干土，低空有断云。

对棋陪谢傅③，把剑觅徐君④。

唯见林花落，莺啼送客闻。

【注释】

①房太尉：这里指房琯，房琯（697—763年），字次律，河南（今河南偃师）人，唐朝宰相，正谏大夫房融之子。

②复行役：指复职行役，公事在身。

③谢傅：此处指谢安。杜甫以谢安的镇定自若、儒雅风流来比喻房琯，足以见得杜甫对房琯的推崇备至。

④把剑觅徐君：这里指《说苑》中的一个典故：季札心知徐君爱其宝剑，等到他回来的时候，徐君已经去世，于是季札把剑挂在徐君坟旁的树上。此处诗人以季札自比，表示对亡友的深情厚谊，虽死不忘。

【译文】

那几年，我在异地他乡复职行役，公事缠身，一直行色匆匆，今天来到阆州驻马暂作停留，于是来到你的孤坟前向你致哀作别。

俯卧在你的坟前，我失声痛哭，泪水沾湿了四周的泥土，此刻，天空低垂，似乎天上的云也被阻断。

当年与你对棋之时，我把你比做晋朝的谢安，如今哭倒在你墓前，就像当年季札拜别徐君一样。

往事不堪回首，抬起泪眼，只看到林花纷纷坠落，满目萧然；起身离去时，只听见黄莺悲啼哀鸣，仿佛一片凄怆的送客之声。

春日忆李白

【题解】

唐玄宗天宝三年（公元744年），李白和杜甫在洛阳相遇，二人一见如故，聊得十分投机，从此结下了深厚的友谊。之后他们一起到宋州，在单父（今山东单县南）以北的汶水上，和诗人高适相逢。后来又一起到大梁城。分手后李白赶往江东，杜甫奔赴长安。到达长安后，杜甫写了好几首怀念李白的诗，这首便是其中之一。这首诗疑是天宝六年（公元 747 年）的春天杜甫在长安时所作。

　　诗中抒发了对李白的赞誉和怀念之情，同时高度评价了李白诗歌的重要地位和风格特色。

【原文】

　　白也诗无敌，飘然思不群①。

　　清新庾开府②，俊逸鲍参军③。

　　渭北春天树④，江东⑤日暮云。

　　何时一樽酒，重与细论文⑥。

【注释】

　　①不群：不平凡，高出于同辈。这句说明上句，因为思不群故诗无敌。

　　②庾开府：指庾信（513—581 年），字子山，小字兰成。南阳新野（今河南新野）人，南北朝时期文学家、诗人。亦是著名文学家。在北周官至骠骑大将军、开府仪同三司（司马、司徒、司空），故称庾开府。

　　③俊逸：一作"豪迈"。鲍参军：指鲍照：鲍照（412—466 年），字明远，东海郡人（今属山东临沂市兰陵县长城镇），中国南朝宋杰出的文学家、诗人。南朝宋时任荆州前军参军，世称鲍参军。

　　④渭北：渭水北岸，借指长安（今陕西西安）一带，当时杜甫在此地。

　　⑤江东：指今江苏省南部和浙江省北部一带，当时李白在此地。

　　⑥论文：即论诗。六朝以来，通称诗为文。

【译文】

李白创作的诗堪称冠绝当代，无人能敌，他那飘逸超然的才思无人可比，甚至高出当代很多人。

李白的诗追求洒脱清逸，让人不得不赞叹的是，他的诗既有庾信的清新之气，也有鲍照的俊逸豪迈之风。

如今，我在渭水北岸独对着春天里的树木，追忆我们在一起时的赋诗豪饮，而你此时也许正在江东远望那日暮薄云，就这样天各一方，我们只能遥相思念。

不知我们要等到何时才能一同举杯畅饮，又是什么时候才能再次共同细细探讨我们的诗文？

春宿左省①

【题解】

至德二年（公元 757 年）的九月，唐军收复了被安史叛军所控制的京师长安，十月，唐肃宗自凤翔还京，于是杜甫急忙从鄜州赶往长安，杜甫到长安后仍任左拾遗，这首诗就作于唐肃宗重返长安的第二年，也就是唐肃宗乾元元年（公元 758 年）。这首诗多少带有某些应制诗的色彩，虽然写的很平，但却真切，体现了杜甫律诗结构既严谨又灵动，诗意既明达又含蓄的特点。

【原文】

花隐掖垣②暮，啾啾栖鸟过。

星临③万户动，月傍九霄④多。

不寝听金钥⑤，因风想玉珂⑥。

明朝有封事⑦，数问夜如何。

【注释】

①宿：指值夜。左省：唐朝时中央官署名。即左拾遗所属的门下省，和中书省同为掌机要的中央政府机构，因在殿庑之东，故称"左省"。

②掖垣（yè yuán）：门下省和中书省位于宫墙的两边，像人的两腋，故名。

③临：居高临下。

④九霄：在此指高耸入云的宫殿。

⑤金钥：即金锁。指开宫门的锁钥声。

⑥珂：马铃。即挂在马颈上的铃。在有些地方，人们出于种种目的，拟仿驼铃，给马戴上铃铛。

⑦封事：臣下上书奏事，为防泄漏，用黑色袋子密封，因此得名。

【译文】

今天轮到我在左省值夜，傍晚时分，抬眼向外观看，左省宫墙两边开放的花朵，在暮色的笼罩下隐约可见，不过，那些夜晚投林栖息的鸟儿，在天空中飞过之时的"啾啾"啼鸣，倒是特别清晰悦耳。

夜空晴朗，在群星的照耀下，宫殿中的千门万户也似乎跟着一起闪动；高耸入云的宫殿，静静地靠近月亮，仿佛被照射到的月光也特别多。

值夜时不能过早睡觉，静夜里，仿佛听到了有人开启宫门铜锁的钥匙声；听微风吹动房檐间的铃铛又想到了百官骑马上朝的马铃声。

明天早朝的时候还要上书奏事，今晚就要事先用黑色袋子把卷宗密封完好，却不知为何如此心绪不宁，所以多次探看夜漏究竟到了什么时辰，生怕误了早朝。

对雪

【题解】

至德元年（公元756年），安史叛军进逼长安，唐玄宗抛下百官逃往蜀地，十月二十一日，宰相房琯率领唐军在陈陶斜和青坂与安禄山叛军展开大战，唐军大败，死伤多达四万，仅有数千人逃出。长安失陷时，杜甫逃到半路就被叛军抓住，被押回长安。在长安杜甫也设法隐蔽自己，才得以保全性命，但是痛苦的心情，艰难的生活，仍然折磨着诗人。在天宝十五年（公元756年）的冬天，杜甫面对着雪，面对着被战火洗礼后残破不堪的长安城，写下此诗。

【原文】

战哭多新鬼①，愁吟独老翁。

乱云低薄暮，急雪舞回风。

瓢弃樽无绿②，炉存火似红。

数州消息断，愁坐正书空③。

【注释】

①战哭：指在战场上哭泣的士兵。新鬼：新死去士兵的鬼魂。

②瓢：葫芦，古人诗文中称为瓢，通常拿来盛茶酒的。樽：古时盛酒的器皿。绿：句中以酒的绿色代替酒字。

③愁坐：忧愁地坐着。书空：是引用晋人殷浩的典故，忧愁无聊，用手在空中划着字。

【译文】

战争是残酷的，战场上的士兵们每天都在为刚刚死去的兵士哭泣着，无独有偶，其实，每天也有一个凄苦的老人独坐斗室，满怀愁绪，反复低吟。

太阳快落山的时候，乱云翻滚，把天空压得很低，稀薄的暮色也变得令人心情压抑。不一会儿，急速而落的雪花在风中狂乱地回旋飞舞。

在这凄寒的雪夜最好能有美酒，可贫寒交困的我，那个装酒的葫芦早就扔掉了，酒樽里面也早已没有了美酒，浑身不觉一阵寒凉，转身看见火炉中残存的灰烬似乎燃起了大火，熊熊火光照得眼前一片通红。

我身陷长安，无法逃脱，就连各州的战况和妻子家人的消息都无从知道，我只能忧愁地独坐在那里，像晋人殷浩一样，用手在空中划着字。

江汉

【题解】

这首诗是杜甫晚年滞留江汉一带时所作。大历三年（公元768年）的正月，杜甫离开夔州，辗转于湖北江陵、公安等地。此时的杜甫历经磨难，生活日益困窘。长期漂泊无定的生活更是让他感慨万千，在这种情境下，便创作了这首诗。

全诗使用委婉含蓄的手法，充分表现了诗人老而弥坚、壮心不已的心理状态。诗人虽已五十六岁，且北归无望，但依旧一副自强不息的傲骨，表达了他一生漂泊的沧桑之感以及报国无门的愤懑之情。

【原文】

江汉思归客①，乾坤一腐儒②。

片云天共远，永夜月同孤。

落日心犹壮③，秋风病欲苏④。

古来存老马⑤，不必取长途。

【注释】

①江汉：该诗在湖北江陵公安一带所写，因这里处在长江和汉水之间，所以诗称"江汉"。

②腐儒：本指迂腐而不知变通的读书人，这里是诗人的自称，含有自嘲之意。是说自己虽是满腹经纶的饱学之士，却仍然没有摆脱贫穷的下场。

③落日：落下的太阳。这里杜甫用来比喻自己已是垂暮之年。

④病欲苏：病都要好了。苏：康复。

⑤存：存养。

【译文】

我困顿无依地在江汉一带漂泊，心中无比思念故土，却回不去，不禁仰天长叹，在这茫茫天地之间，我只不过是一个迂腐无能的读书人。

看着浮在天边的片片云朵，似乎与这长天共远，仰望夜里悬挂在空中的孤月，仿佛自己就如同这明月一样孤单。

我虽已到暮年，但是即使身处逆境，也依然壮心不已，面对飒飒而起的秋风，我不仅没有了往日的忧愁，反而感觉我的病痛都要康复了。

自古以来，存养老马是因为它的智慧不减，尚可识途，而不是为了取其体力奔驰长途，所以，我虽年老多病，但我还有智慧可以运用，依然能够有所作为。

日暮

【题解】

唐代宗大历二年（公元 767 年）的秋天杜甫在夔州瀼西东屯居住。瀼西东屯是一个环境很美的村庄，这里地势平坦，溪水环绕，草木繁茂，山壁耸立，尤其到了黄昏时分，整个村庄变得格外寂静祥和，触发了作者的思乡之情。面对眼前的景象，作者有感而发，作下此诗。这首诗本是写景，却让人觉得有化不开的凄凉和悲郁在其中。诗人对人生迟暮的感慨，对故乡难归的悲哀，都荡漾在精美传神的景色描写中。全诗情景交融、含而不露，令人觉得余味无穷。

【原文】

牛羊下来久，各已闭柴门。
风月自清夜，江山非故园①。
石泉流暗壁，草露②滴秋根。
头白灯明里，何须花烬繁③。

【注释】

①故园：故乡。
②草露：凝聚在草根上的露水。
③花烬：这里指灯花，蜡烛或者油灯中，灯芯烧过后，灰烬仍旧在灯芯上，红热状态下的灰烬在火焰中如同花朵，遂名灯花。在民俗中有"预报喜兆"之意。

【译文】

村子里的羊群牛群早已从田野归来，家家户户也都关上了门。

月亮渐渐升高，柔软的风吹过村庄，这是一个多么迷人的夜晚，只可惜这美丽的地方不是我自己的家乡。

听到泉水沿着石壁缝隙暗暗发出清冷的声音，看到秋夜的露珠凝聚滴落在草根上。

　　我的满头白发，在这明亮的灯光下显得愈加发白，看那溅着五彩斑斓的火花似乎在报喜，但已经和我没有任何关系了。

天末怀李白

【题解】

　　此诗当作于唐肃宗乾元二年（公元759年）的秋天，和《梦李白二首》是同一时期的作品，当时诗人弃官远游客居秦州（今甘肃天水）。之前所写诗中的疑虑总算可以消除了，但怀念与忧虑却丝毫未减，于是杜甫又写下这首诗以表达牵挂之情。诗中感情十分强烈，但却不是用奔腾浩荡、一泄千里地表达出来，而是通过反复咏叹，低回婉转的方式含蓄地表达出来，如潮水般千回百转，萦绕心际，不愧为古代抒情名作。

【原文】

凉风起天末，君子意如何①？

鸿雁②几时到？江湖秋水多③。

文章憎命达④，魑魅喜人过⑤。

应共冤魂语⑥，投诗赠汨罗⑦。

【注释】

　　①天末：天的尽头。因为秦州地处遥远的边塞，就像在天的尽头一样。君子：指李白。

　　②鸿雁：喻指书信。古代有鸿雁传书的说法。

　　③江湖秋水多：这里喻指李白充满波折的路途。当时李白因永王李璘案被流放夜郎，途中遇赦还至湖南。诗人为李白的行程担忧。

　　④文章：这里泛指文学。命：命运，时运。

　　⑤魑（chī）魅：鬼怪，这里指坏人或邪恶势力。过：过错，过失。这句指魑魅喜欢幸灾乐祸，说明李白遭贬是被诬陷的。

　　⑥冤魂：这里指屈原。杜甫深知李白从永王李璘实出于爱国，却蒙冤放逐，正和屈原一样。所以说，应和屈原一起诉说冤屈。

⑦汩（mì）罗：这里指汩罗江，在湖南湘阴县东北。战国末期，楚国著名的政治家、诗人屈原被流放时，曾在汩罗江畔的玉笥山上住过。公元前278年，楚国被秦军攻破，屈原感到救国无望，投汩罗江而死。

【译文】

寒冷的风从遥远的天之尽头刮过来，不知远在秦地边塞的你最近心境怎样？

我寄给你的书信不知什么时候才能送到呢？此刻不禁心增挂念，现在连年征战，百姓流离失所，而你回来的路又充满波折，只恐江湖险恶，秋水风浪多。

自古以来，文才出众的人总是遭到小人嫉妒怀恨，你的时运不济，没能人生顺达，无辜就遭到奸佞馋毁而被流放夜郎，这些鬼怪就是喜欢给贤才栽赃过错。

你和屈原都是一样受到冤枉而被放逐的，却无处申诉冤屈，所以你应该写下赠诗投入汩罗江，向屈原诉说。

野望

【题解】

这首诗是唐肃宗乾元二年（公元759年）杜甫在秦州所作。安史叛军攻陷洛阳后，杜甫已无落足之地，本想前往洛阳回到故乡，却被抓回长安囚禁，在被囚禁的那段时间，杜甫亲眼目睹了被战争摧毁掉的长安城，在这样的情景下，一种哀痛便油然而生。这首诗自上而下无不表现出秋天的悲凉，而作者内心更深层的悲凉正是安史之乱所造成的，诗人通过这样的方式，含蓄而有力的批判了安史之乱对国家与人民带来的灾难。

【原文】

清秋望不极，迢递起曾阴①。
远水兼天净②，孤城隐雾深。
叶稀风更落，山迥③日初沉。
独鹤归何晚④，昏鸦⑤已满林。

【注释】

①迢遰（dì）：远处，遥远貌。曾（céng）阴：重叠的阴云。

②兼：连着。天净：天空明净。

③迥（jiǒng）：远。

④归何晚：为什么回来的这么晚。

⑤昏鸦：本意是黄昏时的乌鸦，这里喻指安史之乱的叛军。

【译文】

清秋时节，抬眼可见清旷无极的景色，遥远的天际泛起重重叠叠的云。

水天相接的地方一片明净，孤城外，雾气缭绕。

秋风吹打在树上，稀疏枯黄的叶子落得更快了，向远处望去，太阳刚刚沉入高山。

孤独的白鹤为什么回来的这么晚，你可知道黄昏时乌鸦早已住满了树林。

奉济驿重送严公四韵①

【题解】

这首诗是杜甫送好友严武的诗作，作于宝应元年（公元762年）的四月，唐肃宗死后，唐代宗即位，六月，唐代宗召严武入朝为官，在镇蜀期间，曾亲自到草堂探视杜甫，并在经济上给予接济，因此杜甫非常感激严武，此番严武即将奔赴长安，杜甫特送赠别诗一首，因之前已写过《送严侍郎到绵州同登杜使君江楼宴》，故称"重送"。此诗语言质朴，格律严谨，情真意挚，凄楚却感人至深。

【原文】

远送从此别，青山空复情。

几时杯重把，昨夜月同行。

列郡②讴歌惜，三朝③出入荣。

江村④独归处，寂寞养残生。

【注释】

①奉济驿：在成都东北的绵阳县。严公：即严武（726—765年），字季

鹰。华州华阴（今陕西华阴）人。唐朝中期大臣、诗人，曾两度为剑南节度使。

②列郡：指东西两川各个郡县。

③三朝：指唐玄宗、唐肃宗、唐代宗三朝。

④江村：指杜甫所居住的成都浣花溪边的草堂。

【译文】

相送严公走了一程又一程，已经送了很远的路，但是到奉济驿我们就要分手告别了，看着周围矗立的山峰，不免又徒增依依惜别之情。

这一别，真不知什么时候我们还能再举杯共饮，还像昨天晚上一样，我们在月色中并肩同行。

东西两川各个郡县的百姓都在赞颂你的功德，对你这次离任感到惋惜，他们哪里知道，你曾经在玄宗、肃宗、代宗三朝都出入朝廷位居高官，这是多么荣耀的一生。

此番我们分手后，我再次独自回到江村的草堂，余下的日子里，我只能是孤单寂寞地度过残生。

画鹰

【题解】

画上题诗，是中国绘画艺术特有的一种风格。为画题诗自唐代始，但当时只是以诗赞画，真正把诗题在画上，是宋代以后的事。这首题画诗写于公元713—公元741年的末期，与《房兵曹胡马》约作于同时，是杜甫早期的作品。此时诗人正当年少，富于理想，也过着"快意"的生活，充满着青春活力，富有积极进取之心。诗中通过描绘雄鹰的威猛形态以及搏击的迅猛激情，表达了作者青年时代昂扬奋发的伟大志向和鄙视平庸的性情。

【原文】

素练风霜起①，苍鹰画作殊②。

拟身思狡兔③，侧目似愁胡④。

绦镟光堪摘⑤，轩楹势可呼⑥。

何当击凡鸟⑦，毛血洒平芜⑧。

【注释】

①素练：作画用的白绢。风霜：指秋冬肃杀之气。这里形容画中之鹰凶猛如挟风霜之杀气。

②画作：作画，写生。殊：特异，不同凡俗。

③㧐（sǒng）身：即竦身，指耸身，纵身向上跳。思狡兔：想捕获狡兔。

④侧目：斜视。似愁胡：形容鹰的眼睛色碧而锐利。因胡人（指西域人）碧眼，故以此为喻。

⑤绦（tāo）：丝绳，指系鹰用的丝绳。镟（xuàn）：金属转轴，指鹰绳另一端所系的金属环。堪摘（zhāi）：可以解除。摘：同"摘"。

⑥轩楹：堂前廊柱，指悬挂画鹰的地方。势可呼：画中的鹰势态逼真，呼之欲飞。

⑦何当：安得，哪得。这里有假如的意思。击凡鸟：捕捉凡庸的鸟。这里把"凡鸟"喻为误国的小人，似有锄恶之意。

⑧平芜：平坦宽阔的草原。

【译文】

观看这洁白的画绢之上，突然感觉升起了一片秋冬肃杀之气，原来是画中的鹰如此不同凡响，仿佛挟裹逼迫骇人的风霜。

它竦起身躯的样子，好像要捕杀狡兔，斜视的目光异常锐利，就像沉思发愁的碧眼胡人。

你再看，这只鹰被系在一根丝绳上，丝绳的另一端系着一个闪闪发亮的金属转轴，仿佛可以解下来一般，画中鹰的势态简直太逼真了，似乎只要把丝绳和金属环解开，堂前廊柱上的画鹰就会呼之欲飞，直冲云霄。

真希望这只凶猛无比的画中鹰能够变成真实的雄鹰，展开双翅，去捕捉那些平凡庸腐的鸟儿，让它们毛羽殆尽，血洒莽莽草原。

陪郑广文游何将军山林十首①

【题解】

这组诗约作于唐玄宗天宝十二年（公元753年）的初夏，虽为杜甫困居长安时所作，但此组诗别有一番轻松愉快的韵调，当时杜甫闲游之时偶遇广文馆博士郑虔，便结伴同游何将军山林，故作此组诗。

此组诗共十章，每首主题各有侧重，从不同角度描写了何将军山林之优美静谧、山林生活之怡情闲适，以及诗人对这所山林的喜爱之情。首尾呼应，有起有结，巧妙地将诗歌连缀成一个整体，使人产生强烈的身临其境之感。

【原文】

其一

不识南塘路，今知第五桥。

名园依绿水，野竹上青霄②。

谷口旧相得，濠梁同见招③。

平生为幽兴，未惜马蹄遥。

【注释】

①郑广文：即郑虔（691—759年），字趋庭，又字若齐（一字弱齐、若斋），唐代都畿道郑州荥阳县人，盛唐著名高士，文学家、诗人。诗圣杜甫称赞他"荥阳冠众儒"、"文传天下口"。何将军：生平不详。

②青霄：云霄。

③濠（háo）梁：水名。招：招唤，相邀之意。

【译文】

以前我不认识去往南塘的道路，今天才知道要经过第五桥才能到达。

这座著名的园林依傍着清澈幽绿的湖水，一排排野生的竹子亭亭耸立，好像要冲上云霄。

当我走到了谷口处，遇见了我的故交郑广文，于是我便邀请他一同去游览濠梁。

我这个人啊，平生为了寻找幽境胜景，满足优游雅兴，从来就不怕路途遥远。

【原文】

其二

百顷风潭上，千章①夏木清。

卑枝低结子，接叶暗巢莺。

鲜鲫银丝脍，香芹碧涧羹。

翻疑柁楼底，晚饭越中行②。

【注释】

①千章：高大的树木很多。

②越中：这里指唐朝的越州，今绍兴市及杭州市萧山区等地。

【译文】

这里的水潭有百顷之大，微微山风从水面吹过荡起粼波，因为正值夏天，这里林木重重，郁郁青青。

果树上微小的枝条上也结满了果子，这些惹人喜爱的果子把树枝压得很低，随手就可以摘到它们，枝叶交错相接，密集之处隐蔽着很多莺鸟的巢穴。

潭水里有很多鱼儿，我们把刚打捞上来的新鲜鲫鱼切成银丝那样，然后脍成美味鱼汤，再用碧水涧旁的香芹熬成香羹。

如此美味佳肴，这分明是在越中食用丰盛的晚宴啊，哪里是在柁楼底下露营野餐呢？

【原文】

其三

万里戎王子①，何年别月支？

异花开绝域，滋蔓匝清池。

汉使徒空到，神农竟不知。

露翻兼雨打，开坼渐离披②。

【注释】

①戎王子：一种花草。

②坼（chè）：裂开。离披：分散下垂的样子。

杜甫诗全鉴

【译文】

戎王子花原本来自遥远的万里之外，你是何年何月告别月支故土，来到这里落地生根的呢？

这种异国之花在他乡非常珍贵，如今在这绝美的佳境开花，更是如鱼得水，看它们肆意滋长的藤蔓，已在清水池塘的四周铺满。

当年，汉朝的使者张骞都不曾把这花种带回，他真是白白地到月支走一遭，恐怕连神农也不知道世上竟有这么美的鲜花。

可惜的是，这鲜花经受不住露珠的滚压和风吹雨打，现在虽然枝叶长得正盛，但花瓣已经日渐开裂，分散垂落了。

【原文】

其四

旁舍连高竹，疏篱带晚花①。

碾涡深没马②，藤蔓曲藏蛇。

词赋工无益，山林迹未赊③。

尽捻④书籍卖，来问尔东家。

【注释】

①晚花：这里指花朵已经凋零。

②碾：碾子。

③未赊（shē）：不远。

④捻（niǎn）：拿取。

【译文】

青翠高耸的竹子与房屋连成一片，稀疏的篱笆上攀附的花儿濒临晚景，凋零的花瓣杂乱地散落在地上。

房舍门前那个石碾子看来年代已经久远，碾米时留下的涡痕很深，差不多能隐没骏马的马蹄，两侧自然生长的藤蔓就像一

条条大蟒蛇曲曲弯弯地隐藏在其中。

我虽然满腹经纶，擅长写诗作赋，却没有因此而受益，如此没有用武之地，恐怕离我去山林隐居的日子也不远了。

既然这样，不如把我家中的诗书典籍取来全卖了吧，然后一起隐居在这里，与你毗邻而居。

【原文】

其五

剩水沧江破，残山碣石开。
绿垂风折笋，红绽雨肥梅。
银甲弹筝用①，金鱼换酒来。
兴②移无洒扫，随意坐莓苔。

【注释】

①银甲：用银子做的指甲。

②兴：兴致。

【译文】

一座庞大的假山傲然挺立，只见一瀑水流仿佛自天而降，穿石剩水气势雄阔，足以破沧江之水而开碣石。

绿色的垂柳翠竹在风中舞动，随手折下嫩嫩的绿笋烹煮，着实美味，雨水催肥了梅子，水润可餐，再加上一簇簇绽开的红花朵朵，真是美不胜收。

我仿佛看见了当年的何将军，此时正惬意地坐在亭子之中，半闭双眼，听着那些美人戴着银指甲弹拨古筝；想到将军尚且那般雅兴，我们也来他个"金鱼"换酒，大尽豪兴。

于是，一起兴致高昂，也不必顾及太多洒扫庭院之事了，随意坐在莓苔之上，共同举杯开怀畅饮。

【原文】

其六

风磴吹阴雪，云门吼瀑泉。
酒醒思卧簟①，衣冷欲装绵。
野老来看客②，河鱼不取钱。
只疑淳朴处，自有一山川。

【注释】

①簟（diàn）：竹席。

②客：此处指杜甫他们二人。

【译文】

忽然感觉到一阵风从山岩的石阶上吹来，扑在脸上仿佛阴凉的雪花，仔细一看，原来是云门上呼啸而下的瀑布溅起的水花，这瀑布落地之声，如雷贯耳。

这声音使酒醉的我醒来了，反倒想在舒适的竹簟上睡卧，主要是现在有点冷，我身穿单衣，真想往里面塞点棉花。

这时，一位深居山野的老人走来，看到我们以后，便送给我们很多条河鱼，而且分文不取。

这个淳朴可爱的地方啊，让人疑惑是不是到了陶渊明的桃花源，而我想说，这里真是独具特色，是难得一见的河川山林啊！

【原文】

其七

棘树寒云色，茵蔯①春藕香。

脆添生菜美，阴益食单凉。

野鹤清晨出，山精②白日藏。

石林蟠水府，百里独苍苍。

【注释】

①茵蔯：一种蒿草，可入药。

②山精：山中的精灵。

【译文】

这里的山林物产更是丰富，你看那小枣树丛生，天然架起的阴凉之处，仿佛一片寒云的颜色，随处可见的茵蔯和鲜脆的春藕，也都是香美的菜肴。

这些生菜又脆又美味，我们坐在树荫下美美地吃着生菜，只觉得是那么阴凉舒爽。

清晨的时候，野鹤们纷纷出来活动，舒展着翅膀在空中翱翔，不过，山中那些精灵倒是很会隐藏，在白天很少看到。

石林高耸，仿佛能直达天上宫阙的蟠龙水晶宫，方圆百里，唯独它显得茫茫苍苍。

【原文】

其八

忆过杨柳渚，走马定昆池。

醉把青荷叶，狂遗白接篱①。

刺船思郢②客，解水③乞吴儿。

坐对秦山晚，江湖兴颇随。

【注释】

①白接篱：白色的头巾。

②郢（yǐng）：楚之都。

③解水：识水性。

【译文】

回忆起过去曾经在杨柳渚尽情玩乐，在定昆池上飞马驰骋的那些情景。

每日里闲情优游，狂欢酒醉之后，有时竟然把白色的头巾给弄丢了，然后醉赏把玩青青的荷叶，当作帽子戴在头上。

现在看到那撑船的小伙子，忽然想起了郢中的船夫，他们个个熟悉水性，如同江南的吴儿。

我们一直坐着举杯对饮，欢声畅谈，不知不觉已经是斜阳落下秦山，但我们游玩江湖的兴致依然不减，但天色已晚，只好相随下山而回返。

【原文】

其九

床上书连屋，阶前树拂云。

将军不好武，稚子总能文。

醒酒微风入，听诗静夜分。

綌衣挂萝薜①，凉月白纷纷。

【注释】

①綌（chī）衣：细葛布做的衣服。葛布是一种多年生蔓草。其茎的纤维所制成的织物叫葛布。萝薜（bì）：一种藤蔓植物，也指女萝和薜荔。

【译文】

回到山下，来到何将军当年的寝居之处，一进书房，便看见床上的书堆得都快堆到屋顶了，台阶前高高耸立的几棵大树，风起时，仿佛能拂动天上的云。

何将军性情温和不好兵黩武，他教育自己的儿子从小习文，故而文采也不错，都是大器之才。

现在已经从醉酒之中醒来，感觉有阵阵微风吹入堂屋，在这安谧的静夜时分，听起来竟有着诗的意境。

我把细葛布衣挂在萝薜藤上，向窗外望去，此时，清凉如水的月光照着大地，呈现出一片雪白。

【原文】

其十

幽意忽不惬①，归期无奈何。

出门流水住，回首白云多。

自笑灯前舞，谁怜醉后歌。

只应与朋好②，风雨亦来过。

【注释】

①惬：惬意，爽快。

②朋好：好朋友。此指郑广文。

【译文】

天已放亮，一想到就快要离开这处幽静之地，心里就很不爽，然而出游终究是要归去的，谁也无可奈何。

走出房门之后，看溪中的流水仿佛停在了那里，回头远望，天上的白云越聚越多，仿佛是在招手留客。

想想这几天，不禁嘲笑自己谈兴正浓之时在灯前拂袖而舞，酒醉后放声唱歌倾吐心声，可普天之下又有谁懂我这酒后的高歌呢？

只有这里的何将军与好朋友你啊，我们就此约定，下次不管刮风也好，下雨也罢，我们一定要再次旧地重游。

水槛遣心二首①

【题解】

此诗大约作于唐肃宗上元二年（公元761年）。杜甫定居草堂后，经过一番扩建，并在水亭旁添置了专供垂钓、眺望的水槛，风景优美。他曾历尽长期颠沛流离的生活，现在能有安身之所，自然心情舒畅，便情不自禁地写下了这组诗。

第一首诗中描绘的是草堂环境，然而字里行间含蕴的，却是诗人悠游闲适的心情和对大自然、对春天的热爱，遣词用意精微细致，描写也生动；第二首诗，前两联写景，后两联言志。在咏物的同时抒发了对自己身世遭遇的感慨、对朝廷政治的不满以及叹息自己老迈，无力去改变现实而只好借酒消遣的无奈之情。

【原文】

其一

去郭轩楹敞②，无村眺望赊③。

澄江平少岸④，幽树晚多花。

细雨鱼儿出，微风燕子斜。

城中十万户，此地两三家。

【注释】

①水槛（jiàn）：指水边的栏杆，可以凭槛眺望。遣心：一作"遣兴"。

②去郭：远离城郭。轩楹：指草堂的建筑物。轩：长廊。楹（yíng）：柱子。敞：开阔。

③无村眺望赊：因附近无村庄遮蔽，故可远望。赊（shē）：长，远。

④澄江平少岸：澄清的江水高与岸平，因而很少能看到江岸。

【译文】

我居住的草堂远离喧闹的城郭，家中庭院既开阔又宽敞，四周没有村庄遮蔽，因而可以极目远望。

清澈的江水与岸边齐平，几乎淹没了岸堤，草堂周围郁郁葱葱的树木，在春日的黄昏里，盛开着姹紫嫣红的花朵。

蒙蒙细雨之时，鱼儿在池塘里，喷吐

着水泡儿或是欢快地跃出水面，微风里，燕子时而倾斜着飞上天空，时而双双栖落檐下。

城中大约有十万户人家，熙熙攘攘，过于喧闹，而这里却只有三三两两的人家，空气清新，显得舒适宁静。

【原文】

其二

蜀天常夜雨①，江槛已朝晴。

叶润林塘密，衣干枕席清。

不堪祗老病，何得尚浮名②。

浅把涓涓酒③，深凭送此生。

【注释】

①蜀天：这里指四川一带。

②祗（zhī）：恭敬。这里是忍受的意思。尚：崇尚，注重。浮名：虚名。

③涓涓：本意是细水缓流的样子，这里指慢慢的倒酒。

【译文】

蜀地这一带是多雨的天气，夜里也常常下雨，等到第二天早晨，靠在水边的栏杆上远望，就能看到天色已经开始放晴。

植物的叶子被雨水冲洗得鲜亮润滑，树林里、池塘边都布满了密密麻麻的小水洼，衣服经过阳光暴晒已经干透了，枕席也变得清爽极了。

现在的我已经日渐衰老，而且还要忍受病痛长久的折磨，怎能还会看重那些虚名。

我只想淡泊一切浮华，慢慢地倒酒，慢慢酌饮，深藏所有幽怨愤懑，借清酒来陪伴我的余生。

登兖州城楼①

【题解】

这首诗和《望岳》同是杜甫第一次游齐赵时所作，约作于开元二十四年（公元736年），杜甫当时去兖州探望父亲，在途中登上了兖州城楼，面对眼前秀丽的风景，有感而发。

此诗虽属旅游题材，但诗人从地理和历史的角度，分别进行观览与思考，一方面广览祖国的山海壮观，一方面回顾前朝的历史胜迹，而更多的是由眺望远方引起的怀古之情。

【原文】

东郡趋庭日②，南楼纵目初。

浮云连海岱③，平野入青徐④。

孤嶂秦碑在⑤，荒城鲁殿馀⑥。

从来多古意⑦，临眺独踌躇。

【注释】

①兖（yǎn）州：唐代州名，在今山东省。杜甫父亲杜闲当时任兖州司马。

②东郡趋庭：到兖州看望父亲。

③海岱：这里指东海和泰山。

④入：是一直伸展到的意思。青徐：青州、徐州。

⑤孤嶂：今山东邹县东南的峄（yì）山。秦碑：秦始皇登峄山时命人所刻的歌颂他功德的石碑。

⑥荒城：指曲阜。地处山东省西南部。鲁殿：汉时鲁恭王在曲阜城修的灵光殿。馀（yú）：同"余"，残余。

⑦古意：怀古之情。

【译文】

我来到兖州看望我父亲的这段时间，第一次登上兖州城的南城楼放眼远望。

只见天地苍茫，天边飘浮的白云连接着东海和泰山，开阔的原野一直延伸到青州和徐州。

秦始皇首登峄山时为了歌功颂德而立的石碑依旧挺立在山峰，鲁恭王在曲阜城修的灵光殿，成了残败不堪的城池。

站在城楼上眺望远方，怀古之情不禁油然而生，我在城楼上独自徘徊，心中更是无限感慨。

题张氏隐居

【题解】

这首诗作于唐玄宗开元二十四年（公元 736 年），当时杜甫游于齐赵之地，结识了一位姓张的朋友，两人聊得十分投机，这首诗就写于与张氏相识后。

虽然这首诗只是一首应酬朋友的作品，却可以看出作者是一位注重人情味的贤士，同时也是一位诙谐风趣之人，字字句句都体现出杜甫的淳朴与善良。

【原文】

之子时相见①，邀人晚兴留。

霁潭鳣发发②，春草鹿呦呦。

杜酒偏劳劝③，张梨不外求④。

前村山路险，归醉每无愁。

【注释】

①之子：这里指张氏。

②鳣（zhān）：同"鳝"，生长在江苏一带的鱼名。发发：盛貌。

③杜酒：家酿的薄酒。史传杜康造酒，故称。

④张梨：此指张氏所产的梨。

【译文】

我与张氏经常见面，眼下虽天色已晚，张公依旧像往常一样邀请我留下来，以尽晚间畅谈雅兴。

张氏隐居之地非常幽静。清澈的潭水中，时常看见鳣鱼悠闲地来回游动着，穿梭游弋之时偶尔发出"发发"的声响，春天的田野上，群鹿在那边吃草，不时的传来"呦呦"的鹿鸣。

每次前来拜访，我都从家带足了自家酿的薄酒，两人开怀畅饮之时却偏偏劳烦您来劝酒，梨是张家自产的，府上应有尽有，自然不用去外面寻找，所以每次都是不醉不休。

张家前村的山路很险，却已在醉酒归家时走熟我们每次都是尽情地喝个够，来它个一醉方休，因为喝醉了就不知什么是忧愁滋味了。

端午日赐衣

【题解】

约在公元757年，杜甫官拜左拾遗，这首诗是他在当年端午节时所作。这个端午节应该是杜甫一生中最重要的一个端午节，那天他收到了皇帝赐给他的官衣，这意味着遭到罢免的他终于可以回到朝廷重新做官了，杜甫面对官衣喜极而泣，在心情极度欢喜的状态下，写下此诗。

诗中运用明快简洁的词句，抒发了作者喜得皇上恩赐，感受到了皇上对自己恩宠有加的喜悦，以及甘愿终身效忠皇上的一片真心。

【原文】

宫衣亦有名①，端午被恩荣。

细葛含风软，香罗叠雪轻②。

自天题处湿，当暑著来清③。

意内称长短④，终身荷圣情。

【注释】

①宫衣：指官服。亦有名：是指古风俗，在端午节吃过粽子以后穿上画了图案的衣裳，可以让这一年不再怕风霜。

②葛：是一种植物，可用来织布。细葛：指用最细最好的葛丝做的布。香罗：罗是一种有孔的丝织品，香罗指罗的香味。叠雪轻：像雪花叠在一起那么轻。

③当暑：指在天气最热的时候。著：穿着。清：清爽。

④意内：指心里。称长短：指计算衣服大小尺寸。

【译文】

在端午节这天，皇上赐我名贵的官服，也正应了端午穿新衣的风俗，看来真是时来运转了，更为自己终于得到皇上的赏识和恩宠而感到荣幸。

这件香罗官服是用最细最好的葛丝纺布做的，能够随风柔软地飘起，就像用雪花叠在一起那么轻。

来自皇天所赐，犹如雨露润泽，正当酷暑时节，柔软的料子贴在脖子上，湿湿凉凉的感觉，真是清凉舒爽。

官服的长短肥瘦恰好合我的心意，尺寸如此正好，我真心佩服皇上的眼光，忽然感觉全身都充满了圣上的恩情，终身不敢相忘。

促织

【题解】

人们常常把鸣叫声当作动物的语言，所以听到反复不断的声音，就自然想象到那是在不断地诉说着什么，把它想象成无休止的倾诉。乾元二年（公元759年）的秋天，当时杜甫还在秦州，远离家乡的他，在夜里听到了蟋蟀哀婉的叫声，牵动了内心的思乡之情，久居在外的他，心情本来就很凄凉，听到这哀婉的声音后，不禁声泪俱下，故作下此诗，抒发了自己羁旅他乡的满腹愁肠。

【原文】

促织①甚微细，哀音②何动人。

草根吟不稳，床下夜相亲。

久客得无泪，放妻③难及晨。

悲丝与急管④，感激异天真⑤。

【注释】

①促织：蟋蟀的别称，也叫蛐蛐儿。在今甘肃天水一带俗称"黑羊"。

②哀音：哀婉的声音。

③放妻：被遗弃的妻子或寡妇。

④丝：弦乐器。管：管乐器。

⑤感激：感动、激发。天真：这里指促织没有受礼俗影响自然真切的叫声。

【译文】

蟋蟀叫声十分微弱细小，可那哀婉的声音却是多么地动人心怀。

有时它在野外的草丛间鸣叫，时断时续，声音不是很稳定，有时又跑到屋子里，在屋内的床底下鸣叫，不论它在哪儿鸣叫，在这孤寂的夜里，仿佛都与我的心境相同。

听到这鸣叫声，久居他乡的人都会忍不住潸然泪流，那些被遗弃的妇女和寡妇也会在半夜里被哀鸣之声惊醒，无法安睡到天明。

那些声音凄婉的丝乐和激昂的管乐，也无法达到如此令人感动，无法激发出人们内心深处那一抹哀愁，更不如蟋蟀这自然真切的声音动人心弦。

喜达行在所三首①

【题解】

杜甫被叛军抓回长安后，受尽折磨，他在牢里唯一念想和寄托，就是唐肃宗了。唐至德二年（公元757年）的四月，杜甫冒着生命危险乘隙逃出被安史叛军占据的长安，投奔在凤翔的唐肃宗。这一路上杜甫提心吊胆，九死一生，历经千辛万苦，终于到达了朝廷临时所在地（即行在所）。当年的五月十六日，唐肃宗拜杜甫为左拾遗，这三首诗便是杜甫担任左拾遗以后不久的痛定思痛之作。

【原文】

其一

西忆岐阳信②，无人遂却回。

眼穿当落日，心死著寒灰。

雾树行相引③，莲峰望忽开。

所亲惊老瘦，辛苦贼中来。

【注释】

①行在所：这里指朝廷临时宫廷所在地。至德二年（公元757年）的二月，唐肃宗由彭原迁至凤翔，设凤翔为临时都城。

②岐（qí）阳：凤翔在岐山之南，山南为阳，故称岐阳。凤翔在长安西，故曰西忆，信：是信使或信息。

③雾树：指远处的树。莲峰：即太白山和武功山，是即将要到凤翔时的标志。

【译文】

每天都焦急地向西面的凤翔望去，希望那边能有人传来消息，但终究还是没等到有人来救我，于是我决定自己逃回去。

逃回的路上一边小心地行走，一边四处张望，每天都是望眼欲穿，直到日照落山，提心吊胆中潜行，直盼得心欲死，身穿葛衣也觉得无比寒冷。

这一路，重重雾烟之中找到树木才敢前行，就像它们在招引着我向前奔跑，给我指路，就这样跌跌撞撞地历尽艰苦，忽然抬头看到了太白山和武功山，这才欣喜终于快要到凤翔了。

逃回来后我的亲友们都很惊讶我变得又老又瘦，听完我的诉说，他们都感叹我从贼营中逃出来的艰辛和痛苦。

【原文】

其二

愁思胡笳夕^①，凄凉汉苑春。

生还今日事，间道暂时人^②。

司隶章初睹，南阳气已新。

喜心翻倒极，呜咽泪沾巾。

【注释】

①胡笳（jiā）：一种乐器，民间又称潮尔、冒顿潮尔。流行于内蒙古自治区、新疆维吾尔族自治区伊犁哈萨克自治州阿勒泰地区。

②间（jiàn）道：小道，这里指杜甫逃亡时没走大路，而是走一条偏僻的小路。

【译文】

黄昏时，更是愁思不已，听到胡笳凄婉的声音传来，不禁心酸悲戚，原本繁华的长安城，在乱军铁蹄的践踏下已变得破烂不堪，失去了苑春之色。

能够活着回来，是今天值得庆幸的事，我是从小路逃回来的，这条路非常危险，几乎看不到行人，随时都有可能一命归阴。

到达凤翔行在所之后，看到肃宗皇上刚刚新制定的严明章法制度，这儿就像光武中兴时期一样，一派新气象。

喜悦的心情到达了极点，反而变成了悲伤要哭的样子，竟情不自禁地流下了激动的泪水，沾湿了我的佩巾。

【原文】

其三

死去凭谁报，归来始自怜。

犹瞻太白雪①，喜遇武功天②。

影静千官里，心苏七校前③。

今朝汉社稷，新数中兴年。

【注释】

①太白雪：指行在所凤翔境内的太白山，最高峰海拔四千一百一十三米，山顶终年积雪。

②武功天：指陕西的武功县。

③苏：苏醒。七校：指武卫，汉武帝曾置七校尉。

【译文】

如果我在逃回的路上死了，恐怕没人会知道，又凭借谁来报信？如今回到自己的国家，回想曾经的颠沛流离，开始自我怜惜起来。

很庆幸还能见到太白山和武功县，而且能被皇上赐封为左拾遗与大臣们尽心侍奉天子，共同复兴大唐江山。

置身朝班千官之中，身影平静，心情也格外舒畅，尤其是看到军队的将士们就像猛兽苏醒了一样，个个威武强壮。

如今大唐江山社稷走向平稳，逐步繁荣富强国泰民安，气象万新，就像汉光武中兴时期那样。

梅雨

【题解】

这首诗是杜甫路经成都的犀浦县时所作，但成都是没有梅雨的，只是当时正值梅子成熟的季节，又刚好遇到下雨，而所作的"梅雨"诗，流传至今，因有"梅雨季节"一词，故而有后人误认为是"梅雨"现象。

此诗描写了蜀地四月的情景，壮美与纤秀互见，宏观与微观俱陈。既描绘了细雨迷蒙，密雾难开的黏腻，又展现了梅子成熟，春水盈野如蛟龙戏水的壮美。

【原文】

南京犀浦道①，四月熟黄梅。

湛湛长江去②，冥冥细雨来③。

茅茨疏易湿，云雾密难开。

竟日蛟龙喜，盘涡与岸回。

【注释】

①南京：这里指成都，唐明皇曾改成都为南京。犀浦道：指唐代的犀浦县，现今四川郫县的犀浦镇就是当年犀浦县治所。

②湛湛：水深而清。一作"黤黤（yǎn）"：阴暗，昏暗。

③冥冥：昏暗貌。

【译文】

在蜀地成都有个犀浦镇，这是一个繁荣富庶的强镇。我在四月恰巧路经此地，看到树上的黄梅都已经成熟，有了累累硕果点缀，这里的景色就更加秀美了。

几条深而清澈的河水汇集在一起，滚滚流向长江，忽然间，天色阴暗下来，不一会儿，天空中下起了蒙蒙细雨。

茅草屋的屋顶很容易就被疏散的雨点打湿了，山间云雾弥漫，看起来很浓密，一时难以散开。

雨一直下，再看那河水充盈，大白天里，竟然像是有蛟龙在水中嬉戏一样，形成了一个个漩涡，到达岸边后，又折返回来。

去蜀①

【题解】

这首诗是杜甫于唐代宗永泰元年（公元 765 年）所作。这年的四月，杜甫的朋友剑南节度使兼成都府尹严武去世，使杜甫在蜀中失去依靠，便于五月离开了成都，乘船东下时，作下此诗。这首五言律诗，总结了诗人在成都五年多的生活状态，笔调堪称恢宏辽阔。而此诗尾联用自我宽慰的语言，抒发了一种寄托，更是有讽刺寓于其中，表达了诗人虽有忧国的赤诚丹心，却对于奸佞权臣无能为力的愤慨之情，这也是本诗的精髓所在。

【原文】

五载客蜀郡，一年居梓州②。

如何关塞阻③，转作潇湘④游？

世事已黄发，残生⑤随白鸥。

安危大臣⑥在，不必泪长流。

【注释】

①去蜀：将要离开蜀地。蜀：广义指四川，此诗专指成都。

②梓（zǐ）州：这里指潼郡，唐肃宗乾元元年（公元 758 年）改梓潼郡为梓州。

③关塞：边关，边塞。

④潇湘：湘江与潇水的并称，二水是湖南境内两条重要河流，此处泛指湖南地区。

⑤残生：残余的岁月、生命。

⑥大臣：泛指朝廷掌权者。

【译文】

我在蜀郡成都客居五年，其中有一年是在梓州度过的。

当前时局不稳，天下到处兵荒马乱，致使边关交通阻塞，而我为什么还要在此时远赴潇湘客居呢?

回首我这一生,可谓坎坷,至今却一无所成,然而头上青丝已成白发,再加上体弱多病,无所依靠,而未来,又是那么渺茫难测,生命里残余的岁月,我只能像江上白鸥一样到处飘泊了。

至于国家安危大计,自有当朝的权贵重臣掌管,我这个不在其位的卑微寒儒不必忧心忡忡、空自老泪长流。

游龙门奉先寺①

【题解】

这首诗约是杜甫于开元二十四年(公元 736 年)在洛阳时所作。那一年杜甫 25 岁,在洛阳游山玩水,晚上在龙门奉先寺投宿,在寺庙中赏景时,有感而发,写下这首诗,算是杜甫的早期作品。

诗中描绘了作者夜宿奉先寺的所见所闻,表现了诗人青年时期的敏锐感受能力和对佛教的初步认识。

【原文】

已从招提游②,更宿招提境。

阴壑生虚籁③,月林散清影④。

天阙象纬逼⑤,云卧⑥衣裳冷。

欲觉闻晨钟,令人发深省⑦。

【注释】

①龙门奉先寺:位于洛阳市龙门石窟西山南部,自六朝以来,这里就是佛教胜地,寺院众多,佛事兴盛。奉先寺是龙门石窟中一座石窟,寺中有卢舍那大佛像及石刻群,雄伟壮观,为龙门石窟之首。

②招提:梵语,四方之僧为招提僧,四方之僧的住处为招提房。

③阴壑:幽暗的山谷。虚籁:指风声。

④清影:清朗的光影,指月光。

⑤象纬:这里指夜空中的星辰。

⑥云卧:因为龙门山地势很高,山上时常烟雾朦胧,故杜甫晚上住奉先寺

的感觉像卧在云中一样。

⑦深省：醒悟，慨叹。

【译文】

我到洛阳游山玩水，有幸在招提僧的引导下游览了这里的龙门奉先寺，晚上住在了这寺中的招提房。

入夜后，幽暗的山谷中响起了阵阵风声，让人不禁感到一丝寒冷，林木随风摇摆，月光透过疏散的树枝，地面上便开始闪烁着月光清朗的光影。

抬眼望去，静朗的夜空中繁星高挂，仿佛要逼迫而来，那高耸的龙门山好像要直通天上宫阙，住在奉先寺里的感觉仿佛躺在云中一样，只觉得寒气渗透了衣裳，有种蚀骨侵肌的冷寒。

拂晓时分，就在快要睡醒时，突然听到了奉先寺清晨按时敲响的钟声，那深沉宽宏的声音令我为之一震，同时也得到了一种深刻的顿悟。

病马

【题解】

杜甫在官场处处受到统治者的排挤，因而总是感觉仕途艰难，孤独寂寞，所以经常把动物，特别是马看成知己朋友，也以此自比。唐肃宗乾元二年（公元759年）时，杜甫骑着他的老马在寒冷的秦州赶着路，这一路上，他和老马相依为命，一起渡过不少难关，不管经历多大的困难。他的马始终对他不离不弃，杜甫很为之感动而写下此诗。此诗运用了"以彼物比此物"的手法，表达了对病马同病相怜的感慨，也描绘了一个漂泊天地间的老诗人那令人心酸的憔悴与沧桑。

【原文】

乘尔亦已久，天寒关塞深①。

尘中老尽力，岁晚病伤心。

毛骨岂殊众②？驯良犹至今③。

物微意不浅，感动一沉吟④。

【注释】

①尔：这里代指马。关塞：边关；边塞。深：遥远。

②毛骨：毛发与骨骼。岂：难道。殊众：不同于众。

③驯良：和顺善良；驯服和善。

④沉吟：忧思。

【译文】

马儿啊，我骑你奔波已经很久了，这一路上我们患难相依，感激你冒着寒冷的天气，载着我朝向遥远的边塞前进。

你曾经跃马扬尘无需鞭催，如今你老了，却依旧还在为我倾尽全力，可是这么寒冷的天，你却生病了，真是令我伤心至极。

难道你的体毛与骨骼与其他的马有所不同？你温顺善良，特别令我感动的是，你病了还能不遗余力地伴随我到今天。

你虽是微不足道又不会言语的动物，但通达人情，对我的情分更是深重，越想越令我无比感动，一时间，竟忍不住深沉地吟咏。

舟中

【题解】

大历三年（公元768年），57岁的杜甫出峡东下，开始了他人生最后一次长达三年的漂泊旅程。三年里，在江陵、公安、岳州、潭州、衡州都尝试落脚，找一块安度晚年之地。自然也没有放弃返回河南故乡，或重回长安的愿望。但却事与愿违，这三年来他几乎都是漂泊在船上生活。他这一时期的诗歌，多数都是"舟中诗"。在船上生活，既艰苦、简陋，又不清净，烦闷的情绪一直萦绕在杜甫的心中，可他却无能为力，只能靠自我解嘲来排解这种情绪了。

【原文】

风餐江柳下①，雨卧驿楼边。

结缆排鱼网，连樯并米船。

今朝云细薄，昨夜月清圆。

飘泊南庭老，只应学水仙②。

【注释】

①风餐：在大风中吃饭。

②水仙：水中的神仙。

【译文】

三年来几乎都是过着船上水中的生活，刮风时船中不稳，只能到江边的柳树下凑合吃饭，下雨了，就停靠在驿楼边等待天晴。

如果停靠不慎，想要出发之前还得先去整理船缆，先要拨开渔夫捕鱼撒下的渔网，为了避免麻烦，我总是想办法让自己的船紧靠驿站和运米的商船停泊。

今天是个好天气，天上的云层很薄，也很稀疏，因为昨夜天空晴朗，月亮又圆又亮。

我这个漂泊在江南的老翁啊，总是在舟中度日，真应当学做一个水中的神仙，直接搬移到水宫里去生活。

陪裴使君登岳阳楼

【题解】

此诗是杜甫于大历四年（公元 769 年）的春天所作。那一年杜甫刚到岳阳后不久，受到了当地官绅的接待。新春伊始，杜甫陪当地裴使君登岳阳楼赏景，并写下了这首诗来记录当时的情景。全诗用典颂人，借古人的经历来表达自己内心的情感。词句清丽流畅，意蕴无穷。

【原文】

湖阔兼云雾，楼孤属晚晴①。

礼加徐孺子②，诗接谢宣城③。

雪岸丛梅发，春泥百草生。

敢违渔父问，从此更南征。

【注释】

①雾：一作"涌"。属（zhǔ）：当也。

②徐孺子：徐稺（97—168年），字孺子，豫章南昌人。东汉时期名士，世称"南州高士"。曾屡次被朝廷及地方征召，终未出仕。汉灵帝初年，徐稺逝世，享年七十二岁。

③谢宣城：即谢朓（tiǎo）（464—499年），字玄晖，汉族，陈郡阳夏（今河南太康县）人。南朝齐杰出的山水诗人。建武二年（公元495年）为宣城太守。又称谢宣城、谢吏部。

【译文】

广阔无边的洞庭湖上空，此时正有云层翻涌，当是晚霞放晴的天气，岳阳楼孤单地伫立在那里。

裴使君如同礼贤下士的陈蕃对徐儒子一样对我礼遇有加，我与裴使君和诗就像跟南朝谢宣城和诗一样，能促进我诗作的提高。

今日裴使君给了我精神与物质上的安慰，使我感觉就像湖岸积雪之中的一丛梅花绽放，又像是百草从春天泥土里萌生。

我要敢于违背渔父劝说屈原"与世推移"那样的关问，从此更要像大鹏展翅一样向南高飞了。

一百五日夜对月

【题解】

这首诗作于唐肃宗至德二载（公元757年）的寒食节，当时正值安史之乱，杜甫携家逃难至鄜州，他把妻子儿女安置在羌村以后，就只身奔赴肃宗所在的灵武，期望为平定安史之乱出力，不料中途为判军所俘押至长安。在困居长安的一年多时间里，他感伤国事，思念亲人，写下了很多诗篇。在此之前杜甫曾写过《月夜》，当时杜甫不知妻儿的生死，望月而思念家人，写下了这首名作，而这首《一百五日夜对月》可视为《月夜》的续篇。

【原文】

无家对寒食①，有泪如金波②。

斫却月中桂③，清光应更多④。

仳离放红蕊，想像嚬青蛾⑤。

牛女漫愁思⑥，秋期犹渡河⑦。

【注释】

①寒食：即寒食节，亦称"禁烟节"、"冷节"、"百五节"。在夏历冬至后一百零五日，古代在清明节前二日。后来直接与清明节并为一日，所以，寒食节即为清明节。在这一日，禁烟火，只吃冷食，所以叫寒食节。

②金波：形容月光浮动，此处也指月光。

③斫（zhuó）却：砍掉。一作"折尽"。月中桂：指的是传说中月宫所植的桂树，此处暗用了吴刚伐桂的神话故事。

④清光：清亮的光辉。此指月光。

⑤仳（pǐ）离：别离。旧指妇女被遗弃而离去。红蕊：红花。嚬（pín）：同"颦"，皱眉，蹙眉。青蛾：旧时女子用青黛画的眉。

⑥牛女：即牛郎与织女。

⑦秋期：这里指七夕节。相传，在每年的这个夜晚，是天上织女与牛郎在鹊桥相会之期。

【译文】

在这寒食节的夜晚，家人们都不在我身边陪伴，也没有家人的任何消息，每当想到这些，我的眼泪就像这月光一样流淌下来。

抬起泪眼望明月，月影却朦胧，如果砍去了月宫里的桂树，它的光辉应该就能更加清澈皎洁，这样我就可以借明月的光辉给家人寄送思念了。

夫妻别离，女子往往懒于梳妆，连最喜爱的红花都撇在一旁，想必我的妻子也因思念正在为之蹙眉吧？

牛郎与织女在漫漫长夜里无尽地哀愁与相思，但他们每年秋天的七夕之日都能渡河团聚，可我和我的妻子两地相隔，什么时候才可以团聚呢？

巳上人茅斋①

【题解】

此诗作于开元二十九年（公元741年），当时杜甫在齐赵荐游玩，认识了巳上人。杜甫参观了巳上人的茅屋，巳上人用茶和水果接待他，两人交谈甚欢，相见恨晚。巳上人居住的地方很幽静，环境也很美，这更加让作者诗兴大发，遂写下此诗。

诗中通过对巳上人居住环境的描写，突出表现了人物品性，并且对巳上人的才学修养予以赞叹，同时抒发了自己对美好生活的向往之情。

【原文】

巳公茅屋下，可以赋新诗。

枕簟②入林僻，茶瓜留客迟。

江莲摇白羽，天棘③蔓青丝。

空忝许询辈④，难酬支遁词⑤。

【注释】

①巳（sì）上人：人名，事迹不详。上人：指隐士。

②簟（diàn）：供坐卧用的竹席。

③天棘：即天门冬，一种多年生草本植物，天门冬的块根是常用的中药，具有很高的药用价值。

④忝（tiǎn）：有愧于，谦词。许询：东晋文学家，字玄度，高阳（今河北蠡县）人，生卒年不详，终身不仕，好游山水。与孙绰并为东晋玄言诗的代表人物，通佛学，曾与东晋佛学者支遁交游。

⑤支遁：字道林，世称支公，也称林公，本姓关，陈留（今河南开封市）人。东晋高僧、佛学家、文学家，精通佛理，有诗文传世，据文献记载，《神骏图》画的是支遁爱马的故事。

【译文】

来到巳上人的隐居之处，真是令人豁然开朗。即便是在巳公的茅屋下，那优美的环境也会让人灵感迸发，能够吟赋清新的诗句。

我们带着竹席来到树林深处僻静的地方，巴上人拿出上好的茶和水果热情招待我，希望我能留下来小住，晚几天再回去。

这里的环境简直是太美了！你看，江面上的莲花仿佛摇动着的白色羽毛，清新淡雅，天门冬清翠的藤蔓柔软缠绵，温情地在丛林间伸展蔓延。

与巴公攀谈，我徒然感到勉强能够忝列在东晋许询这样的名士中间，而巴公的文采就如同世外高人支遁一样，精深的言论让我难以酬答。

房兵曹胡马诗①

【题解】

这首诗约作于开元二十八年（公元 740 年）或开元二十九年（公元 741 年）杜甫漫游齐赵时期。诗人用传神之笔描绘了一匹神清骨峻，驰骋万里的"胡马"，借此期望房兵曹为国建立功业，更是诗人自己雄心壮志的表达。此诗将状物和抒情结合得自然流畅。一方面赋予马人的灵魂，用人的精神将马写活；另一方面写人有马的品格，使人的情志有所体现。全诗既在物之内，又出于物之外，看似写马，但通过赞马却表达了诗人博大的胸襟和伟大抱负。

【原文】

胡马大宛名②，锋棱瘦骨成③。

竹批双耳峻④，风入四蹄轻。

所向无空阔⑤，真堪托死生⑥。

骁腾有如此⑦，万里可横行。

【注释】

①房兵曹：即姓房的兵曹参军，兵曹是唐代官名。

②胡马：古代泛称北方边地与西域的民族为胡，此地马为胡马。大宛（yuān）：西域国名，产良马著称。

③锋棱（léng）：骨头棱起，好似刀锋。形容骏马骨骼劲挺。

④批：割，削。竹批：马的双耳象斜削的竹筒一样竖立着。古人认为这是千里马的标志。

⑤无空阔：意指任何地方都能奔腾而过。

⑥真堪：可以。托死生：把生命都交付给它，意为可临危脱险。

⑦骁（xiāo）腾：骁勇快捷。

【译文】

房兵曹的这匹马是产自大宛国的上好骏马，看上去，它骨头棱起，筋骨精瘦，好似刀锋一样突出分明。

它的双耳像斜削的竹筒一样竖立着，跑起来四蹄凌空，好似御风而行。

这匹马速如同风驰电掣，任何地方都能奔腾而过，骑着它可以自由驰骋沙场，忠诚可信，甚至可以把自己的生命托付给它。

房兵曹能拥有如此骁勇快捷、可托死生的良马，那么，他就可以骑着此马纵横万里，英勇杀敌，建业立功。

东楼①

【题解】

这首诗是杜甫于乾元二年（公元 759 年）秋冬之际所作。

有一天杜甫登上了东楼眺望远景，因为东楼的位置在秦州城东门上，因此东来西往的人，都必须从这座楼下经过。诗人通过对经过此楼向西的将士、使节命运的关切，以及秦州城东楼的所见所闻，抒发了对战乱不止的感慨，表达了对将士命运的忧虑之情。

【原文】

万里流沙道②，西征过北门。

但添新战骨，不返旧征魂③。

楼角临风迥④，城阴带水昏⑤。

传声看驿使⑥，送节向河源⑦。

【注释】

①东楼：在秦州城。

②流沙：沙漠。指吐蕃所居之地。

③征魂：指出征战士的灵魂。

④凌风迥（jiǒng）：高高地迎风凌空而起。

⑤昏：昏暗。

⑥声：这里指驿使的传呼声。驿使：这里指出去谈判的使节。

⑦节：使节。

【译文】

我站在城楼上向远方望去，呈现眼前的是渺渺茫茫的万里沙漠，此时，浩浩荡荡的大唐兵马，正从东楼城门出发，踏上了西征的征程。

这一场场无休止的战争啊，只见到无辜葬送生命的将士，新增尸骨无数，却难以见到曾经战死沙场的征夫们魂归故园。

东楼的檐角迎风凌空而立，令人感到无比的清冷高寒，城楼的阴面靠近渭水，显现出一片昏暗。

忽然听到城门下又传出打开城门的声音，我低头一看，原来是要护送前往吐蕃去谈和的使节出城门。

空囊

【题解】

此诗作于唐肃宗乾元二年（公元759年），当时杜甫弃官由华州寄居秦州同谷（治今甘肃成县）。那时战乱仍未平息，诗人生活也极其艰难，悲苦的生活总会感慨万分，于是创作了此诗。

诗中通过述写自己的空囊，以小见大，反映当时社会战乱动荡仍未平息的惨淡景象，以及诗人的悲苦遭遇与社会底层人民生活极其艰难的现实，结尾以诙谐幽默的自嘲手法，将这种悲苦渲染出来。

【原文】

翠柏①苦犹食，晨霞高可餐。

世人共卤莽②，吾道③属艰难。

不爨④井晨冻，无衣床夜寒。

囊空⑤恐羞涩，留得一钱看⑥。

【注释】

①翠柏：原产中国的一种松科乔木。

②卤莽：通"鲁莽"，这里指苟且偷生。

③吾道：我的忠君报国之道。

④爨（cuàn）：烧火做饭。

⑤囊空：这里指身无分文。

⑥一钱：一文钱，这里指极少的钱。

【译文】

翠柏的味道虽然很苦，但也可以用来食用充饥，天上的晨霞虽然很高，但可以幻化成各种自己所需，具备仙风道骨之人也可以用来餐食。

俗世之人大都苟且偷生、得过且过，唯独我选择了忠君报国，恪守正道，然而，这条路要想走下去实在是太过于艰难。

弃官不做，自然就会生活窘迫，可违心求全又不是我的性格。早晨已经无法生火做饭，因为没有米，井水也冻了，没有可以御寒的衣服，夜晚在床上辗转反侧，心里无比凄寒。

我已经一贫如洗，囊中空空如也，却又怕被人笑话，所以钱袋里还是应该留下一文钱，时常拿出来自己瞅瞅，也让他人看看。

可惜

【题解】

本诗是杜甫在迟暮之年所作，诗中前四句述说自惜之意，后四句抒写自遣之语。诗人借咏叹时光荏苒，表达了世事变迁的凄凉，以及对山河破败，自己一生壮志难酬，却又无能为力的无奈之情。

【原文】

花飞有底急，老去愿春迟①。

可惜欢娱地②，都非少壮时。

宽心③应是酒，遣兴④莫过诗。

此意陶潜解⑤，吾生后汝期⑥。

【注释】

①老去：年老了。春迟：春天慢慢过去。

②欢娱地：寻欢作乐的地方。

③宽心：宽慰排解心中的焦虑烦闷。

④遣兴：抒发情怀，解闷散心。

⑤陶潜：指东晋诗人陶渊明。

⑥后汝期：在你的时代之后。

【译文】

花儿啊，你有什么急事而飞去得那么急促？年老的我，多么希望春天可以慢慢过去。

只可惜，当年寻欢作乐的愉悦之地，即便是再去故地重游，也不会再有年轻时候的激情。

现在，若想宽慰排解心中的焦虑烦闷，恐怕只有依靠喝酒才可以，若想抒发内心的情怀，没有哪种方法能超过作赋吟诗。

我所体会的这种心情，只有晋人陶潜才能真正理解，所谓知音难觅啊！只可惜，我偏偏生在了你的时代后期。

客亭

【题解】

唐宝应元年（公元762年）秋，杜甫流落到梓州。这年七月，杜甫送严武还朝，一直送到绵州奉济驿，正要回头，赶上徐知道在成都作乱，只好避往梓州，途中作此诗。诗中描写的是诗人早晨起来，面对萧瑟的秋江秋景，顿时想起了自己一生往事，而如今即使圣朝不把自己看作无用的人，自己也已病老，只能在飘零之中了却残生。诗人巧用反衬的手法反映当时社会的黑暗现象，借以抒发心中的愤懑之情。

【原文】

秋窗犹曙色，落木更天风。

日出寒山外，江流宿雾中①。

圣朝无弃物，老病已成翁。

多少残生事，飘零任转蓬②。

【注释】

①宿雾：早晨的雾。因由前夜而来，故称宿。

②残生：余生。蓬：一种多年生草本植物，花白色，中心黄色，叶似柳叶，子实有毛，也称"飞蓬"。

【译文】

早晨，天色微明，秋天的门窗被染得犹如曙光一样的颜色，此时，北风呼啸，吹得落叶纷纷。

太阳从寒山外徐徐升起，但看不到往日的光芒，因为滔滔江水此刻正被恼人的晨雾笼罩着，眼前一片凄凉萧瑟的景象。

当今朝廷素来不留没有才德的无用之人，回想我的一生一事无成，然而岁月更是无情，摧残我成了一个体弱多病的老翁。

此后残余的生命里，不知还要经历多少坎坷磨难，可我却只能顺从命运的安排，就像一团随风飘零的蓬草，在飘荡之中了却残生。

八月十五夜月二首

【题解】

这组诗是杜甫为避安史之乱来到成都之后所作，这是一组诗，共两首，采用了虚实结合，借景抒情的写作手法，表现了作者思念亲人，怀念家乡的思想感情。

第一首诗睹月兴感。用象征团圆的中秋满月来反衬自己飘泊异乡的羁旅愁思。采用了反衬手法，在鲜明的比照中，表露了避乱生涯中的愁闷，以及想要回归家乡的迫切之情；第二首全诗写景，景中见情。通过抒写普天下在战乱中背景离乡的苦难百姓，表达了诗人忧己更忧民的伟大情怀。

【原文】

其一

满月飞明镜，归心折大刀①。

转蓬行地远，攀桂仰天高。

水路疑霜雪，林栖见羽毛。

此时瞻白兔，直欲数秋毫②。

【注释】

①归心折大刀：这里说的是吴刚在月宫被罚砍桂花树，杜甫猜想，吴刚也不是情愿砍树，一心想回到人间来。意为归去之心，竟然折断了砍树的大刀。

②秋毫：指秋天鸟兽身上新长的细毛，后用来比喻最细微的事物。

【译文】

今夜是八月十五的月圆之夜，皎洁明亮的满月就像明镜一样，飞悬在静寂的夜空之上，我这思念故乡的心，如同受处罚的吴刚折断了砍树的大刀一样，归心似箭。

我就像那飞蓬一样过着漂泊不定的生活，离家乡越来越远，也想过攀桂折枝，然而仰望着辽阔的天空，竟然离我那么高远。

浩瀚无边的江湖水面，被月光照映得惨白，疑惑之中让人以为是看到了霜雪；明亮的月光下，可以清晰地看到林中栖息的小鸟正在梳理着羽毛。

此时的月光如水，亮如白昼，我仰望寻找月中的玉兔，真想一步登天，向嫦娥借来玉兔，抱在怀里细数玉兔身上的毫毛。

【原文】

其二

稍下巫山峡，犹衔白帝城。

气沈全浦暗①，轮仄半楼明。

刁斗②皆催晓，蟾蜍③且自倾。

张弓倚残魄，不独汉家营④。

【注释】

①沈：同"沉"。暗：昏暗。

②刁斗：古代军队中用的一种军旅炊具，又名"金柝"、"焦斗"。

③蟾蜍：此处引用蟾蜍的典故。古借指月亮。

④营：营盘。

【译文】

十五的圆月滑过夜空，慢慢坠下巫山峡谷，当行经到白帝城的上空时，犹如衔住了白帝城楼。

江面上腾起沉沉雾气，整个江浦都笼罩在昏暗之中，但是车轮一样缓缓滚动的圆月，依然把半座城楼照得异常清明。

兵营里响起了造饭以及士兵们起床的声音，这些似乎都在催促着天色破晓放亮，月宫的蟾蜍自然也不敢偷懒，也开始移动倾斜天明。

这圆圆的月亮如同张满的弓依偎着被催残的魂魄。而这苍白的魂魄不仅仅照临了汉家营盘。

征夫①

【题解】

这首诗是唐代宗广德元年（公元 763 年）的冬天，杜甫在阆州时所作。当时吐蕃围困松州，蜀中人民又苦于征戍，民不聊生。杜甫在亲眼目睹了十室九空的松州后，心中不胜感慨，作下此诗。

【原文】

十室几人在？千山空自多。

路衢惟见哭②，城市不闻歌。

漂梗无安地，衔枚有荷戈③。

官军未通蜀，吾道竟如何？

【注释】

①征夫：此处指出征的战士。

②衢（qú）：本义是道路。这里指四通八达的道路。

③衔枚：古代行军时口中衔着枚，以防出声。枚：古代行军时，士卒口衔用以防止喧哗的器具，形如筷子。尤其秘密行动时，让兵士口中横衔着枚，以免敌人发觉。荷戈：指兵士。

【译文】

这里找出十个房舍，又会是几个家中有人呢？如此只见山不见人，纵有千座山峰高耸，也是白白地自我夸耀其多。

在这四通八达的道路上，就算你见到仅有的几个行人，看见的也只是哭泣的面容，整座城，不论市井田野，都听不到一点笑语欢歌。

我独自漂泊了这么久，到现在仍然没有安身之地，这一路上，见到最多的就是口中衔着枚行色匆匆的征战士兵。

官兵历尽艰难险阻，到现在还没打通到达蜀地之路，贫寒交困的我已经走投无路，试问苍天，我的前途究竟在哪里呢？

萤火①

【题解】

这首诗是杜甫于乾元二年（公元 759 年）的秋天所作，当时朝政曾一度由宦官把持，十分昏暗。诗人对这些腐败现象极度不满，于是在这首诗中逼真地描摹了萤火虫的光影形状，并用萤火虫比喻独揽朝政祸乱朝纲的宦官，对这些祸国殃民的宦官进行了辛辣的讽刺，同时也表达了诗人无比愤恨的心情。

【原文】

幸因腐草出②，敢近太阳飞③。

未足临书卷④，时能点客衣⑤。

随风隔幔小⑥，带雨傍林微⑦。

十月清霜重，飘零何处归。

【注释】

①萤火：这里指萤火虫。

②幸：侥幸。因：依靠，凭借。

③敢：岂敢，不敢。

④"未足"二句：这两句意在讽刺宦官成事不足败事有余。未足：不足以。临书卷：引用车胤囊萤夜读的典故。

⑤时：有时。点：玷污。

⑥幔：围在四周的帐幕。

⑦微：指萤火虫闪着微光。

【译文】

那肮脏发霉的腐草中，萤火虫也只有遇到侥幸的机会，才能从中出生，这样的东西从来不敢在太阳下飞舞。

它那微弱的光亮不足以照亮书卷，可有时，如果稍不留神让它落到你的身上，却能玷污你的衣裳。

它那微小的躯体，常在幔帐外随风飘荡，即便是很小的缝隙也能找机会钻进去，它活跃在带着雨气的湿地，依傍在树林旁闪着微弱的光。

每当十月来临，清霜凝重，到了那时候，它就会面临飘零无助的命运，不知道自己该魂归何处了。

送远

【题解】

这首诗是杜甫在唐肃宗乾元二年（公元759年）时所作，当时唐朝正处于安史之乱时期。"送远"即是诗人杜甫在战火纷飞的时刻，离开秦州入蜀道而远行。此诗运用了白描手法将离别情写得入木三分，用浓浓的情谊来衬托尘世的悲凉和离别时孤寂的心境。全诗基调幽静清雅，结构前后照应，场面细致感人，善用对比，虚实结合，具有强烈的艺术感染力。诗中诗人对社会当时的衰败景象看得非常透彻，对人情的冷漠表达了无限感慨，同时凸显了诗人对生活的热爱和关注。

【原文】

带甲满天地①，胡为君远行②！

亲朋尽一哭③，鞍马去孤城④。

草木岁月晚⑤，关河霜雪清。

别离已昨日，因见古人情。

【注释】

①带甲：全副武装的将士。

②胡为：为什么。君：这里指诗人自己。

③亲朋：亲戚朋友。

④孤城：边远的孤立城寨或城镇。此指秦州（今属甘肃天水）。

⑤岁月晚：这里指岁暮，一年将要到年终的时候。

【译文】

现在到处都是身披战甲的将士，我为什么在这兵荒马乱的时候还要远行！

亲人和朋友们得知我要远行的消息，都为我失声痛哭，因为不知以后还能否再重逢，其实，我也不舍得离开亲朋好友，但还是骑着马离开了秦州这座孤城。

时间已接近年末，举目四望，满眼的草木凋零，遥遥关河清冷，霜重雪飞，萧瑟冷清。

惜惜离别虽然已经是过去的事情了，但我还是不断心潮翻涌，由此可见古人离别伤感涕泪的情景。

西阁三度期大昌严明府同宿不到①

【题解】

杜甫在永泰元年（公元765年）的秋天到云安（今云阳）时，当时严明府是云安的县令，杜甫因病滞留云安约半年，曾多次受到严明府的接济，严明府在大历元年的春天，调任到大昌，并在第二年的春天再次调到云安作县令。杜甫也是在大历元年的春天由云安到达夔州。大历元年（公元766年）的秋天，杜甫住在夔州的白帝山，想邀约当时任职于大昌县的严明府前来同宿。杜甫邀请了三次，可三次严明府都没有来，于是杜甫便写下这首诗。

【原文】

问子能来宿，今疑索固要②。

匣琴虚夜夜，手板自朝朝。

金吼霜钟彻③，花催蜡炬销。
早凫江槛底④，双影谩飘飖⑤。

【注释】

①西阁：在靠夔州城的西门内。

②固要：坚决邀请。固：古时通"故"，一作"故要"。

③金：指金石。金石：指钟磬一类乐器。这里指钟磬发出的乐声。

④凫（fú）：一种水鸟，凫又叫野鸭、鹜。生长在江河湖泊中，常常几百只结伴飞行，它们飞行时发出的声音很大。

⑤飖（yáo）：随风摇动。

【译文】

我曾问你能否来我这里留宿几日，你也曾答应过我到西阁留宿，可你至今仍然没有来，我曾疑惑，您是不是要我执意相邀才肯来。

为了增添我们见面时的情致雅趣，我把装在匣里的琴取出来，等待你来的时候弹奏，我猜想您一定是整日早早就起身手持手板上朝议事，才会如此忙碌。

此刻，远处有霜钟的声音传来，就像金石乐器在演奏，久久地响彻天空，蜡烛在烛花的催促下随着时间慢慢燃烧而消失殆尽。

转眼已经天亮，我走出屋外，看见江槛下的水面上有很多水鸟，正在烟波浩淼的江中无拘无束地相伴同游，也有的与影成双，在江面上随风浮动。

月圆

【题解】

这首诗是杜甫于唐代宗大历元年（公元766年）的秋天流落到夔州时所作。全诗意境宏大、清冷寂静，从天上写到地上，从江上写到屋里，从眼前写到山林，从身边写到万里之外。但无论怎么写月亮，写月光，都始终摆脱不了一种孤独与寂寞的感觉，作者远在他乡，根本无法与亲人团聚，只能借月亮遥寄一种对亲人的思念之情，因为无法团聚，才会有万里共清辉的愿望。

【原文】

孤月当楼满，寒江动夜扉。
委波①金不定，照席绮逾依②。
未缺③空山静，高悬列宿稀。
故园松桂发，万里共清辉。

【注释】

①委波：绵延曲折的水波。

②绮：有花纹的丝织品。

③未缺：指月圆。

【译文】

一轮圆月当空高悬，皎洁的月光洒满小楼，也照射在波光粼粼的江面之上，而江面上的光又反射到了屋门上，相映成辉。

绵延起伏的水波上不停地跳动着金光，这金光映射到华丽的绮席上，使席子的光彩显得更加柔美。

明亮的月光照耀着幽深的山林，显得格外宁静，仰望星空，在高悬明月的映衬下，群星稀廖。

不禁想起遥远的家乡，此时应当是松柏正茂，桂花吐发清香之际，在这宁静的夜晚，惟愿远隔万里的亲人也能共同沐浴这美好的月光。

送灵州李判官①

【题解】

这首诗于安史之乱期间（约公元757—759年），写于凤翔。唐肃宗李亨在灵武即位后，杜甫也曾投奔肃宗，但中途被乱军捉回长安。

此诗借送别李判官写出了战争中的乱象，表达了诗人对尽快平定叛乱的渴望，以及对唐肃宗王朝与平定叛乱的主将郭子仪的满怀期望。

【原文】

犬戎腥四海②，回首一茫茫③。
血战乾坤赤④，氛迷日月黄⑤。

将军专策略⑥，幕府盛材良⑦。

近贺中兴主，神兵动朔方⑧。

【注释】

①灵州：地名，故址在今宁夏吴忠市境内。李判官：名不详。判官：官名，此指灵武郡（在今宁夏灵武市西南）节度使幕府的辅佐官。

②犬戎：这里指安禄山、史思明的叛军。腥：腥气。指当时为叛军所占的整个北方一片腥风血雨。

③茫茫：旷远。此指安史叛军占地之广。

④乾坤：天地。

⑤氛迷：指到处弥漫着战争的气息。

⑥将军：这里指安史之乱的平叛主将郭子仪，此时为朔方节度使。李判官当时是郭子仪幕府的判官。

⑦幕府：将帅的衙门，出征的将军办公的地方。材良：指李判官这样的有才干之人。

⑧朔方：即朔方郡，朔方郡是汉代的北方边郡之一。曾是汉与匈奴和平交往的出入关塞，辖区指今宁夏一些县市。

【译文】

以安禄山、史思明为首的安史之乱爆发后，到处都是腥风血雨，回头看看被叛军占领的地盘，苍茫一片。

我大唐兵马与安禄山叛军在天地之间展开激烈交战，每一场都是血染大地，厮杀得天昏地暗，战争的硝烟弥漫使日月无光。

可喜的是，大唐的平叛主将郭子仪，是个极有布战谋略的人，而且也善用人才，他的幕府下都是像李判官您那样的英才良将。

现在，天下苍生都庆幸大唐有了中兴之主，都把平定叛乱和复国的希望寄托在唐肃宗的身上，肃宗的大军现在已经在朔方郡出发了，相信不久，就可以打败叛军凯旋而归。

望牛头寺

【题解】

这首诗作于杜甫前往牛头山拜访鹤林禅师后下山的途中，属于下山回望的记述。杜甫在拜访鹤林禅师后，领会了《金刚经》中"应无所往而生其心"的道理。从他的一生虽困苦不堪，但始终"哀而不伤"的中庸境界来看，他的确是从佛法中学到了很多人生哲理。

【原文】

牛头见鹤林①，梯迳绕幽深。

春色浮山外，天河宿殿阴。

传灯②无白日，布地有黄金。

休作狂歌老，回看不住心。

【注释】

①鹤林：这里指鹤林玄素禅师（668—752年），俗姓马，润州延陵人（今江苏省丹阳市），又被称为马素、马祖，谥大津禅师，唐代禅宗大师，为牛头宗代表人物之一。僧园也称为鹤林。

②传灯：传法于他人，称为传灯，因为佛家相信法能破暗。

【译文】

前往牛头山拜见鹤林禅师，感觉到了禅机深奥高妙，就像我上山时经过的山路那样，盘旋曲折，深而幽静。

春天的景色浮满山中，一直浮荡到山外，就连夜空银河也仿佛宿在山寺的阴翳之中。

传灯是一件很困难的事情，但鹤林禅师怜悯众生处在黑暗之中难见天日，所以他广运慈悲，在世间传扬着远比黄金还贵重的佛法。

我这一生困苦不堪，虽然忧愁，但从未止息骨子里那豪放的品质，如今老了，不适于再作狂吟之事，应该对世俗之物无所执着，只有收心清修，回望过往之时，才能心静如水。

王命①

【题解】

此诗写于吐蕃入侵唐朝的那段时期，那时，吐蕃连战连捷，步步紧逼，唐军连连败退。公元763年的8月4日，杜甫的知己房琯死于阆州僧舍，他于九月由梓州赶往阆州吊唁，在去往阆州的途中，杜甫看到了为防止吐蕃入侵强行烧毁的栈道，和那些被战争破坏的庙坛，不禁唏嘘不已，作下此诗。

此诗前四句描写了吐蕃步步紧逼，官军连连失利的情况；后四句继续写吐蕃入侵后的惨状和心情。全诗表现了作者忧国忧民的思想感情。

【原文】

汉北豺狼满，巴西道路难②。

血埋诸将甲，骨断③使臣鞍。

牢落新烧栈④，苍茫旧筑坛。

深怀喻蜀意，恸哭望王官。

【注释】

①王命：这里指朝廷命官。

②豺狼：这里指入侵唐朝的吐蕃大军。巴西：原为郡名，此指川西一代。

③骨断：骨折。指出使的大臣鞍马往来，骨为之折。

④牢落：形容被烧栈道的残破。此次烧毁栈道是为了防吐蕃深入而强行烧断。栈：栈道。

【译文】

汉北到处都是步步紧逼的吐蕃大军，巴蜀西部那一带的道路，也都被入侵的叛军围得水泄不通，出入困难。

流淌的鲜血染红了我唐军将士们的铠甲，使臣骑马前去谈判，多次鞍马往来，累得筋骨折断，叛军依旧拒不和谈。

为了防止吐蕃大军继续深入侵犯，能够牢牢守住城池，近日，我唐军只好将通往四川的栈道强行烧毁，让他们无法继续进军，可那些我大唐国土之上原有修筑好的宫阙庙坛，现在只能隔着栈道茫然相望了。

我深深忆怀过去，也明白当年蜀国的教训，面对现在的局面，我真想当着朝廷派来的王官大哭一场！

放船①

【题解】

这首诗是杜甫一家人从川西顺着川江向东而去的路上所作。

一条小船，载着杜甫全家老小，满载着年迈的杜甫，在川江上飘荡。诗中通过抒写朋友雨天送行，道出了深厚的友谊；通过描绘江中放舟远行，表现了作者前程渺茫，正如小船在江中无助地飘摇，承载着满腹心事。

【原文】

送客苍溪县②，山寒雨不开。

直愁骑马滑，故作泛舟回。

青惜峰峦过，黄知橘柚来。

江流大自在，坐稳兴悠哉。

【注释】

①放船：乘船，因当时杜甫的船是顺水而下，所以杜甫称放船。

②苍溪县：地名，苍溪县位于四川盆地北部，秦巴山脉南麓、嘉陵江中游、广元市南端，古称"秦陇锁钥"、"蜀北屏藩"。因地处苍溪谷而得名，自西晋太康年间置县，已历1700多年，素有"川北淳邑"之雅称。

【译文】

苍溪县的朋友送别我这个远道而来的客人，正赶上阴雨连绵不停，山风凌厉，颇感寒冷。

只因担心川西的山路很滑，如果骑马赶路容易摔倒，太过危险，因此决定乘舟走水路回去。

远远地看见了漫山青色，还没来得及仔细观看，只可惜两岸间的峰峦就已经一闪而过，看见黄色扑面而来，才知道岸边林中的橘柚已经成熟了。

望着眼前辽阔的江面，心情感到舒适无比，稳稳地坐在船上，兴致所致，忽然间感到竟是那么地悠然自在啊！

有叹

【题解】

此诗写于杜甫漂泊生涯的暮年，那时的杜甫心中的雄心壮志早已衰退，又长期处于战乱之中，而长年过着颠沛流离的生活。杜甫在此诗中慨叹壮志难酬、有乡难回的哀伤之情；感叹着当今的百姓难以过上武德至开元时期那样的盛世安定生活了，在为百姓所遭受的苦难哀伤的同时，也蕴含着一种希望国家兴旺昌盛，百姓生活安定的心系苍生的情怀。

【原文】

壮心久零落，白首寄人间。

天下兵常斗，江东客未还①。

穷猿号雨雪，老马怯关山。

武德开元际②，苍生岂重攀。

【注释】

①江东客：诗人自称。还：一作"遂"。

②武德：唐高祖的年号。开元：唐玄宗的年号。武德至开元时期，是唐朝最繁荣的时期。

【译文】

我的雄心壮志早已随着年龄的增长而衰落，年老又鬓发霜染的我，只能寄居在他乡，勉强艰难度日了。

天下各地割据势力总是发兵打仗，连年的战争让多少人流离失所，又有多

少客居他乡而不能回归故里的人啊。

　　我现在沦落到穷困潦倒的处境，就像是雨雪中哀嚎的猿猴，又像归途中哭泣的老马，经历了艰难险阻，已经害怕度过关山，只能呆呆凝望。

　　不禁想起了当年开元时期到武德时期那样的盛世，如今的百姓岂敢再重新奢望那样繁荣安定的生活。

泊岳阳城下①

【题解】

此诗是杜甫晚年乘舟从湖北初到岳阳所作。

那时正逢安史之乱，这场战乱给社会带来了极大的转变，也给文生儒士的心理造成了极大的阴影。很多人的诗风也随之转变为失落和迷茫，晚年的杜甫贫病交加，穷困潦倒，可即便如此，杜甫仍不忘满腔报国之志，不弃不馁，诗歌意境悲怆但不失宏伟有力。

【原文】

江国逾千里②，山城仅百层③。

岸风翻夕浪，舟雪洒寒灯。

留滞④才难尽，艰危⑤气益增。

图南未可料，变化有鲲鹏。

【注释】

①岳阳：地名，岳阳古称巴陵、又名岳州，为湖南省辖地级市。

②江国：江河纵横的地方。逾：越过。

③山城：指岳阳。仅：几乎，将近。

④留滞：滞留异地。

⑤艰危：指时局艰难危险。

【译文】

岳阳大地那浩瀚的江河纵横绵延超过千里，层峦叠嶂的岳阳城几乎有百层之高。

夜间岸风突起，翻转的江浪掀起狂澜，小船外飘落的雪花，在清寒的灯光里尽情扬洒。

遭遇苦境而停滞不前，心中的雄才大略难以舒展，但这不会使我意志消沉殆尽，这些艰难和危险反而会更加激励我，让我变得更加有气魄，意志大增。

我打算带着我的雄心壮志放舟南下，虽然未来尚不能预知，但我相信，那可以扶摇直上九万里的鲲鹏变化之大，定会所向披靡直上南天。

谒真谛寺禅师

【题解】

这首诗大约作于大历二年（公元 767 年）当时杜甫客居夔州（今属重庆）。去拜访了真谛寺的禅师，这是一次拜访，同时也是一次心灵的洗礼。在与禅师促膝长谈后，杜甫悟出了很多人生哲理，回去时作下这首诗。

这首诗描写了诗人前往真谛寺拜谒禅师时的见闻感悟，流露出了诗人出世不离世的心理以及善良多情的一面。

【原文】

兰若山高处，烟霞嶂几重。

冻泉依细石，晴雪落长松。

问法看诗忘，观身向酒慵①。

未能割妻子，卜宅近前峰②。

【注释】

①观身：佛教四种观行之一，即观因缘、观果报、观自身、观如来身中之观自身。

②割：割断，割舍。卜宅：用占卜选择住宅。

【译文】

为了拜访真谛寺的禅师，几经翻山越岭，我终于来到了兰若山的高峰，真谛寺的所在之处，只见山峰层峦叠嶂，烟雾缭绕，好似入了人间仙境。

山上的冰霜已结冻，然而潺潺不息的清泉依然在细石上缓缓地流淌，太阳高升，晴朗的天气里依然能看见飘落在青松上的雪花，青白相间，意境极美。

向禅师问完佛法之后，我回头再去看诗，觉得所有的诗都是虚妄的，再反观自身，酒是我的最爱，但听完禅师讲的佛法之后，知道了酒是庸常乱性之物，所以我便不再想着去喝酒了。

这里的禅法吸引着我，但妻子儿女的亲情也难以割舍，于是，我便在靠近真谛寺的山峰前选了一处房屋居住下来，这样，既可以参禅问法，又能与妻子和孩子一同生活。

公安县怀古①

【题解】

安史之乱后，唐朝便由一个经济繁荣、文化发达的阶段转入到战乱频繁、民不聊生的时代。杜甫是这个时代的亲身经历者。他在公安县小住时，虽然安史之乱已经平定，但藩镇割据的局面也已形成，北方还有吐蕃，回纥的侵扰。就是杜甫过了五年平静生活的四川，中间也曾遇到成都少尹徐知道的一场叛乱。后来由于杜甫的好友、剑南节度使严武之死，杜甫在成都失去依靠，他不得已离川东下，在荆楚（湖北、湖南）一带的公安县住了一段时间。唐代宗大历三年（公元768年）的秋天，杜甫由江陵移居公安。这首诗是杜甫在湖北省公安县的舟中所作。

【原文】

野旷吕蒙营②，江深刘备城③。

寒天催日短，风浪与云平④。

洒落君臣契，飞腾战伐名⑤。

维舟倚前浦⑥，长啸一含情。

【注释】

①公安县：位于湖北省中南部，江汉平原南部，隶属荆州市，位处长江中游南岸。

②吕蒙营：东吴大将军吕蒙曾驻军公安一带，与蜀军对峙。孙权封吕蒙为孱陵侯，吕蒙营在公安县北的二十五里处。

③刘备城：三国蜀先主刘备曾为汉左将军荆州牧，镇油江口（故址在公安县西），即居此城，时人号为"左公"，故名其城为公安。

④与云平：形容浪很高，快要与天上的云齐平了。

⑤洒落：不受拘束。这句说刘备待关羽、张飞谊同兄弟，得孔明欢如鱼水，君臣契合，臣在君前不感到拘束。飞腾战伐名：这里指吕蒙是威震四方的猛将。

⑥维舟：系舟。

【译文】

北面这个荒芜空旷的地方，曾经是东吴大将吕蒙驻守的营地，如今营已不在，只有破瓦残桓的旧址了，沿着江岸深处寻找，就会看见江深水阔的公安县，这也是刘备曾经居住的郡城。

寒冷的天气里，渐渐夜长昼短，就像有人催着一样，江面波涛汹涌，风浪高高掀起，仿佛要跟天上的云齐平。

想当年，蜀国君臣契合，刘备对待关羽和张飞就像对待亲兄弟一样，与诸葛亮形同鱼水之情，大臣们在刘备前都不会感到拘束，吕蒙也是威震四方的猛将，曾力擒关羽夺回荆州，也为吴国立下了赫赫战功。

凭吊往事总会心情沉重，我把船向前移停在江边，站在船上，我不禁仰天长叹，这一叹满含无尽的思古幽情。

十六夜玩月

【题解】

杜甫写月的诗题中这首与另一首"对月"较为特殊。也许是出于观察月色的差别，或出于避旧求新的思维习惯，但到底何为玩月呢？从诗的思路仅其内容看，不得不赞叹诗人的思维之奇。首先月和人是双向寻趣的，不单是人在玩月，似乎月也在与人寻趣，所以无不体现了一种灵动性和欢乐感，摆脱了过于拘谨的思想。此诗是诗人再遇仕途低谷，独居苏州时所作。

这首诗以新颖的角度写月，通过描写自己在十六夜出游时的所见所闻，从而在想象与看到不同人玩月的描述中，流露出诗人虽心怀思乡之愁，但也有乘乡愁之时作玩月之乐的童真，也畅抒了对月的喜爱之情。

【原文】

旧挹金波爽①，皆传玉露秋。

关山随地阔，河汉近人流②。

谷口樵归唱，孤城笛起愁。

巴童浑不寝③，半夜有行舟。

【注释】

①挹（yì）：取。金波：这里指月光。

②河汉：这里指银河。

③浑：全。

【译文】

十六的夜晚，月光皎洁明亮，好似金波可取，令人舒爽，月光照耀下的秋露，都像玉般晶莹可人。

皎洁月光下的关山也随着更加宽广辽阔，站在关山之上，感觉天上的银河与地上的人流如此贴近，就像邻居一样可以同居共饮。

山谷出口，樵夫唱着山歌伴月而归，边城城楼上响起了哀怨的笛声，这大概是思念家乡的战士们，望着明月含泪吹奏。

这月明之夜，也只有孩童们完全不懂这思念家乡的情为何物，他们在那里嬉戏打闹也不去睡觉，都已经半夜时分了，在那江河之上，借着明亮的月光，还有船只在行进。

舟月对驿近寺①

【题解】

这首诗作于唐代宗大历三年（公元 768 年）的一个夜晚，当时诗人已进入暮年，仍处于乘船漂泊之时。在一个月明星稀的夜晚，坐在帘儿高挂的船舱之内，难以成眠。此时，杜甫或许是在想国事未安，或许是幽怨亲朋离散，或许是在想一生壮志难酬，或许是哀叹人生苦短。总之在这种复杂的心境下，写下此诗。全诗语言清丽，意境凄凉，表现了诗人的寂寞孤独之情。

【原文】

更深不假烛②，月朗自明船③。

金刹清枫外④，朱楼白水边⑤。

城乌啼眇眇⑥，野鹭宿娟娟⑦。

皓首江湖客⑧，钩帘独未眠⑨。

【注释】

①对驿：对着驿站。近寺：靠近寺庙。

②更深：夜深了。

③明船：月光照亮了船舱。

④金刹：指佛寺的宝塔。

⑤朱楼：富丽华美的楼阁。此指驿站。白水：泛指清水。

⑥眇眇（miǎo）：形容啼声细小，隐约。

⑦娟娟：姿态柔美的样子。

⑧皓首：白头，白发。江湖客：流落江湖的人。此处是作者自称，其中蕴含身世慨叹。

⑨钩帘：钩起帘子。

【译文】

夜深了，我并没有点亮烛火，因为此时，清朗的明月当空，清辉遍洒，船上自然就很明亮了。

青青的枫林外，伫立着一座金光闪烁的佛寺宝塔，清澈的江水边，有一座朱红色的驿站小楼，富丽华美的楼阁倒映在清清江水里。

城楼上隐隐约约传来乌鸦的啼叫声，江边夜宿的鹭鸟静静地趴在那里，显出柔美安详的样子。

在这样一个月明星稀的夜晚，已经满头

白发却依然飘零在外的我，孤独地坐在帘子高挂的船舱之内，思绪万千，久久不能安眠。

滟滪堆①

【题解】

　　杜甫在流落到成都时，得到了好友严武的照顾。而严武去世后，杜甫也失去了依靠，也不得不离开成都，离开寄居已久的草堂，再次过着漂泊的生活。杜甫沿长江顺流东下，于唐大历元年（公元766年）流落到奉节，也就是当时的夔州。本诗就是过瞿塘峡滟滪堆时，触景生情所作。此诗通过描绘滟滪堆雄浑险恶，表达了诗人对国运衰微的忧患意识，以及对自己仕途不济、命途多舛的愤懑与无奈。

【原文】

巨积②水中央，江寒出水长③。
沉牛④答云雨，如马戒舟航⑤。
天意存倾覆⑥，神功接混茫⑦。
干戈连解缆，行止忆垂堂⑧。

【注释】

①滟滪（yàn yù）堆：长江瞿塘峡口的险滩，在四川省奉节县东。

②巨积：这里指巨石成堆。

③出水：出自水中。

④沉牛：古代沉牛于水，以祭川泽。亦作"沈牛"。

⑤如马：形容滟滪堆之大。舟航：行船。

⑥倾覆：倒塌；翻倒。

⑦神功：神灵的功力。混茫：指广大无边的境界。

⑧垂堂：靠近堂屋檐下。

【译文】

　　在瞿塘峡那段水域的湍流之中，靠近中间部位巍然矗立着一堆巨石，到了江寒水浅之时，巨石露出水平面很高。

每当雨季，为了酬答云雨诸神及时降雨，请求神灵庇护船只能够安全渡过这处险滩，人们把牛沉于水中，以祭山林川泽，然而即使得到山神的保护，但大如马的巨石堆在水中央，在水浅石露的季节也绝不可行船。

也许这是上天有意使航船存在倾覆的危险，所以才运用神灵的功力创造了如此广大无边的境界，以禁止船只江寒水浅之时通行。

眼下，战乱尚未平息，恐怕还要继续漂泊度日，我把系船的缆绳解开，暂时先停靠在安全的地方，如果靠近堂屋檐下，唯恐堂屋屋檐上坠落的瓦片可能会伤到人。

归梦

【题解】

此诗作于安史之乱时期，那时国家连年征战，曾经繁荣富庶的唐朝已不存在了，变成了人们都在战乱中苟活于世，杜甫也没能幸免，整日里过着流离失所、举目无亲的日子，这首诗写出了借梦归乡的情景，虽然哀愁却仍透着归乡的热望。

【原文】

道路时通塞，江山日寂寥。
偷生唯一老，伐叛已三朝。
雨急青枫暮，云深黑水遥。
梦归归未得，不用楚辞招①。

【注释】

①楚辞：楚辞是屈原创作的一种新诗体，并且也是中国文学史上第一部浪漫主义诗歌总集。这里的楚辞指的是屈原，他也是有家不能回的代表人物。

【译文】

国家连年征战，道路时通时塞，曾经繁荣富庶的大好河山，在安史之乱后变得日渐寂寥。

人们在战乱中苟且偷生到老，和亲人见上一面都是遥不可及的期待，从唐玄宗天宝之乱起，又从肃宗到代宗，经历了三朝平定叛乱，唐朝几乎没有一天安宁的日子。

忽然一阵急雨落下，整个青枫林笼罩在昏黑的暮色中，天上浓云越来越浓厚密布，碧绿的江水变成了滚滚黑涛，回归故乡的路被阻隔在千里之遥。

在现实的世界里不能回家，就连虚幻的梦中，也不能回去，唉！现在的我和当初有家不能回的屈原一样，只能痛苦地活着。

为农

【题解】

杜甫经过长期颠沛流离的生活后，终于在友人的帮助下在成都草堂定居，那时虽然天下大乱，唐朝陷入了与叛军的苦战中，但成都那个时候还没有战事，比较太平，但身处太平之地的杜甫依然没有忘记报效国家。这首诗表达了作者想告老为农求道的生活愿望，但他终不忘国事，其实这是杜甫对自己一种无奈的自嘲罢了。此诗是杜甫生活史上一个转变的标志。

【原文】

锦里烟尘外①，江村八九家。

圆荷浮小叶，细麦落轻花。

卜宅从兹老，为农去国赊②。

远惭勾漏令③，不得问丹砂。

【注释】

①锦里：即指成都。成都号称"锦官城"，故曰锦里。烟尘：古人多用作战火的代名词。当时遍地干戈，惟成都尚无战事，所以称成都为烟尘外。

②国：指长安。赊：远。

③远惭勾漏令：此处指葛洪炼仙丹的那件事。葛洪（公元284～364年）东晋道教学者、著名炼丹家、医药学家。字稚川，自号抱朴子，汉族，晋丹阳郡句容（今江苏句容县）人。三国方士葛玄之侄孙，世称小仙翁。他曾受封为关内侯，后隐居罗浮山炼丹。

【译文】

安禄山起兵叛唐后，天下大乱，只有锦里不在战乱中，我现在住的地方，没有俗世的纷乱，只有八九户人家。

湖边的荷花盛开，清丽芬芳，圆形的荷叶漂浮在微波粼粼的水面，纤细的麦穗，随风摇落淡淡的花香。

我准备在这里卜居从此养老了，每天安心务农，远离长安，不再去理会国事。

当年葛洪年老时去炼仙丹以求长寿，只可惜啊，我不能像葛洪一样不问尘事，一心弃世求仙、炼丹砂。

不见

【题解】

这首诗大约作于唐肃宗上元二年（公元761年），自从杜甫和李白在兖州分手后，已有十六年没有见面了。后经多方打听方得知李白因永王事流放夜郎被赦，杜甫很思念李白这个知己，却又不知李白现在具体在什么地方，所以写下此诗，以示对李白的怀念。第二年，即代宗宝应元年（公元762年），李白去世，所以这首诗也成了杜甫怀念李白的最后一首诗。

诗中直抒胸臆，不假藻饰，声声呼唤而出对老朋友的深长厚意，读来感人至深。

【原文】

不见李生久①，佯狂真可哀②。

世人皆欲杀③，吾意独怜才④。

敏捷诗千首，飘零酒一杯。

匡山读书处⑤，头白好归来。

【注释】

①李生：指李白。杜甫与李白天宝四载（745年）在山东兖州分手后，一直未能见面，至此已有十六年。

②佯（yáng）狂：故作颠狂。李白常佯狂纵酒，来表示对污浊世俗的不满。

③世人皆欲杀：这里指李白因入永王李璘幕府受到牵连，被流放夜郎。有

人认为他有叛逆之罪，该杀。

　　④怜才：爱惜人才。

　　⑤匡山：指四川彰明县（今江油县）境内的大匡山，李白早年曾读书于此。

【译文】

　　我已经很久没有见到知己李白了，他卓尔不群却偏偏怀才不遇，所以才装作狂放不羁以示对世俗的不满，他的处境，真令人感到惋惜。

　　他因永王李璘而受到牵连，被流放夜郎，可那些世俗小人都说他有叛逆之罪，想借机杀死他，只有我懂他的爱国之心报国志，爱惜他是难得的人才。

　　他才思敏捷，提笔成诗，诗作不止上千首，可他却如此孤苦无依、颠沛流离，消解愁苦只有凭借酒一杯了。

　　蜀地匡山是你曾经读书的地方，一定还有很多美好的回忆，你历尽磨难已经满头白发，也该好好享受晚年，你最好现在就回到匡山，那我们这多年不见的老友就可以相见了。

后游①

【题解】

　　此诗作于唐肃宗上元二年（公元761年）。杜甫于公元761年的春天曾到新津（今属四川），游修觉寺，写了《游修觉寺》诗。同年，故地重游即写了此诗。这首诗写得表面豁达，实则沉郁，其实这正是诗人心中有愁难解，强作豁达之语。也正因为如此，才产生了更为感人的效果。诗中理趣盎然，情景交融，句式生动而又极为平顺自然。这种创新，对后世的诗人尤其是宋代的诗人有较深的影响。

【原文】

　　寺忆曾②游处，桥怜③再渡时。

　　江山如有待④，花柳自无私。

　　野润烟光薄⑤，沙暄日色迟。

　　客愁全为减，舍此复何之⑥？

【注释】

①后游：重游。这里指杜甫第二次游修觉寺。

②曾（céng）：曾经。一作"新"。一作"重"。

③怜：爱怜，爱惜。

④有待：有所期待。

⑤烟光：清晨的雾气。

⑥此：指修觉寺。复何之：又去往哪里呢？

【译文】

又一次来到修觉寺，不禁想起了曾经来此处游览时的情景，这次故地重游，对这里的小桥、流水乃至寺院都产生了无限的爱怜之情。

这里的山水草木似乎都在等待我一样，山花绽放着笑脸，杨柳舒展着腰肢，整个大自然都在无私地奉献着怡人的温情。

清晨，旷野之上浸润着薄如轻纱的雾气，云雾缭绕，仿佛入了仙境一般，傍晚，落日的余晖迟迟不退，沙地在余晖的照耀下发出金黄色的微光。

看了如此美好的景色，我心中客居他乡的苦闷竟然完全为之减退，转而又不禁怅然，倘若离开这里，又有哪里是可去之处呢？

四 七言律诗

闻官军收河南河北①

【题解】

这首诗作于广德元年（公元763年）春天，那年杜甫52岁。宝应元年（公元762年）的冬天，唐军在洛阳附近的衡水打了一个大胜仗，收复了洛阳和郑（今河南郑州）、汴（今河南开封）等州，叛军头领薛嵩、张忠志等纷纷投降。第二年，史思明的儿子史朝义兵败自缢，其部将田承嗣、李怀仙等相继投降，至此，持续七年多的"安史之乱"宣告结束。杜甫是一个热爱祖国而又饱经丧乱的诗人，当时正流落在四川。当杜甫听到安史之乱结束的消息后，不禁惊喜欲狂，手舞足蹈，随口唱出这首诗。

【原文】

剑外忽传收蓟北②，初闻涕泪满衣裳③。

却看妻子愁何在④，漫卷诗书喜欲狂⑤。

白日放歌须纵酒⑥，青春作伴好还乡⑦。

即从巴峡穿巫峡⑧，便下襄阳向洛阳⑨。

【注释】

①闻：听说。官军：指唐朝军队。

②剑外：剑门关以南，这里指四川。蓟（jì）北：泛指唐代幽州、蓟州一带，今河北北部地区，是安史叛军的根据地。

③涕：眼泪。

④却看：回头看。妻子：妻子和孩子。愁何在：哪还有一点的忧伤？愁已无影无踪。

⑤漫卷：胡乱地卷起。喜欲狂：高兴得简直要发狂。

⑥白日：晴朗的日子。放歌：放声高歌。须：应当。纵酒：开怀痛饮。

⑦青春：指明丽的春天景色。作伴：与妻儿一同。

⑧巫峡：长江三峡之一，自巫山县城东大宁河起，至巴东县官渡口止，途中穿过巫山，全长46公里，有大峡之称。

⑨便：就。襄阳：今属湖北。洛阳：今属河南，古代城池。

【译文】

在四川忽然听到了唐军收复幽州和蓟州的消息，听到此事的我十分高兴，眼泪不禁沾满了衣裳。

回头看家中的妻子和儿女们，个个手舞足蹈，喜气洋洋，再也不是愁眉苦脸的样子，此时的我已无心写作，胡乱地卷起诗书，高兴得简直要发狂。

这样晴朗美好的日子里，我这个白首老人要放声歌唱，开怀畅饮，让明媚的春光，正好一路陪伴着我们返回故乡。

全家即刻动身从巴峡启程，高高兴兴地穿过巫峡，然后穿过襄阳城直奔日思夜想的洛阳。

登高①

【题解】

此诗当作于唐代宗大历二年（公元767年）秋于夔州，在极端困窘的情况下写了这首被誉为"七律之冠"的诗作。当时安史之乱已平息，但各地割据势力相互争夺地盘。杜甫本入严武幕府，但严武病逝后又失去依靠，只好离开成都草堂，买舟南下。本想直达夔门，却因病魔缠身，在云安待了几个月后才到夔州。独自登上夔州白帝城外的高台，远眺之时不禁百感交集。萧瑟的秋江景色，引发了他身世飘零的感慨，渗入了他老病孤愁的悲哀。

诗前半部分注重写景，后半部分侧重抒情，巧用传神会意，促使读者以想象补充。可见此诗在写法上独具特色，默然使杜甫忧国伤时的情操跃然张上。

【原文】

风急天高猿啸哀②，渚清沙白鸟飞回③。
无边落木萧萧下④，不尽长江滚滚来。
万里悲秋常作客⑤，百年多病独登台⑥。
艰难苦恨繁霜鬓⑦，潦倒新停浊酒杯⑧。

【注释】

①登高：这里指九月九日为重阳节登高的习俗。古人登高，一般在每年农

历九月九日重阳节进行，但也不限于九月九日，也有农历正月初七和十五日登高的风俗。

②猿啸哀：指长江三峡中猿猴凄厉的叫声。

③渚（zhǔ）：水中的小洲；水中的小块陆地。鸟飞回：鸟在急风中飞舞盘旋。回：回旋。

④落木：指秋天飘落的树叶。萧萧：风吹落叶的声音。

⑤万里：指远离故乡。常作客：长期漂泊客居他乡。

⑥百年：这里借指晚年。

⑦艰难：兼指国运和自身命运。苦恨：极恨，极其遗憾。繁霜鬓：增多了白发。

⑧潦倒：衰颓，失意。这里指衰老多病，志不得伸。新停：新近停止。重阳登高，按例应喝酒。杜甫晚年因肺病戒酒，所以说"新停"。

【译文】

九月九日登上高处，感觉到风势疾劲有力，不免有一丝凉意，远处长江三峡中不时传来猿猴凄厉的哀号，清澈浩荡的江水中，露出一块布满白色沙子的小洲，鸟儿们悠闲地在小洲的上空盘旋飞舞。

遥望远方，无边无际的树叶被急风摇落，发出"飒飒"的声音，似有万般不舍，令人心生怜惜，低头俯视，只见一望无际的长江之水滚滚而来，奔流不息。

看着眼前如此苍凉的秋景，不禁感慨我自己，竟远离故乡万里漂泊，常年流离客居在外，如今，已过半百之年却又疾病缠身，依旧困苦不堪，只能拖着沉重的脚步独自登上了高台。

自叹一生历尽艰难坎坷，为自己的悲苦命运和国运深感遗憾，不知不觉中白发如霜爬满了双鬓，重阳登高时节，按例应当饮酒唱和，可颓废失意的我因肺病已经停止了饮酒，只可惜此后再也不能借浊酒消愁了。

登楼

【题解】

这首诗于唐代宗广德二年（公元 764 年）春在成都所写。当时诗人客居四川已是第五个年头。上一年正月，官军收复河南河北，安史之乱平定之后。年底，吐蕃又破松、维、保等州，继而再攻陷剑南、西山诸州。此时，国家正处在宦官专权、藩镇割据、内外交困的日益衰败之中。同年，严武又被任命为成都尹兼剑南节度使，原在阆州（今四川阆中）的杜甫，听到这个消息，欣喜异常，马上回到成都草堂。在一个暮春，诗人登楼凭眺，有感而作此诗。

全诗写景写情为出发点，以乐景写哀情，雄阔深远，委婉含讽，抒写了诗人无可奈何的感伤之情。

【原文】

花近高楼伤客心①，万方多难此登临②。

锦江春色来天地③，玉垒浮云变古今④。

北极朝廷终不改⑤，西山寇盗莫相侵。

可怜后主还祠庙⑥，日暮聊为梁甫吟⑦。

【注释】

①客心：客居者之心。

②登临：登高观览。临：从高处往下看。万方多难：这里指吐蕃入侵为最烈的那段时间，同时，也指宦官专权、藩镇割据、朝廷内外交困、灾患重重的日益衰败景象。

③锦江：即濯锦江，流经成都的岷江支流。也称府南河。

④玉垒：这里指玉垒山。在四川省理县东南方向，成都西北方向。古时多作成都的代称。

⑤北极：星名，北极星，古人常用以指代朝廷。西山：指今四川省西部当

时和吐蕃交界地区的雪山。寇盗：指当时入侵唐朝的吐蕃。

⑥后主：这里指刘备的儿子刘禅，三国时蜀国的后主。曹魏灭蜀，他辞庙北上，成了亡国之君。

⑦聊为：不甘心这样做而姑且这样做。梁甫吟：古乐府中一首葬歌。这里代指此诗。

【译文】

登上高楼，看到了附近的繁花似锦而我却是满怀伤感，举目四望，接连不断的吐蕃入侵，宦官专权、藩镇割据，朝廷内外交困，一想起这些，就让人感到触目惊心。

锦江的春色美景扑面而来，这是天地自然生成，而玉垒山的浮云向来都是变化莫测，这无法改变的从古至今，让我不禁联想到如此多变的政局和多难的人生。

唐朝的政权这么多年来稳如泰山，不容篡改，就像苍穹之中的北极星，希望吐蕃贼寇你们最好要识时务，不要枉费心机前来入侵。

可叹的是那么昏庸的刘后主还立了祠庙，更可悲的是他听信奸佞臣子谗言，竟然不顾大局辞庙北上，最终成了亡国之君，哎！只可惜我空怀济世之心，却报国无门，只好在黄昏时分吟诵《梁甫吟》以此来遣怀。

阁夜

【题解】

此诗是大历元年（公元 766 年）冬杜甫寓居夔州西阁时所作。当时西川崔旰、杨子琳等势力混战，连年不息。吐蕃也不断侵袭蜀地。而杜甫的好友李白、严武、高适等都已先后死去。感时忆旧，异常沉重地写下了这首诗。

全诗写冬夜景色，有伤乱思乡之意。首联点明冬夜寒怆；颔联写夜中所闻所见；颈联写拂晓所闻；末联由武侯、白帝两庙而引出万分感慨，层层铺开，步步推进。诗人通过对时局的深切关怀和三峡深夜美景的赞叹，抒发出悲壮深沉的情怀，这也是诗人一贯的人格与品质的真实表现。

【原文】

岁暮阴阳催短景①，天涯霜雪霁寒宵②。

五更鼓角声悲壮，三峡星河影动摇③。

野哭千家闻战伐，夷歌几处起渔樵④。

卧龙跃马终黄土⑤，人事音书漫寂寥⑥。

【注释】

①岁暮：这里指冬季。阴阳：指日月。短景：指冬季的白天越来越短。

②天涯：这里指夔州，此处暗含有沦落天涯的意思。霁（jì）：雪停了。

③鼓角：这里指古代军中用以报时和发号施令的鼓声、号角声。三峡：指瞿塘峡、巫峡、西陵峡。瞿塘峡在夔州东。

④野哭：战乱的消息传来，千家万户的哭声响彻四野。战伐：这里指蜀地常年战乱的局面。夷歌：指四川境内少数民族的歌谣。起渔樵：即起于渔夫樵子之口，"野哭"、"夷歌"这两种声音都使杜甫倍感悲伤。

⑤卧龙：这里指诸葛亮。跃马：这里指公孙述。公孙述（？—36年），字子阳，扶风茂陵（今陕西兴平）人，新莽末年、东汉初年的割据势力。

⑥人事：指交游。音书：指亲朋间的书信、消息。漫：没有限制，任其发展。

【译文】

临近年末，日月交替促使白天变得越来越短，转眼就黑天，远在天涯之城夔州，这里霜雪频降的天气很常见，好在今夜雪停了，但依然很寒冷。

五更天时，军中又响起了鼓声和号角声，听起来凄楚悲壮，天上的银河群星闪耀，显得格外澄澈，星影在湍急的三峡江

流中摇曳不定。

当战乱的消息传来时，千家万户的哭声响彻四野，就连渔夫樵子口中唱的夷歌，都会令人感到苦闷忧伤。

诸葛亮和公孙述都是当世英雄，像他们这样的英雄人物，都逃不过死亡的宿命，终究是要骨埋黄土，而如今连年征战，民不聊生，我得不到朋友和家人的书信，也只能任其寂寞，孤独终老了。

江村①

【题解】

唐肃宗上元元年（公元 760 年）夏，诗人杜甫在朋友的资助下，在四川成都郊外的浣花溪畔盖了一间草堂，在饱经战乱之苦后，生活暂时得到了安宁，妻子儿女同聚一处，重新获得了天伦之乐。高兴之余写下了这首诗。

此诗原本是写安居草堂贤妻相伴，稚子承欢膝下的闲适心境。或许是他过往经历了太多的艰辛，写着写着，最后在结尾的地方，又不免吐露出落寞不欢之情，使人有怅惘之感。杜甫很多登临即兴感怀的诗篇，几乎都是如此。后世都评说杜诗"沉郁"，其契机恐怕就在此处。

【原文】

清江一曲抱村流②，长夏江村事事幽③。
自去自来梁上燕④，相亲相近水中鸥⑤。
老妻画纸为棋局⑥，稚子敲针作钓钩⑦。
但有故人供禄米⑧，微躯此外更何求⑨？

【注释】

①江村：江畔村庄。

②清江：清澈的江水。江：这里指锦江，岷江的支流，在成都西郊的一段称浣花溪。曲：曲折。抱：怀拥，环绕。

③长夏：长长的夏日。幽：宁静，安闲。

④自去自来：来去自由，无拘无束。

⑤相亲相近：相互亲近。

⑥画纸为棋局：在纸上画棋盘。

⑦稚子：年幼的儿子。

⑧禄米：古代官吏的俸给，这里指钱米。"但有"句：一作为"多病所须惟药物"。

⑨微躯：微贱的身躯，是作者自谦之词。

【译文】

一条清澈曲折绵延的江水，环绕村庄静静地流淌，长长的夏日里，整个村庄风景秀丽，一切物事人情都是那么幽静。

新建的草堂刚刚落成，房梁上就有很多小燕子自由自在地飞来飞去，江上有成双成对的白鸥，它们时而交颈而鸣，时而在水面上追逐，我猜它们一定是相亲相爱的伴侣。

我慢慢踱步向家中走去，看见我的贤妻为了省钱又能给我解闷，就在纸上给我画了一个棋盘，小儿子在认真地敲着一根针，说是要做个鱼钩儿，好去江边钓鱼。

朋友们知道我的生活清苦，只要有老朋友把俸禄和粮食赠给我一点点，都会让我感动不已，我这个平凡微贱的人啊，除了这些简单的衣食住行之外，还有什么可奢求的呢？

客至①

【题解】

此诗是上元二年（公元 761 年）春天，在成都草堂所作。杜甫在历尽颠沛流离之后，终于结束了长期漂泊的生涯，在成都西郊浣花溪头搭建了属于自己的成都草堂，暂时定居下来。不久，有客人来访时作了这首诗。

综观全诗，语势流畅，情感真挚，尤显淳朴，尤其是尾联虚字"肯与"和俗语"呼取"的运用，足以可见之。另外，诗用第一人称，诗意表达上质朴流畅，自然亲切，与内容非常协调，形成一种欢快淡雅的情调，与杜甫其他律诗字斟句酌的风格有所差异，但更显示了杜甫为人真诚豁达的一面。突出了文笔精彩细腻，语态传神的功力，准确地表达了富有情趣的生活场景，显示出浓郁的生活气息和人情味。

【原文】

舍南舍北皆春水，但见群鸥日日来②。

花径不曾缘客扫③，蓬门今始为君开④

盘飧市远无兼味⑤，樽酒家贫只旧醅⑥。

肯与邻翁相对饮⑦，隔篱呼取尽余杯⑧。

【注释】

①客至：客指崔明府。明府：唐人对县令的称呼。

②但见：只见。

③花径：长满花草的小路。缘：因为。

④蓬门：用蓬草编成的门户，这里表示房子很简陋。

⑤飧（sūn）：指菜肴。市远：离市集远。兼味：多种美味佳肴。无兼味：这里指菜肴很少。

⑥樽（zūn）：酒器。旧醅（pēi）：隔年的陈酒。古人好饮新酒，杜甫以家贫无新酒感到歉意。

⑦肯：如果愿意；若肯，这是向客人征询。

⑧余杯：余下来的酒。

【译文】

草堂搭建在浣花溪附近，房前屋后有一条溪水环绕，花红柳绿，一派生机盎然的春象，只见群鸥每天都飞来这里嬉戏栖息，简直就是一幅鸟语花香的春景图。

庭院小路上长满了花草，还没有因为迎客而特意打扫过，自打草堂建成至今，一向紧闭的家门，今天也是第一次为你崔明府打开。

这里远离市集，买东西不太方便，盘中的菜肴也很简单，由于家贫买不起名贵的酒，只好用家中隔年的陈酒来招待您了，真是抱歉。

若肯让邻家的老翁也过来陪您，然后咱们三个一起开怀对饮，那我这就隔着篱笆将他唤来，我们一起倾尽这杯中剩余的陈年老酒。

蜀相①

【题解】

依照仇兆鳌注，当为唐肃宗上元元年（公元 760 年）春天，杜甫初至成都时作。杜甫定居在浣花溪畔以后探访了诸葛武侯祠，写下了这首感人肺腑的千古绝唱。

杜甫虽有"致君尧舜"的政治理想，但他仕途坎坷，抱负无法施展。他写这首咏史怀古诗时，安史之乱还没有平息。他目睹国势艰危，生灵涂炭，而自身又请缨无路，报国无门，因此对开创基业、挽救时局的诸葛亮无限仰慕，备加敬重。

这首七律章法曲折宛转，自然紧凑。全篇由景到人，由寻找瞻仰到追述回顾，由感叹缅怀到泪流满襟，所感之深，溢于言表，具有震撼人心的强大力量。

【原文】

丞相祠堂②何处寻？锦官城外柏森森③。

映阶碧草自春色，隔叶黄鹂空好音。

三顾频烦④天下计，两朝开济⑤老臣心。

出师未捷身先死，长使英雄泪满襟。

【注释】

①蜀相：这里指诸葛亮，诸葛亮是三国时期蜀国的丞相。

②丞相祠堂：即诸葛武侯祠，是纪念中国三国时期蜀汉丞相诸葛亮的祠堂，也是中国唯一的君臣合祀祠庙，由刘备、诸葛亮蜀汉君臣合祀祠宇及惠陵组成，在今成都市武侯区，晋李雄初建。

③锦官城：成都的别名。柏森森：柏树茂盛繁密的样子。

④频烦：频繁，多次。一作"频繁"；一作"频频"。

⑤两朝开济：指诸葛亮辅助刘备开创帝业，后又辅佐刘禅。两朝：刘备、刘禅父子两朝。开：开创。济：扶助。

【译文】

诸葛丞相的祠堂去哪里寻找？当然是在成都郊外那柏树成荫、高大茂密的地方。

石阶上长满碧绿的青草，一派春意盎然的景象，黄鹂美妙歌声隔着树叶也能听到。

当年刘备三顾茅庐，请诸葛亮出山，他当时就预见了魏蜀吴三足鼎立的局势，并献计于刘备，诸葛亮先辅助刘备开创帝业，后又辅佐后主刘禅稳固帝业，表现出老臣报国的忠心。

只可惜啊，他出师还没有取得最后的胜利就先去世了，后世的英雄一想到此事，眼泪就洒满了衣襟。

望岳（西岳）

【题解】

此诗作于唐肃宗乾元元年（公元 758 年）六月。杜甫饱经忧患终于重返朝廷，却因宰相房琯败绩丧师于陈涛斜之事，被牵连被贬为华州司功参军。人至中年，除了官拜左拾遗一年境遇不错，之后连连政治失意，使他心情十分郁闷，眺望西岳华山之时，不禁浮想联翩，写下了这首七言律诗。

这首诗与诗人早年望东岳的心情、气势、境界截然不同。从这首诗中可以看到诗人情感演变的某种轨迹，也可看到旧时代人才的悲剧。诗中融入神话，创造了一种神奇的艺术境界。全诗语言朴实，笔力老成，风格自然。另外，诗人为了避免俗套，有意识地以拗救平，使之成为一首拗体七律。

【原文】

西岳崚嶒竦处尊①，诸峰罗立②似儿孙。

安得仙人九节杖，拄到玉女洗头盆。

车箱③入谷无归路，箭栝④通天有一门。

稍待秋风凉冷后，高寻白帝问真源⑤。

【注释】

①西岳：即华山。峻嶒（líng céng）：高耸突兀。竦（sǒng）处：高崇之处。

②罗立：罗列站立，分布。

③车箱：华阴县西南二十五里有车箱谷，深不可测。

④箭栝（guā）：箭的末端，发射时搭在弓弦上的缺口处，此处代指箭杆，形容峡谷的窄直。

⑤白帝：古代传说少昊为白帝，白帝是主管西方的天帝。道家认为华山属白帝管辖。真源：成仙之道的真正本源。

【译文】

西岳华山高耸突兀，高崇之处就像是一位受到膜拜的尊者，其他山峰像一个个儿孙，规规矩矩地罗列站立在身旁。

看到这高不可攀的峰峦，我竟浮想翩翩，请问神灵，如何才能得到那根仙人九节杖，助我拄着它一路飞行，直达明星玉女的洗头盆前。

华山险峻难登，车箱谷又深不可测，车马进去就没有归路，峡谷间隙奇而狭窄，就像离弦的箭杆一样，一直通向南天门。

稍等到秋高气爽之后，我一定要登上山顶去探访白帝的仙居，去询问成仙之道的真正本源。

宿府①

【题解】

此诗作于唐代宗广德二年（公元764年），新任成都尹兼剑南节度使严武保荐杜甫为节度使幕府的参谋。当时杜甫家住成都城外的浣花溪，由于路途偏远，只好长期住在府内，即"宿府"，且常常是"独宿"。但到幕府不久，就受到幕僚们的嫉妒、诽谤和排挤，日子很不好过。因此，请求严武把他从"龟触网"、"鸟窥笼"的困境中解放出来。这首诗便作于这种背景之下。

诗中抒写了寄寓为客的愁绪，烦事所扰的百无聊赖的心情，前四句写景，后四句抒情。全诗表达了作者悲凉无奈的心境，流露出雄才难抒的心情以及对于国事动乱的忧虑和他辗转流离的愁闷。

【原文】

清秋幕府井梧寒②，独宿江城蜡炬残。

永夜角声悲自语③，中天月色好谁看④？

风尘荏苒音书绝⑤，关塞萧条行路难⑥。

已忍伶俜十年事⑦，强移栖息一枝安⑧。

【注释】

①府：幕府。古代将军的府署。杜甫当时在严武幕府中。

②井梧：井畔梧桐。梧：一作"桐"。

③永夜：整夜。自语：自言自语。

④中天：半空之中。

⑤风尘荏苒：指战乱已久。荏苒：犹辗转，指时间推移。

⑥关塞：边关；边塞。萧条：寂寞冷落；凋零。

⑦伶俜（pīng）：流离失所。十年事：杜甫饱经丧乱，从天宝十四年（755年）安史之乱爆发至作者写诗之时，正是十年。

⑧强移：勉强移就。一枝安：指他在幕府中任参谋一职。

【译文】

清秋时分，幕府水井旁的梧桐树似乎在寒风中瑟瑟发抖，发出"沙沙"的声音，我独自一人住在幕府中执宿，只有快要燃尽的蜡烛的残光陪伴着我。

漫漫长夜，军营中不时传来悲壮凄楚的号角声，这号角声像是有人在低声自言自语，半空中的月色很美，可现在又有谁能与我共

赏呢？

连年战乱，家人们流离失所，相互间没有一点音信，我经常想回到家乡，可如今边关萧条残破，道路阻塞，行路更是难上加难。

流离失所的日子我已经忍受了十年，如今多亏严武保荐入了幕府，才勉强移就在幕府中任参谋一职，解决了温饱，也总算是可以安顿下来了。

野望

【题解】

唐肃宗上元元年（公元 760 年）夏天，诗人杜甫在朋友的资助下，在四川成都郊外的浣花溪畔盖了一间草堂，在饱经战乱之苦后，生活暂时得到了安宁，妻子儿女同聚一处，重新获得了天伦之乐。这首诗作于上元二年（公元 761 年）。

诗以"野望"为题是他跃马出郊时感伤时局、怀念诸弟的自我写照。但诗人素有爱国爱民的感情，故驱迫他由"望"到的自然景观引出对国家大事、弟兄离别和个人经历的反思。一时间，报效国家、怀念骨肉和疾病缠绕的复杂情感油然而生。在艺术结构上，控纵自如，通篇流畅，真情实感自然流露，读来令人感动不已。

【原文】

西山白雪三城戍①，南浦清江万里桥②。
海内风尘诸弟隔③，天涯涕泪一身遥。
惟将迟暮供多病④，未有涓埃答圣朝⑤。
跨马出郊时极目，不堪人事日萧条。

【注释】

①西山：在成都西面，主峰雪岭终年积雪。三城：指松（今四川松潘县）、维（故城在今四川理县西）、保（故城在理县新保关西北）三州。三城为蜀边要镇，吐蕃时相侵犯，故驻军守之。戍（shù）：防守。

②南浦：南郊外水边地。清江：指锦江。万里桥：桥梁名，在成都城南。

③风尘：指安史之乱导致的连年战火。诸弟：杜甫有四个弟弟，分别是杜

颖、杜观、杜丰、杜占。只有杜占随他入蜀，其他三弟都散居各地。

④迟暮：指晚年。这时杜甫年五十。供多病：交给多病之身了。供：付，交给。

⑤涓埃：滴水、尘埃。这里指杜甫自谦对朝廷没做出任何贡献。

【译文】

成都西面的西山主峰高峻，终年积雪，三城重镇都有重兵驻守，南郊外的锦江之水浩浩荡荡地从万里桥下滚滚而去。

安史之乱导致的连年战火使我们兄弟离散，只身远在天涯的我每当想起亲人，不禁涕泪涟涟。

我已年近五十，两鬓如霜，却无选择地唯有将这体弱多病，都交给了我的暮年，想想我这一辈子，对圣明的朝廷没做出点滴贡献，无法酬答天朝圣恩。

我独自骑着马来到野外郊游之时，放眼望去，看到了蜀地百姓赋役沉重，不堪入目，如此世事日益萧条，真是令人感到无比悲伤。

又呈吴郎①

【题解】

唐代宗大历二年（公元767年），即杜甫漂泊到四川夔州的第二年，他住在瀼西的一所草堂里。草堂前有几棵枣树，西邻的一个寡妇常来打枣，杜甫从不阻止。后来，杜甫因某种原因把草堂让给亲戚吴郎，自己搬到东屯去了。不料吴郎一来就在草堂插上篱笆，禁止打枣。寡妇向杜甫诉苦，杜甫便写此诗去劝告吴郎。因为以前杜甫写过一首《简吴郎司法》，所以此诗题作《又呈吴郎》。

此诗在艺术表现上措词委婉含蓄，承上启下一气贯通。既有律诗的形式美和乐感，又有散文的灵活性，抑扬顿挫，夹叙夹议中表达了杜甫对穷困人民深切同情的高尚品质。

【原文】

堂前扑枣任西邻②，无食无儿一妇人。
不为困穷宁有此③？只缘恐惧转须亲④。
即防远客虽多事⑤，使插疏篱却甚真⑥。

已诉征求贫到骨⑦，正思戎马泪盈巾⑧。

【注释】

①呈：呈送，尊敬的说法。这是用诗写的一封信，作者以前写过一首《简吴郎司法》，这是又一首，所以说"又呈"。吴郎：系杜甫吴姓亲戚。杜甫将草堂让给他住，这位亲戚住下后，即有筑篱护枣之举。杜甫为此写诗劝阻。

②扑枣：打枣，击落枣子。任：任由，放任。

③不为：要不是因为。困穷：艰难窘迫。此：代词，指代贫妇人打枣这件事。

④只缘：只因为。恐惧：害怕。转须亲：反而更应该对她表示亲善。亲：亲善。

⑤即：就。防远客：指贫妇人对新来的主人存有戒心。防：一作"知"。提防，心存戒备之意。远客：指吴郎。多事：多心，不必要的担心。

⑥使：一作"便"。插疏篱：这里指吴郎修了一些稀疏的篱笆。

⑦征求：指赋税征敛。贫到骨：贫穷到骨（即一贫如洗）。

⑧戎（róng）马：兵马，指战争。盈：满。

【译文】

邻家老妇来我家堂前打枣的时候，我从不阻拦，因为她是一个没有吃的、没有丈夫儿女的穷苦妇人。

那位妇人如果不是因为穷困怎会做出这样偷枣的事呢？她也是穷困到不得已的地步，又心存恐惧不敢言说，所以我们反而更应该与她亲善。

你是新来的主人，你说她就对你存有戒心不友善，虽然她是多此一举，但这也不能怪她，毕竟她本来就生活得提心吊胆，倒是你，一来就插上了篱笆防着她，倒还真是太较真，邻里应该多给些关心。

那位妇人曾告诉我，只因如今官府强行赋税征敛，使她变得一贫如洗，我听完此事，再想到如今兵荒马乱的时局，不禁老泪纵横，泪水沾满了衣襟。

恨别

【题解】

这是杜甫于唐肃宗上元元年（公元760年）在成都时所写。杜甫于乾元二年（公元759年）春告别了故乡洛阳，返回华州司功参军任所，不久弃官客居秦州、同谷，后来到了成都，辗转四千里。杜甫写此诗时，距安史之乱爆发已五六年。在这几年中，叛军铁蹄蹂躏中原各地，生灵涂炭，血流成河，使杜甫对国家和人民疾苦深为忧虑。

这首诗以充满希望之句作结，感情由悲凉转为欢快，彰显出杜甫开阔的胸怀。简朴优美的语言之中，蕴蓄着丰富的内涵，饱含浓郁的诗情，令人吟味无穷。

【原文】

洛城①一别四千里，胡骑②长驱五六年。

草木变衰行剑外③，兵戈阻绝老江边。

思家步月清宵立，忆弟看云白日眠。

闻道河阳近乘胜，司徒急为破幽燕④。

【注释】

①洛城：洛阳。

②胡骑：指安史之乱的叛军。

③剑外：剑阁以南，这里指蜀地。

④司徒：指唐朝名将李光弼，营州柳城（今辽宁省朝阳）人，契丹族。他当时任检校司徒。上元元年（公元760年）三月，检校司徒李光弼破安太清于怀州城下。四月，又破史思明于河阳西渚。当时李光弼又急欲直捣叛军老巢幽燕，以打破相持局面。

【译文】

我离开洛城之后便四处漂泊，远离故乡已有四千里之遥，当年安史之乱的叛军长驱直入中原，算一算过去已经有五六年了。

这几年里，曾经青葱浓郁的草木，在叛军铁蹄的践踏下已变得枯黄，我来到剑阁以南，望着被战争破坏的栈道，就这样被阻隔在家乡的对岸却不能回归，只能孤苦无依地在江边慢慢老去。

清冷的月夜，我在江边心情沉重地来回踱步，忽步忽立，思乡之情油然而生，想念我的四个弟弟，仰望云天夜不能寐，就是在白天，也是坐卧不安，直到困倦难耐才昏昏入睡。

最近听说司徒大人李光弼已经攻克了河阳西渚，正在乘胜追击，急于直捣叛军的老巢幽燕，从而打破相持的局面，取得全面胜利。

曲江对酒①

【题解】

此诗作于唐肃宗乾元元年（公元 758 年）春，是杜甫留住长安时的作品。一年前，杜甫只身投奔唐肃宗李亨，任左拾遗。因上奏为宰相房琯罢职一事鸣不平，激怒肃宗而不再受重用。杜甫无所作为，空怀报国之心，满腹牢骚而写下此诗。

诗中显示一种欲进不能，欲退又不得的两难境地。杜甫虽然仕途失意，毕生坎坷，但"致君尧舜上，再使风俗淳"的政治抱负始终如一，并以国事为己任。而此诗中之所以纵饮懒朝，完全是因为抱负难展，理想落空，只能把失望和忧愤托于花鸟清樽，由此反映出诗人报国无门的苦痛之情。

【原文】

苑②外江头坐不归，水精宫殿转霏微③。

桃花细逐杨花落，黄鸟时兼白鸟飞。

纵饮久判人共弃④，懒朝真与世相违。

吏情更觉沧洲远⑤，老大徒伤未拂衣⑥。

【注释】

①曲江：即曲江池，故址在今陕西西安市东南，因池水曲折而得名，是唐时京都长安的第一胜地。

②苑：指芙蓉苑，在曲江西南，是古代皇帝与嫔妃游玩的地方。

③水精宫殿：即水晶宫殿，指芙蓉苑中宫殿。霏微：迷濛的样子。

④判：此读"潘"音，甘愿的意思。弃：嫌弃。

⑤沧洲：水边绿洲，古时常用来指隐士的居处。

⑥拂衣：指辞官归隐。

【译文】

我已在曲江池的芙蓉苑外坐了很长时间，但还不想回去，时间已经很晚，芙蓉苑中的水晶宫殿渐渐变得朦朦胧胧。

江边的桃花纷纷落下，一片一片轻盈无声，仿佛悄悄地追逐着白色的杨花，黄鹂唧啾细语，时而和白色的鸥鸟一起上下翻飞。

我整日纵酒，早就甘愿被人嫌弃了，既然遭人嫌弃，我也就懒得再上朝，这样做的确有违世情，可既然不用我，我又何苦再恭勤参与朝政呢？

如此为官实在让人难以心情舒畅，更觉得离隐居之地不远了，可即使告老隐居了我还是难以放下天下苍生的困苦之忧，看来，我空有满腹伤悲也不能辞官归隐了。

九日蓝田崔氏庄①

【题解】

这是杜甫与友人在蓝田会饮后所写。诗中首先从悲秋强自宽入笔，道出了自己内心悲凉而又强装笑颜的心境，继而描绘山水之秀美，以此烘托自身悲凉之中尚存的一丝豪壮，又以沉重的无奈与忧伤呼应篇首的苍老。

全诗措辞用句跌宕腾挪，酣畅淋漓，字字高亮，使诗人满腹忧情巧妙地以豪情壮语的形式缓缓流出，令人读后于慷慨旷放之中体味诗人的凄楚悲凉。

【原文】

老去悲秋强②自宽，兴来今日尽君欢。

羞将短发还吹帽③，笑倩④旁人为正冠。

蓝水⑤远从千涧落，玉山⑥高并两峰寒。

明年此会知谁健⑦？醉把茱萸仔细看⑧。

【注释】

①蓝田：即今陕西省蓝田县。蓝田县地处陕西秦岭北麓，关中平原东南部，是西安市辖县。

②强：勉强。

③吹帽：此处用"孟嘉落帽"的典故。

④倩：请。

⑤蓝水：即蓝溪，在蓝田山下。

⑥玉山：即蓝田山。

⑦健：健在，活着。

⑧醉：一作"再"。茱萸（yú）：植物名。据说可以避邪长寿。

【译文】

岁月催人老，面对这悲凉萧瑟的秋色，不禁满怀惆怅，但也只能勉强自我宽慰了。今日恰逢重阳佳节，我也来了兴致，和大家在一起尽情欢饮。

惭愧的是，头发已变得稀稀落落，我怕帽子掉落就露出我的稀疏霜发，让我蒙羞，所以风吹歪帽子时，我总是笑着请旁人帮我正一正。

蓝田山的溪水远远地从千尺高的山涧倾落而下，蓝田山高耸冷峻，两峰并峙，不免让人感到高寒。

山水无恙，人事却难料，明年我们再相聚时，不知谁还会健在呢？不如趁现在康健就多饮几杯，酣醉之中也不忘拿起茱萸仔细端详品赏，期望明年能再相会。

狂夫

【题解】

唐肃宗上元元年（公元760年）夏天，诗人杜甫在朋友的资助下，在四川成都郊外的浣花溪畔盖了一间草堂，妻子儿女得以同聚一处，重新获得了天伦之乐。这首诗正作于这期间，体现了他在饱经战乱之苦后的人生态度，不但没有随同岁月流逝而衰退，反而越来越增强了。

在杜诗中，原不乏歌咏优美自然风光的佳作，也不乏抒写潦倒穷愁中开愁遣闷的名篇。而此诗的精妙之处，在于它将两种看似无法调合的情景成功地调合起来，形成一个完整的意境，从而体现出一种艺术的完美。

【原文】

万里桥西一草堂①，百花潭水即沧浪②。

风含翠篠娟娟净③，雨裛红蕖冉冉香④。

厚禄故人书断绝⑤，恒饥稚子色凄凉⑥。

欲填沟壑唯疏放⑦，自笑狂夫老更狂。

【注释】

①万里桥：在成都南门外，是当年诸葛亮送费祎出使东吴的地方。杜甫的草堂就在万里桥的西面。

②百花潭：即浣花溪，杜甫草堂在其北。沧浪：指汉水支流沧浪江，古代以水清澈闻名。

③篠（xiǎo）：细小的竹子。

④裛（yì）：滋润。红蕖（qú）：粉红色的荷花。冉冉香：阵阵清香。

⑤厚禄故人书断绝：杜甫初到成都时，他曾靠故人严武接济，分赠禄米，而一旦这故人音书断绝，他一家子免不了挨饿。书断绝：断了书信来往。

⑥恒饥：长时间挨饿。

⑦填沟壑（hè）：把尸体扔到山沟里去。这里指穷困潦倒而死。疏放：疏远仕途，狂放不羁。

【译文】

万里桥的西面，有一处新建不久的草堂，那就是我的栖身之所，这里的浣花溪水流清澈，它就来自汉水的支流沧浪江。

微风轻轻地吹动细小的竹子，如身穿翠绿衣裙的少女般娇柔美好，飘落的细雨滋润着粉红色的荷花，随风缓缓飘来阵阵清香。

初到成都时，我曾靠故人严武接济赠我金钱和粮食，而现在我已经与严武断了书信来往，一家子免不了挨饿，长时间挨饿的小儿子，面色变得枯黄，让我感到深深的自责而感伤。

我快要穷困潦倒而死，只剩下疏远仕途与狂放，我不禁大笑我自己，真是越老越疏狂。

小寒食舟中作①

【题解】

这首诗当作于唐代宗大历五年（公元 770 年）春。永泰元年（公元 765 年），严武去世，杜甫离开成都，从此失去朝廷官职，生活困顿，四处漂泊。此时作者漂泊停留于潭州（今湖南长沙），正值小寒食节，悲凉之中写下此诗。

诗中首句点明节日，诗人虽在老病之中也要打起精神来饮酒，透露出漂泊中勉强过节的心情。全篇写景抒情，安排了一个又一个的内在之景，借以刻画舟中诗人的孤寂形象，再以此来抒发自己不为朝廷所用的感伤。

全诗在自然流转中显出深沉凝炼，不难看出，杜甫晚年诗风的苍茫而沉郁的特色。

【原文】

佳辰强②饮食犹寒，隐几萧条戴鹖冠③。

春水船如天上坐，老年花似雾中看。

娟娟戏蝶过闲幔，片片轻鸥下急湍。

云白山青万余里，愁看直北④是长安。

【注释】

①小寒食：寒食节的次日，清明节的前一天。因禁火，所以冷食。寒食节亦称"禁烟节"、"冷节"、"百五节"，在夏历冬至后一百零五日，清明节前一二日。

②佳辰：此指小寒食节。强饮：勉强饮一点酒。

③隐：倚、靠。隐几：即席地而坐，靠着小桌几。鹖（hé）冠：传为楚隐者鹖冠子所戴的鹖羽所制之冠。鹖：一种好斗的鸟。

④直北：正北。

【译文】

今天是寒食节，在这美好的时辰，我虽然身处病痛之中，但还是勉强饮了一口酒，吃了一点寒食，我靠在破旧的乌皮几上，席地而坐，头上戴着用鹖鸟羽毛制作的帽子。

春天来了，水涨船高，船在水中漂荡起伏，就像坐在天上云间一样，年迈

的我已经老眼昏花，看岸边的花草犹如隔着一层薄雾。

我掀开布幔，看到翩翩起舞的蝴蝶从船上飞过，鸥鸟们宛如一片片白云轻快地逐流飞翔，时而俯冲而下到湍急的水流中。

我忧愁万分地直向北望去，那就是我日思夜想的长安，而此时，就像是在望天上的白云，竟是那么虚无缥缈，青山绿水相隔一万多里，一想到此，不禁又满腹惆怅。

堂成①

【题解】

杜甫于唐肃宗乾元二年（公元759年）年底来到成都，在百花潭北、万里桥边营建一所草堂。此诗约作于唐肃宗上元元年（公元760年）暮春。

诗从草堂建成说起，开篇以环境背景勾勒出草堂的方位；中间四句写草堂本身之景。通过自然景色的描写，由物到人，点出身世感慨，把自己历尽战乱之后新居初定时的生活和心情，细致而生动地表现出来，并以"旁人错比扬雄宅"表示他自己并没有像扬雄那样，写《太玄》之类的鸿篇巨著，而是不得已在此作为避乱偷生之所罢了，不露声色地抒发了对乱世之中自身雄才不得舒展的愤懑之情。

【原文】

背郭堂成荫白茅②，缘江③路熟俯青郊。

桤④林碍日吟风叶，笼竹和烟滴露梢。

暂止飞乌将数子，频来语燕定新巢。

旁人错比扬雄宅⑤，懒惰无心作解嘲。

【注释】

①堂：即杜甫在成都所建的草堂。成：建成。

②背郭：背负城郭。草堂在成都城西南三里，故曰背郭。荫白茅：用茅草覆盖。

③缘江：堂在浣花溪上，溪近锦江，故称缘江。

④桤（qī）：一种落叶乔木，叶长倒卵形，果穗椭圆形，下垂，木质较软，

嫩叶可作茶的代用品。

⑤扬雄：扬雄（公元前53年—公元18年）字子云，汉族。西汉官吏、学者。西汉蜀郡成都（今四川成都郫都区）人。其宅在成都少城西南角，一名"草玄堂"。扬雄曾经闭门写《太玄经》，有人嘲笑他，他便写了一篇《解嘲》文。这里的"错比"指杜甫自己不想像扬雄一样专门写篇文章来表明自己的心意。

【译文】

草堂是用茅草覆盖而成的，就建在成都城西南三里处，在浣花溪上游，离锦江很近，经常行走便有了小路，这里地势很高，能俯瞰到郊野之上青葱的平原。

这里的桤林浓郁茂盛，草堂就隐蔽在桤林深处，因而不会受到强烈的阳光照射，像是有一层轻烟笼罩着一样，这里环境清幽，就连风吹叶子，露水滴树梢的声音都能听到，仿佛音乐和鸣。

草堂建成后，暂且停止了飞鸟一样漂泊不定的生活，不但我们一家人有了僻静的安身之处，连禽鸟和燕子也都频频飞到这里筑下新巢，无形之中又增添了燕语莺声的惬意。

别人错把我这草堂比成扬雄的草玄堂，我可是懒惰之人，也没有心思像他那样专门写篇《解嘲》文章来表明自己的心意，这里不过是我的避乱偷生之所而已。

南邻①

【题解】

此诗作于唐肃宗上元元年（公元760年），杜甫在西南漂泊时期。在成都，杜甫过了一段比较安定的生活，在杜甫居住的浣花草堂不远，有位锦里先生，杜甫称之为南邻朱山人。一次前去拜访，朱山人送杜甫离开，回家以后便写了这首诗。

这首诗可以说是由两幅画面组成的。诗中有画，画中有诗。前半篇展现出来的是一幅山庄访隐图，三、四两句是具体的画图，是一幅形神兼备的绝妙的写意画，连主人耿直而不孤僻，诚恳而又热情的性格都给刻画出来了；下半篇又换了另一幅江村送别图。使两人之间的友谊得到升华，让人深感真情的美好。

【原文】

锦里先生乌角巾②，园收芋栗未全贫③。

惯看宾客儿童喜，得食阶除鸟雀驯④。

秋水才深四五尺，野航恰受两三人。

白沙翠竹江村暮，相对柴门月色新。

【注释】

①南邻：这里指杜甫草堂南面的邻居朱山人。

②锦里：指锦江附近的地方。角巾：四方有角的头巾。

③芋栗：芋头，板栗。

④阶除：指台阶和门前的庭院。

【译文】

锦江附近有一位锦里先生，我称他为朱山人，他头上经常戴着乌角巾，我去过他家的园子，园子里收获了很多芋头，栗子也都熟了，他家的生活不算太穷。

院子里有很多孩子，孩子们都对我笑语相迎，可见他家时常有人来往，连孩子们都很好客，鸟雀悠然自得地在台阶上与庭院里觅食，见人来也不飞走，看起来都是那么驯良可爱。

秋天锦江里的水深才不过四五尺，他唤我上船，这野渡的小船恰好能够容下两三个人。

天色已晚，江边的白沙滩和翠绿的竹林渐渐笼罩在夜色中，锦里先生把我送出柴门时，此时一轮明月刚刚升起，在明月的掩映下，这里显得特别清新幽静。

白帝①

【题解】

这首诗作于唐代宗大历元年（公元766年）杜甫寓居夔州期间。当时西川军阀混战，烽烟不断，吐蕃也不断入侵蜀地。诗人亲眼目睹连年混战给人民带来的极端痛苦，内心充满了忧愁。站在白帝城上，望着到处流浪的百姓，感慨万千之余写下此诗。

这首诗在意境上的变化参差错落，大开大阖，在暴风骤雨之后，描绘的是一幅凄凉萧索，满目疮痍的秋原荒村图，这图景正是安史之乱后唐代社会的缩影。诗人通过所见所想，表达了对国家动荡，民不聊生的社会现实，以及无比沉郁的无奈与哀愁。

【原文】

白帝城中云出门，白帝城下雨翻盆②。

高江急峡雷霆斗，古木苍藤日月昏。

戎马不如归马逸③，千家今有百家存。

哀哀寡妇诛求尽④，恸哭秋原何处村⑤？

【注释】

①白帝：即白帝城。这里的白帝城，是指夔州东五里白帝山上的白帝城，并不是指夔州府城。

②翻盆：即倾盆。形容雨极大。

③戎马：指战马，比喻战争。归马：战场回来从事耕种的马。

④诛求：强制征收、剥夺。

⑤恸（tòng）哭：失声痛哭。秋原：秋天原野。

【译文】

登上白帝城楼，只觉得乌云滚滚涌出了城门，往下看，白帝城下已经大雨倾盆。

高高掀起的涛浪湍急地向山峡中翻涌，急流的吼声像轰击的雷霆，烟雾笼罩着古木和苍藤，使太阳和月亮也变得昏暗不清。

浴血奋战的战马不如从事耕种的农马安逸，连年战争，战乱使这里原有千户人家的大村，变成如今只有百家尚存。

最让人感到哀痛的是这些战乱中失去丈夫的妇人们，她们孤苦无依终日哀伤不止，然而朝廷对她家也并不放过，强制剥夺，横征暴敛，被剥削得一无所有，秋天的原野中传来阵阵哭声，让人分辨不清是来自哪个村庄？

燕子来舟中作

【题解】

此诗为唐代宗大历五年（公元770年）杜甫在长沙所作。大历三年（768）正月，杜甫离开夔州出三峡，在江湘之间漂泊了一年。次年春，他投奔潭州刺史韦之晋，不幸韦病故了。杜甫全家只好以船为家寄身水上，睹物伤怀，便写了这首诗作。

杜甫自喻像筑巢的燕子一样，为创造安稳的生活环境而不懈地努力。如今诗人在漂泊无定的时刻又看见了燕子，便将深情厚意寄托在一只微小的燕子身上。它完全不同于那些从概念出发的、以物喻理的咏物诗，也不同于那些堆砌典故的咏物诗，而是抓住事物最突出的特征，通过内在联系，把人的感情赋于物，使物我达到契合无间的境界，读来深刻感人。

【原文】

湖南为客动经春①，燕子衔泥两度新②。

旧入故园尝识主③，如今社日远看人④。

可怜处处巢居室⑤，何异飘飘托此身⑥。

暂语船樯还起去⑦，穿花贴水益沾巾⑧。

【注释】

①湖南：洞庭湖之南，这里即指潭州。动经春：动不动便又经历了一个春天。动：不知不觉。

②两度新：杜甫从大历四年（769）春来到潭州。到现在已是第二个春天，第二次见到燕子衔泥了。

③故园：指诗人在洛阳、长安的旧居。

④社日：立春后的第五个戊日，这天是人们祭神祈求丰收的日子。远看人：指仍然认识自己，远远地望着自己。

⑤巢居室：指燕子处处在人家房屋的梁上作窝。

⑥托此身：指诗人自己到处漂泊求地安身。

⑦樯（qiáng）：船桅杆。

⑧沾巾：指诗人见燕子如此多情而动心落泪。

【译文】

我流落到湖南，不知不觉中又经历了一个春天，我这是第二次见到燕子在此衔泥筑巢了。

燕子啊燕子，去年你与我同舍而居，曾经把我当作是你的主人，如今仅仅是经过了一个社日之春，你却远远地望着我，把我视作陌生人。

可怜你到处筑巢为家，总是在别人家的梁上筑巢，与我这四处漂泊、无地可居之人没有什么不同。

燕子站在桅杆上同我说了暂短的一会儿话，似有同情，但它发现这是一只漂流不定的船，还是要飞离而去，但它又似有不舍，于是贴水低飞，绕船盘桓，迟迟不肯离去，见你如此有情，我不禁更加感动，泪水沾湿了衣巾。

题张氏隐居①

【题解】

此题其实是两种体裁的组诗，当作于唐玄宗开元二十四年（公元736年），当时杜甫游历于齐赵之地。第一首七律约作于初识张氏时，第二首五律约作于与张氏熟识后。

此诗前四句写景，后四句抒情。写出青山绿水的优美静谧，不愧为隐居的绝佳境地；三、四句切言隐居之处，道出路之僻远；五六句赞美张氏之廉静，不染俗气；末二句说得宾主两忘，情与境俱化。诗人在诗中用了反衬手法表现人的孤寂和山的幽静，从而达到妙不可言的艺术境界，令人赞叹不已。

【原文】

春山②无伴独相求，伐木丁丁③山更幽。

涧道馀寒历冰雪④，石门斜日到林丘⑤。

不贪夜识金银气，远害朝看麋鹿游⑥。

乘兴杳然迷出处，对君疑是泛虚舟。

【注释】

①张氏隐居：指张氏隐居之处。张氏：可能指张玠，张玠是兖州（今属山东）人。

②春山：指春日山中。

③伐木丁丁（zhēng zhēng）：伐木发出的声音。

④涧道：山涧通道。余寒：残余的寒气。

⑤林丘：指隐居的地方。

⑥远害：远避祸害。麋（mí）鹿游：比喻繁华之地变为荒凉之所。

【译文】

春日的山中独处无伴，于是我决定去您隐居的地方拜访您，山谷中不时传来"丁丁"的伐木声，仿佛乐声悠扬，使这里显的更加清幽。

山涧通道中冰雪还未消融，残余的凌厉寒气也未消散，历经曲折盘旋的石门古道，到达您住处时已是傍晚。

您一生从不贪恋钱财，夜间也不去观看天山上的金银之气以求财神护佑，只愿远避灾祸以求安康，每天迎着朝阳欣赏旷野之中的麋鹿闲游。

这里美景就像桃花源一样迷人，也被您的处世情怀所感染，我乘兴而来，回去时竟然差点迷路，面对您的飘逸与达观，仿佛是在仙境瀚海上轻泛小舟，闲逸漂游。

宾至

【题解】

此诗写于唐肃宗上元元年（公元760年），当时杜甫住在成都草堂。诗中的来宾，大约是个地位较高的人，诗人对来访的贵客表示了感谢之情，言辞较为客气。

此诗诗题虽突出"宾"字，但在写法上，却处处以宾主对举，实际上突出的是诗人自己。从强调"幽栖"少客，迎"宾"为"难"到表明"岂有"文名，又从漫劳垂访，到如果不嫌简慢，还望重来"看药栏"，虽始终以宾主对言，却随处传达出主人公的简傲自负神态。在杜甫笔下，时而自谦之辞，时而自伤之语，都是诗人自叹一生坎坷的真实写照。

【原文】

幽栖地僻经过少^①，老病人扶再拜难^②。

岂有文章惊海内^③? 漫劳车马驻江干^④。

竟日淹留佳客坐^⑤，百年粗粝腐儒餐^⑥。

不嫌野外无供给^⑦，乘兴还来看药栏^⑧。

【注释】

①幽栖：独居。经过：这里指来访的人。

②人扶：由人搀扶。

③文章：这里指诗文。

④漫劳：劳驾您。江干：江边，这里指杜甫的住处。

⑤竟日：全天。 淹留：停留。佳客：尊贵的客人。

⑥百年：一辈子。粗粝：即糙米。腐儒：迂腐寒酸的儒生，作者常用自指。

⑦供给：此指茶点酒菜。

⑧乘兴：有兴致。药栏：药圃栏杆。这里借指药圃中的花药。

【译文】

我居住的地方过于偏僻，很少有人经过这里，况且我年老多病，连走路都需要别人搀扶，恕我不能行恭拜之礼，再次请您海涵。

据说您是听闻我的诗文很好而来拜访我的，我哪有什么惊动天下的诗文呢？如此劳驾您舟车劳顿地将车马停靠在江边来看我，我着实有些受宠若惊。

真是惭愧，让您一整天都停留在这所简易的草房中，还请客人您屈尊落座，我这一辈子没攒下什么钱，所以只能用粗茶淡饭来招待您，款待不周，还望多多包涵。

您要是不嫌弃这里是荒山野岭没有好酒好菜，以后您要是还能乘兴而来，我可以带你看看我种在药圃中的花药，在花儿盛开之时，那里更是蔚为壮观。

和裴迪登蜀州东亭送客逢早梅相忆见寄①

【题解】

此诗当作于唐肃宗上元二年（公元761年）初春。当时裴迪在蜀州刺史王侍郎幕中，寄了一首《登蜀州东亭送客逢早梅》给杜甫，杜甫深受感动，便写此诗作为回赠。

当时正是安史叛军气焰嚣张、大唐帝国万方多难之际，裴杜二人又都来蜀中作客，大有同是天涯沦落人之感，故而，相忆之情，弥足珍重。

此诗通篇都以早梅伤愁立意，前两联就着"忆"字感谢故人对自己的思念，后两联围绕"愁"字抒写诗人自己的情怀，构思重点在于抒情，不在咏物，因此，历来被推为咏梅诗的上品，也体现了杜诗别具一格的特色。

【原文】

东阁官梅动诗兴②，还如何逊在扬州③。

此时对雪遥相忆④，送客逢春可自由⑤？

幸不折来伤岁暮⑥，若为看去乱乡愁。

江边一树垂垂发⑦，朝夕催人自白头⑧。

【注释】

①裴（péi）迪：关中（今陕西省）人，早年隐居终南山，与王维交谊很深，晚年入蜀作幕僚，与杜甫频有唱和。蜀州：唐朝州名，治所在今四川省崇庆县。

②东阁：阁名。指东亭。故址在今四川省崇庆县东。官梅：官府所种的梅。南朝梁何逊为官在扬州时，官府中有梅，常吟咏其下，故云。诗兴：作诗、吟诗的兴致或情绪。

③何逊：南朝梁诗人。

④此时：指唐肃宗上元元年（760年）末、二年（761年）初。

⑤自由：有闲情逸致，观赏梅花。

⑥岁暮：岁末，一年将尽时，喻年老。

⑦江边：浣花溪边。垂垂：渐渐。发（fā）：指花开放。

⑧朝（zhāo）夕：时时，经常。

【译文】

你去蜀州东亭送客之时，幸遇官府种的梅花遍地盛开，便触动了你作诗的兴致，就像当年在扬州咏梅的何逊一样，句句惊人。

此时面对初春的雪景，让我想起了遥远的你，陷入深深的回忆，那一天，正巧你前去送别客人，又逢腊梅迎春，如果不是对我有深厚的友谊，又怎能分别后不由自主地想起故人，为我作诗呢？

所幸你没有寄来折梅，才没使我在年终时岁末伤情，如果真的这样做了，我看到折梅，一定会撩乱我那浓烈的乡愁。

浣花溪边，我的门前有一棵梅花树也在渐渐开放，看到花开，只感觉朝朝暮暮之中正在催促人老去，催得我满头青丝自然也就变成了白发。

将赴荆南寄别李剑州

【题解】

此诗约作于唐代宗广德元年（公元763年）。李剑州当时任剑州刺史，是位有才能而未被朝廷重用的地方官。这年，杜甫准备离蜀东行，便写了这首诗寄给友人。

诗中颂写李剑州，热情赞美他"能化俗"的政绩，为他的"未封侯"而鸣不平。转而又叙身世之感，离别之情，境界更大，感慨更深。全诗由李剑州写到自己，再由自己的离别之情回述到李剑州，脉络贯通，转承无痕劈空而来，既挺拔而又沉重，有笼罩全篇的气势，却又荡漾萦回，韵味悠长。

【原文】

使君高义驱今古①，寥落三年坐剑州。

但见文翁能化俗②，焉知李广未封侯③。

路经滟滪双蓬鬓，天入沧浪一钓舟④。

戎马相逢更何日？春风回首仲宣楼⑤。

【注释】

①使君：指李剑州，当时任剑州刺史，是位有才能而未被朝廷重用的地方官，名字不详。

②文翁：文翁（前187—前110年），名党，字仲翁，公学始祖，西汉循吏，西汉庐江舒县（今安徽庐江西）人。

③李广：李广（？—前119年），汉族，陇西成纪（今甘肃天水秦安县）人，中国西汉时期的名将，被称为飞将军。

④滟滪（yàn yù）：即滟滪堆，在四川奉节县东五公里瞿塘峡口，旧时是长江三峡的著名险滩。沧浪（láng）：古水名，亦指隐居之地。

⑤仲宣楼：汉末文学家王粲在荆州避难的地方。

【译文】

使君您的高风亮节堪称纵贯当今，凌驾于千古，却在这漫长的三年里遭遇寥落，困守在偏远的小小剑州而得不到升迁重用。

世人只知景帝时期的文翁博学，能够教化大行移风易俗，却又哪里知道西汉飞将军李广一生屡建奇功，却终生都没得到封侯。

这次东行路经滟滪险滩的时候，更加衰老的我蓬头垢面地站在那里思绪万千，看远天仿佛坠入沧浪之水，而相伴身边的却只有一只垂钓的小舟，孤单地在涛浪之中起落沉浮。

在这兵荒马乱的年月，不知我们什么时候才能再度相逢？也许只有等到春风拂绿的时候，我满怀热切地伫立在江陵的仲宣楼上，频频向你驻守的剑州城凝眸。

小至①

【题解】

这首诗是唐代宗大历元年（公元766年）杜甫在夔州时所作。那时杜甫生活比较安定，心情也比较舒畅。由于冬至特定的节气和自然环境，诗人墨客们都会感叹时光与人生，感叹岁末与寒冬，讴歌冬至节，杜甫也不例外，故而写下此诗。

诗人虽然身处异乡，但云物不殊，所以他教儿斟酒，举杯痛饮。全诗紧紧围绕"小至"的时令，叙事、写景、抒情，无不充满着浓厚的生活情趣，处处反映出诗人难得的舒适心情，以及热爱生活的不俗体现。

【原文】

天时人事日相催，冬至阳生春又来。

刺绣五纹添弱线②，吹葭六琯动浮灰③。

岸容待腊将舒柳④，山意冲寒欲放梅。

云物不殊乡国异⑤，教儿且覆掌中杯⑥。

【注释】

①小至：指冬至前一日，一说指冬至日的第二天。

②五纹：指五色彩线。添弱线：古代女工刺绣，因冬至后，白天渐长，就可以多绣几根丝线。

③葭（jiā）：初生的芦苇。琯（guǎn）：古代乐器，用玉制成，六孔，像笛。动浮灰：古时为了预测时令变化，将芦苇茎中的薄膜制成灰，放在律管内，每到节气到来，律管内的灰就相应飞出。浮灰：一作"飞灰"。

④腊：腊月。

⑤云物：景物。乡国：家乡。

⑥覆：倾，倒。

【译文】

时间飞快，人间事物转眼之间就会万般变化，就这样相互催促着一年又一年，转眼小至即将过去，冬至过后白天见长，天气也日渐回暖，看来春天又要回来了。

过了冬至，白昼变长，刺绣的女工也可以多绣几根五彩丝线了，人们用芦苇制成的六孔律管预测节气，发现律管内的灰也相应飞出来了。

堤岸的面貌焕然一新，好像也在默默等待，希望腊月快点过去，好让岸上的柳树舒展枝条、长出新芽，对岸的山峦似乎也要冲破这寒气，想让凌霜傲雪的梅花开放。

我虽然身处异乡，但这里的景物与故乡的没有什么不同，可惜我却有乡难回，于是我让小儿子把酒拿来斟满，我握在手中一饮而尽，惟愿能借酒消这思乡之愁。

江上值水如海势聊短述①

【题解】

这首诗当作于唐代宗上元二年（公元761年）。杜甫时年五十岁，居于成都草堂。

此诗题中一个"如"字，突出了江水气势的汹涌豪壮，进而渲染了江涛的壮美，表现了江水的宽度、厚度和动态，而描写江水如海势，已属奇观，更是在暗寓一种人生哲理：万物相通，在现实面前，要时刻有接受打破常态事物的思想与能力。诗中的写作手法别具一格，用以虚带实，达到出奇制胜的效果；言在其中，意在言外，真真地令人叹为观止。

【原文】

为人性僻耽佳句②，语不惊人死不休。

老去诗篇浑漫与③，春来花鸟莫深愁。

新添水槛供垂钓④，故着浮槎替入舟。

焉得思如陶谢手⑤，令渠述作与同游。

【注释】

①值：正逢。

②性僻：性情孤僻古怪。耽：爱好，沉迷。惊人：令人惊讶；打动人心。死不休：死也不罢手。

③浑：完全，简直。

④新添：新做成的。水槛：水边木栏。槎（chá）：木筏。

⑤焉得：怎么找到。

【译文】

我平生为人正直孤僻，而且生性爱好斟酌锤炼诗篇的词句，我力求诗中必须要有绝佳的句子，若达不到出语惊人的境界，便是死也不肯罢休。

如今我已日渐衰老，作诗完全成了漫不经心的随性而成，根本不像过去那样潜心琢磨了，春天来临之际，面对花开花落，猿啼鸟鸣，我也不再像以前那样莫名地深感忧怨与哀愁。

江边新装设了木栏，可以凭栏远眺，也可以在那里悠然地垂钓，过去经常乘舟远行飘泊不定，如今我扎一条竹筏，用来代替江的小舟。

怎么才能使自己获得的才思，能像陶渊明和谢灵运那样著名呢？如果可能的话，我愿意与他们同游，并让他们写出名篇佳作，我来恭谦吟咏。

返照

【题解】

这首诗大致是杜甫在大历元年、二年（公元766、767年）旅居夔州时所作。杜甫同期还写了《登高》等著名的七言律诗。当时杜甫已经感受到了夔州时局的不稳定，对蜀地的动乱也已有所预感，想回北方却不能实现，心里郁闷而作此诗。

诗中通过描写夔州的古迹楚王宫和白帝城，斜阳返照到江水上，好像山壁都翻倒在江中，从四面八方聚拢来的云遮蔽了树林，意在暗示国家危亡，而自己年迈病重，高枕而卧，只能是空怀对时事的感伤了。引用屈原学生的《招魂》更加突出表达了自己忧国忧民之心无以施展的悲愤之情。

【原文】

楚王宫北正黄昏①，白帝城西过雨痕②。
返照入江翻石壁③，归云拥树失山村④。
衰年肺病惟高枕⑤，绝塞愁时早闭门⑥。
不可久留豺虎乱⑦，南方实有未招魂。

【注释】

①楚王宫：楚王之宫。在重庆市巫山县西阳台古城内。相传襄王所游之地。

②白帝城：古城名。故址在今重庆市奉节县东瞿塘峡口。

③返照：夕照；傍晚的阳光。石壁：陡立的山岩。

④归云：聚拢的云。犹行云。

⑤衰年：衰老之年。高枕：枕着高枕头。

⑥绝塞：极远的边塞地区。

⑦豺虎乱：这里比喻残暴的寇盗、异族入侵者。

【译文】

楚王宫的北面，正是黄昏时分，白帝城的西面，还可以清晰见到下过雨的痕迹。

傍晚的阳光照到江面上返射而出的倒影在水中随波浮动，好像整个石壁都翻倒在江中，从四面八方聚拢来的浓云翻滚着，遮蔽了整片树林，山下的村庄也都看不见了。

我既已年老，又患上了严重的肺病，现在只能枕着高枕头躺在床上，如今我身在遥远的边塞，也没有观赏晚景的心情，只好早早地关上了房门。

现在夔州也变得时局不稳，听说即将有贼军要入侵，看来，此地也不宜久留，还是早点离开为妙，我想回到北方，可一直没能回去，不知何时能安抚这未招的惊魂。

至后

【题解】

《至后》是杜甫在广德二年（公元764年）冬至前后所作的七言律诗。

当时诗人在严武的府中任幕僚，却因几次为严武出谋献计而遭到其他幕僚的嫉妒与排挤，终是才学大志得不到施展，因而郁闷至极。故而想提笔写诗以来排遣远羁剑外、归乡不能的抑郁之情，没想到诗成之后，触景伤情，反而更加凄凉不已。所以这首诗属于借诗咏怀，抒发了诗人对故乡、对亲人的深切思念之情。

【原文】

冬至至后日初长①，远在剑南思洛阳②。

青袍白马有何意③，金谷铜驼非故乡④。

梅花欲开不自觉，棣萼一别永相望⑤。

愁极本凭诗遣兴⑥，诗成吟咏转凄凉。

【注释】

①日初长：指冬至之后，白天逐渐由短变长。

②剑南：这里指蜀地。因在剑门关以南，故称。

③青袍白马：这里指的是幕府生活。

④金谷、铜驼：这里指金谷园和铜驼陌，两者皆洛阳胜地。非故乡：这里指金谷园、铜驼等地因遭受安史之乱变得物是人非。

⑤棣（dì）萼：这里用来比喻兄弟。棣：一种落叶灌木，花黄色。

⑥愁极：极为愁苦。

【译文】

冬至之后，白天渐渐变长，黑夜渐渐缩短，远在蜀地的我十分思念洛阳。

我在严武的幕府中遭遇小人排挤，无所事事，整日里着青袍，骑白马，做了这样一个闲官，人生又有何意义呢？安史之乱后，洛阳城已经沦陷，恐怕现在洛阳的金谷园、铜驼等胜地的风景，也因遭受了安史之乱而变得今非昔比了。

梅花正在含苞欲放，此情此景，让我不由自主地想起了远在洛阳的朋友们，自那日一别，真的害怕永久都不能再相见了。

我愁闷极了，本想写首诗来排遣这愁闷的心情，没料到这首诗写成之后自己吟咏起来，反而更觉得凄凉与寂寞了。

城西陂泛舟①

【题解】

此诗当作于唐玄宗天宝十三年（公元754年），杜甫于长安时所作。

这是一首描写皇家豪华生活的七言律诗。主要是描绘一场设在楼船上的歌舞宴会的盛况，表现了皇家极其奢侈的生活。从表现形式上看，此诗颔联、颈联均失粘，是一首拗体七律，格律不是很严谨。不过，这首作品和杜甫后期（特别是入夔州以后）的有意为之拗体七律意义不同。因为盛唐初期对于律诗尚有宽而未严处。这也不同程度上反映了七律成型初期的不成熟状态，而且杜甫本人当时也处于七律创作的学习阶段。

【原文】

青蛾皓齿在楼船②，横笛短箫悲远天③。

春风自信牙樯动，迟日徐看锦缆牵④。

鱼吹细浪摇歌扇⑤，燕蹴飞花落舞筵⑥。

不有小舟能荡桨，百壶那送酒如泉？

【注释】

①陂（bēi）：池塘。

②青蛾：青黛画的眉毛。皓齿：洁白的牙齿。楼船：远在汉代以前就已出现，外观高大巍峨，一般甲板上有三层建筑，甲板建筑的四周还有较大的空间和信道，便于士兵往来，甚至可以行车、骑马。

③远天：高远的天空。这里指音乐声传得又高又远，

④牙樯：象牙做的帆柱。迟日：春日，指春天白天的时间越来越长。锦缆：用锦彩做舟缆。牙樯、锦缆，这两个词都是形容这只高船豪华奢侈之意。

⑤摇：指水中扇影摇曳。歌扇：歌者以扇遮面。歌扇是唐朝舞乐中的常用之物，多见于唐诗。

⑥蹴：踩，踏。筵：筵台。

【译文】

高大的楼船之上，那些青黛画眉，一笑便微微露出洁白牙齿的歌妓们正在翩翩起舞，横笛声和箫声交织在一起，音色高亢时而又幽怨低沉，这乐音传得又高又远，使天地都为之感到悲伤。

春风拼命地吹着，似乎自己很确信能吹动帆船上这根象牙做的帆柱，春天到了，白昼越来越长了，可以有时间慢慢地看着锦

彩舟缆被船夫缓缓拉起。

由于气候闷热，水中的鱼儿连连吐着水泡泡，有的还纷纷跃出水面，涟动的细浪摇动歌扇投入水中的倒影，燕子也飞得很低，轻踏微波溅起晶莹的水花，然后悠闲地落在楼船歌舞的筵台之上。

一只小舟载着百壶美酒向高船驶去，看来，楼船虽然庞大，在你歌舞奏鸣、酒兴正酣而百壶美酒饮尽之时，如果没有可以荡桨的轻便小舟，又哪能此刻送来如泉水般甘醇的美酒，供你们奢华作乐呢？

野人送朱樱①

【题解】

这首诗约作于宝应元年（公元762年）夏，当时严武再次被皇上任命镇守蜀地，曾几次前去草堂看望杜甫。与此同时，他不仅写了《遭田父泥饮美严中丞》等名篇，还有这首即兴佳作。

这是一首咏物诗。它以朱樱为描写对象，采用今昔对比的艺术手法，表达了诗人对供职严武门下生活细节的深情忆念。也因此从内容上增添了生活层面和感情厚度，同时也表达了自己一种既与劳苦大众友善，又对王朝怀有忠爱的复杂情感。

【原文】

西蜀樱桃也自红②，野人相赠满筠笼③。

数回细写愁仍破④，万颗匀圆讶许同⑤。

忆昨赐霑门下省⑥，退朝擎出大明宫⑦。

金盘玉箸无消息⑧，此日尝新任转蓬⑨。

【注释】

①野人：指平民百姓。朱樱：红樱桃。

②也自红：这里指成都的樱桃和京都的一样自然地垂下鲜红的果实。

③筠（yún）笼：竹篮。

④细写：轻轻倾倒。写：一作"泻"。愁：恐怕，担心。

⑤万颗匀圆：指上万颗樱桃不大不小，均匀圆润。讶许同：惊讶所有的樱

桃长得几乎一模一样。

⑥霑（zhān）：接受恩译。门下省：官署名。魏晋至宋的中央最高权利机构之一。初名侍中寺，是官内侍从官的办事机构，后来隋朝和唐朝开始正式设立的三省六部制成为与尚书省、中书省的三省之一。。

⑦大明宫：大唐帝国的大朝正殿，唐朝的政治中心和国家象征，位于唐京师长安（今西安）北侧的龙首原。始建于唐太宗贞观八年（634 年）。

⑧玉箸（zhù）：华丽的筷子。

⑨转蓬：这里杜甫用飞蓬来比喻自己飘零的身世。

【译文】

樱桃成熟的季节，村野乡邻将满满一竹篮子的樱桃赠送与我，其实，西蜀的樱桃也是自然红润，和京都的樱桃一样。

我反复端详想把樱桃从篮子里取出，小心谨慎地倾倒担心把它们弄破，但还是弄破了不少，只见这些樱桃不大不小，均匀圆润，令人惊讶的是竟然长得如此相同。

我忽然回忆起曾经任门下省时，承蒙皇帝恩宠，赏赐了我很多樱桃，在退朝的时候我双手举着金盘退出了大明宫。

唉！如今物是人非，金盘玉箸的日子早已远去而没有回还的消息，今日幸得乡邻相送如此之多的红樱桃，但愿借助品尝新鲜之时，能够扭转命运，不再像飞蓬一样任由风吹四处漂泊。

雨不绝

【题解】

此诗当作于唐代宗大历元年（公元 766 年），当时杜甫 55 岁，住在夔州（今重庆奉节）。当年可能雨水较多，此篇前杜甫已有数首咏雨之作。

此诗上六句写雨中景物。细雨之微而草不沾污，引用神话典故，写出舞燕携子，行云湿衣的幻想；末两句写了风雨之中行舟之神速，看到江舸逆浪以后，杜甫暗生了对这种船运冒险表示担忧，表达了诗人体恤百姓疾苦的仁爱之心。

【原文】

鸣雨既过渐细微①，映空摇飐如丝飞②。

阶前短草泥不乱，院里长条风乍稀③。

舞石旋应将乳子④，行云莫自湿仙衣⑤。

眼边江舸何匆促⑥，未待安流逆浪归。

【注释】

①鸣雨：雷雨。

②映空：天色昏暗。如丝飞：这里指雨像丝线一样飘落下来。

③长条：指柳树枝条。

④"舞石"句：舞石将乳子，见于《水经注》卷三十八：湘水东南流径石燕山东，其山有石一，绀而状燕，因以名山。其石或大或小，若母子焉。及其雷风相薄，则石燕群飞，颉颃如真燕矣。旋应：很快。将：带领。这句是用传说中石燕来形容风中的雨点。

⑤"行云"句：据《杜律演义》：莫自湿，劝神女莫久行雨，而自湿其衣也。仇注：舞燕将子，记暮春雨。行云湿衣，切巫山雨。这里也用了一个典故，出自战国时期宋玉的《高唐赋》序：昔者先王（指楚怀王）尝游高唐。怠而昼寝，梦见一妇人，曰："妾，巫山之女也，为高唐之客，闻君游高唐，愿荐枕席。"王因幸之，去而辞曰："妾在巫山之阳，高丘之阻，旦为朝云，暮为行雨，朝朝暮暮，阳台之下。"

⑥舸（gě）：船。何：何其。匆促：匆忙、仓促。

【译文】

电闪雷鸣的大雨已经过去了，雨下得越来越小，天色依然昏暗，绵绵的细雨像丝线一样慢慢地从天空飘扬下来。

石阶前沾染泥巴的小草被细雨冲洗干净，看上去不再零乱，风也渐渐变小了，院子里的柳树枝条也不再狂乱摆动。

那有仙灵之气的舞石啊，现在你应该立即带着乳子一起飞，不要因播撒云层而弄湿了自己的仙衣。

抬眼望去，江边的行船为什么这么急促呢？还没等到水流平稳就要逆流而上，定是着急回归家乡。

暮归

杜甫诗全鉴

【题解】

此诗当作于唐代宗大历三年（公元 768 年）诗人在公安（今湖北公安）时。此前杜甫在夔州的时候，写诗极其讲究诗律，写出了不少调高律细的诗篇，同时又想突破律的束缚，尝试一种新的诗体。有一天，他写了一篇非古非律，亦古亦律的七言诗《愁》，题下自己注道："强戏为吴体。"接着又陆续写了十七八首这样的诗，于是唐诗中开始多了《暮归》这种"吴体诗"。故而，这便成了杜甫自创体诗。

此诗前四句写暮归的景色，营造出凄凉的氛围，衬托诗人的悲哀之感；后四句转入抒情，描写羁旅生活的寂寞无聊。这首诗的突出艺术特点是虚实结合，体现了杜甫在诗艺上的追求。

【原文】

霜黄碧梧①白鹤栖，城上击柝复乌啼②。

客子入门月皎皎③，谁家捣练④风凄凄。

南渡桂水阙舟楫⑤，北归秦川多鼓鼙⑥。

年过半百不称意⑦，明日看云还杖藜⑧。

【注释】

①黄：在此用作动词，霜使原来的碧梧变黄。梧：梧桐。

②柝（tuò）：击柝即打更。乌：乌鸦。

③客子：杜甫自称。皎皎：明亮的样子。

④捣练：捣洗白绸。

⑤桂水：今连江，令一说法是漓江，两江都在广西。阙：通缺。

⑥秦川：古地区名。今陕西、甘肃的秦岭以北平原一带。鼙（pí）：一种军用小鼓。鼓鼙在唐诗之中常用来比喻战争，这里可能是指当年吐蕃入侵。

⑦不称意：不如意。

⑧杖：拄拐杖。藜（lí）：用藜茎制成的手杖。

【译文】

秋霜使碧绿的梧桐树叶变得枯黄，白鹤依然栖息在树叶之间，使梧桐树尚且还有一点明丽，此刻，城头上传来打更击柝的声音，惊得乌鸦又呜哇地大声啼叫起来。

我回到家时，月亮已经升起来了，月光明亮如银，寒冷的风中不知是从谁家传来捣洗白绸的声音，深夜之中，听起来让人倍感悲凄。

我想南渡桂水，却缺少可以成行的船只；我想要回到秦川，可秦川之地到处是战鼓声声，战乱不息。

我已经年过半百了，然而这么多年，却事事不能称心如意，贫苦交困的生活还没有结束，我却在疾病缠身之中渐渐老去，就连明天出去看云，还是要拄杖而行。

简吴郎司法①

【题解】

此诗当为唐代宗大历二年（公元 767 年）作于夔州。当时吴郎，即吴南卿，是来自忠州的一位"司法"（州政府的军事参谋），是杜甫的晚辈姻亲，暂住夔州，而杜甫在夔州正好有两处住所，一处是瀼西草堂，一处是东屯农庄的茅屋。平时他居住在瀼西草堂，当时是秋天，杜甫负责管理一百顷公田，为了更好地履行职责，杜甫搬到了位于白帝城东十余里的东屯，便将瀼西草堂借让给吴郎住。"简"是信件，这首诗也是一封信。整首诗记述的是吴郎到来前后的事情，表现了杜甫豪爽好客的高尚品格。

【原文】

有客乘舸自忠州②，遣骑安置瀼西头③。
古堂本买藉疏豁④，借汝迁居停宴游。
云石⑤荧荧高叶曙，风江飒飒乱帆秋。
却为姻娅⑥过逢地，许坐曾轩⑦数散愁。

【注释】

①司法：古代官名。

②舸（gě）：船。忠州：今重庆忠县。

③瀼（ráng）西：在今奉节城外的梅溪河之西。

④古堂：这里指瀼西草堂。藉疏豁：因为这里宽敞明亮。

⑤云石：云彩和山石。一说"高耸入云的山石"。

⑥姻娅：亲家和连襟，泛指姻亲。

⑦曾：同"层"。轩：这里指房屋。

【译文】

得知有客人乘船从忠州过来，于是我派人骑马前去迎接，然后把客人安置在瀼西草堂居住。

我买下这个草堂是因为这里宽敞明亮视野开阔，很适宜休闲宴饮，现在我搬走了，把瀼西草堂借给你，也就停止了在那里的宴饮闲游。

那里环境幽雅，云彩与山石相映成辉，高高的树叶在曙光中随风舞蹈；徜徉在江边，就会感到清凉的风从江中扑面而来，飒飒爽爽，江波之上帆影随波而动，简直就是一幅迷人的秋景图。

瀼西草堂现在借给你，便成了和姻亲往来相聚的地方，不知能否还允许我坐在那间草堂，不断发散心中的愁绪呢？

寄常征君

【题解】

《寄常征君》作于唐代宗大历元年（公元766年）晚春，当时杜甫55岁，居住在蜀地云安（今四川云阳）。这是首句入韵仄起式的七言律诗。

常征君是杜甫的好友，曾在不久前来云安拜访过杜甫，在他返回开州以后，便写了这首诗寄给常征君。诗中开篇，是对常征君晚年才出仕深表祝贺，同时也有惋惜，并且暗示他要时刻注意朝中小人的倾轧与排挤；五六句以后写出了对他入仕的体谅之情以及对他生活环境的问候，通篇表达了杜甫对友人的一片关爱之情。

【原文】

白水青山空复春，征君晚节傍风尘①。

楚妃堂上色殊众②，海鹤阶前鸣向人。

万事纠纷犹绝粒③，一官羁绊实藏身。

开州④入夏知凉冷，不似云安毒热新⑤。

【注释】

①空：徒然。傍：傍靠，投靠。风尘：红尘，世俗之中。傍风尘：指常征君晚节不保，不再隐居，重新出仕。

②楚妃：比喻在皇帝面前得宠之人。殊众：出众。

③万事纠纷：指公事繁忙。绝粒：没时间吃饭。

④开州：地名，今重庆开县，是常征君任职之地。

⑤云安：地名，位于今广东省西部。新：出现、开始的意思。

【译文】

清澈的江水，葱郁的青山，即便在春天里展现得再怎么美好，也有徒然再伤春的时候，常征君您一世英名，隐居青山绿水间多年，却落得个晚节不保，竟然选择了重新出仕当官，不再隐居了。

楚妃在皇宫里因为容貌出众，所以很受皇帝的恩宠，但也难免遭到其他嫔妃的嫉妒和陷害，以常征君您的才华，如海鹤一样的仙风道骨，在朝堂阶前的表现一定非常卓越，然而若想一鸣惊人，还要学会趋近权贵之人。

在朝上供职，整日里公事繁忙，被各种琐事纷扰，甚至连饭都没有时

153

间吃，人只要是被一种官职羁绊，就是彻底被劳碌埋藏起来了，无法脱身。

你任职的地方现在也是夏天了，但早晚还会有凉暖温差，你可要时刻注意保暖啊，那里可不像云安，到了夏天火辣辣的酷热现象就会重新出现。

舍弟观赴蓝田取妻子到江陵喜寄三首

【题解】

此诗当作于唐代宗大历二年（公元767年），当时杜甫在夔州（今重庆奉节）。舍弟，是对自己弟弟的谦称。观，就是杜甫的弟弟杜观。蓝田，今在陕西蓝田县。江陵，是今湖北荆州，杜甫当时正考虑想携全家赴江陵，所以委托自己的弟弟杜观奔赴今陕西省蓝田县，去把自己的妻子和子女接过来，然后一同到江陵定居。

【原文】

其一

汝迎妻子达荆州①，消息真传解我忧。

鸿雁②影来连峡内，鹡鸰飞急到沙头③。

峣关④险路今虚远，禹凿⑤寒江正稳流。

朱绂即当随彩鹢⑥，青春不假报黄牛。

【注释】

①汝：指杜甫的弟弟杜观。荆州：即江陵。

②鸿雁：古时有鸿雁传书的典故，这里有暗指杜观赴江陵之意。

③鹡鸰（jí líng）：一种鸟，也称脊令。头黑额白，背黑腹白，尾长，体长约18cm，长在水边觅食昆虫。古时用脊令来比喻兄弟。沙头：今湖北沙市，距江陵约8公里，这里用来指代江陵。

④峣（ráo）关：秦朝时地名。据考证，秦时峣关，即后来的蓝田关，又称蓝关。据汉书、水经注等权威史学、地理文献记载及以后的历史演变，峣关在今蓝田县东南，峣山东部至蓝桥镇一带的崇山峻岭中，而蓝关即是今蓝田县县城。

⑤禹凿：这里指传说中大禹凿穿三峡。

⑥朱绂（fú）：即绯衣，唐朝五品以上官员的官服。公元 764 年（广德二年）六月，严武上表荐举杜甫为节度参谋、检校工部员外郎、赐绯鱼袋。赐绯鱼袋，包括加绯衣和佩银鱼纹章。所以杜甫虽然不是五品官，也有资格穿着朱绂。彩鹢（yì）：指船头画有鹢鸟的大船。鹢：古指一种水鸟，能高飞。

【译文】

当我听到弟弟你带着妻子到达江陵这个消息，我的忧愁全都解开了，我正想带全家前去江陵呢。

鸿雁传书来说你很快就到峡内，弟弟你在那里先安顿好，就像鹈鸧飞速奔向沙头一样，再过些日子我也要到江陵了。

险峻的嶢关，如今已经成了虚有的遥远，自从大禹凿穿三峡以后，三峡的水流变得很平稳，所以船速很快，相信不久我们兄弟就会团聚了。

我穿着官服，坐着画有鹢鸟的船，正在向江陵进发，第二年的春天，我们就可以团聚了，而不是等到明年春天才到黄牛峡。

【原文】

其二

马度秦山雪正深①，北来肌骨苦寒侵。
他乡就我生春色，故国移居见客心②。
欢剧提携如意舞③，喜多行坐白头吟④。
巡檐索共梅花笑⑤，冷蕊疏枝半不禁。

【注释】

①秦山：秦岭。
②他乡：指江陵。故国：指蓝田。
③如意舞：指晋朝王戎喜持如意而起舞。
④白头吟：一指古曲名，传为卓文君所作，更多的时候泛指歌吟。
⑤巡檐：绕着屋檐踱步。索：要。

【译文】

车马过秦岭的时候，正值厚雪深覆大地，从北面刮来的寒风更是穿透肌肤，侵骨般的寒冷，很是艰苦。

你本居住在他乡，却是为了迁就照顾暮年的我而专门从蓝田搬到江陵，此举让我感到了春天来临的喜悦，也深深地为你的一片亲情所感动。

我极其高兴，就像晋朝的王戎喜那样拿着如意手舞足蹈，欢喜之余，我忽坐忽立地开始吟唱起卓文君所作的《白头吟》。

我绕着屋檐欢喜地来回踱步，看到梅花我要它们跟我一起开心地笑，冷风中，稀疏的枝条上半开的花朵，都喜不自禁地绽开了笑脸。

【原文】

其三

庾信罗含俱有宅①，春来秋去作谁家②。

短墙若在从残草③，乔木如存可假花。

卜筑应同蒋诩径④，为园须似邵平瓜。

比年病酒开涓滴⑤，弟劝兄酬何怨嗟⑥。

【注释】

①庾信：南北朝时著名诗人。庾信因侯景之乱，自建康遁归江陵，居宋玉故宅，宅在城北三里。罗含：东晋人，时任恒温别驾，曾在江陵筑茅庐而居。

②春来秋去：形容时光流逝。作谁家：不知现在成为谁的住宅了。

③从：任从。

④卜筑：择地建筑住宅，即定居之意。蒋诩：汉代名士，汉杜陵（今陕西省西安）人，以廉直名，他庭院中有三条小路，只与羊仲、求仲二位隐士来往。后来人们把"三径"作为隐士住所的代称。

⑤比年：近来。开涓滴：最近几年杜甫因为生病，酒只能喝一点点。

⑥弟劝兄酬：指杜甫、杜观兄弟相见后相互劝酒，一同畅饮。何怨嗟：别人有什么好埋怨的？估计杜甫的家人可能为他病中喝酒的事唠叨过。

【译文】

庾信和罗含二人在江陵都曾有过自己的住宅，时光流逝，春来秋去轮回中，现在不知道已经成为谁的家了。

当年的矮墙若是还在，想必已是任由残草丛生，那些名贵的乔木如果还存在，我们可以借用乔木的花来美化庭院。

等我们到了江陵，在那里选择开阔地建屋，要像汉朝的蒋诩一样，门前开三条小路，只通向高雅之士，不与其他俗人交游，开辟田园要像邵平种瓜一样与邻里相处。

因为近几年我一直生病，酒只能喝一点点，所以兄弟见面以后相互劝酒时，兄长喝多喝少也就没有什么可埋怨的了。

赠韦七赞善①

【题解】

此诗大多人认为是于唐代宗大历五年（公元 770 年）在潭州（治今湖南长沙）所作，即杜甫去世当年。

韦赞善和杜甫是世交。杜甫此前在梓州时曾有诗《赠韦赞善别》中有句为"往还二十载，岁晚寸心违"。这首《赠韦七赞善》同样是杜甫的一首送别之作。

【原文】

乡里衣冠不乏贤②，杜陵韦曲未央前③。

尔家最近魁三象④，时论同归尺五天⑤。

北走关山开雨雪，南游花柳塞云烟。

洞庭春色悲公子⑥，鰕菜忘归范蠡船⑦。

【注释】

①七：因韦赞善在家中排行老七，故称韦七。

②乡里：故乡，指长安。衣冠：指士族之家。

③未央：即汉朝的未央宫，未央宫是西汉帝国的大朝正殿，建于汉高祖七年（前 200 年），由刘邦重臣萧何监造，在秦章台的基础上修建而成，位于汉长安城地势最高的西南角龙首原上，因在长安城安门大街之西，又称西宫。

④魁三象：这里指韦家和杜家两个家族世代都列为三公这样的高官。

⑤尺五天：关于"尺五天"，原注云："俚语曰：'城南韦杜，去天尺五。'"杜诗及所引这则俚语经常为治隋唐史和关中文化者所称引，借以说明京兆韦杜两氏的鼎盛。朱瀚据《新唐书·宰相世系表》指出，杜氏宰相十一人，韦氏宰相十四人，可见其盛。归：归结到。时论：当时舆论、众人评论。

⑥公子：这里指韦赞善。

⑦鰕（xiā）菜：泛指鱼虾类菜肴。鰕：同"虾"。忘归：字面上好像是已经忘记了返回故乡，实际上是"难归"。这句是说，飘泊船上，每日粗茶淡饭，无法回到故乡。范蠡船：在这里指船。

【译文】

远在故乡长安城的世族之家不缺乏贤能之人，韦家和杜家这两个大家族，早在长安城乃至未央宫里都是人才辈出。

您家世代都是三公这样的高官，我们两家的住宅离皇宫都很近，而且归结到当时舆论便是"城南韦杜，去天尺五"，可见我们两大家族权势地位无人能及。

您即将向北方走关山而归，前途开阔，没有雨雪的阻隔，而我却还困塞在南方，如同杨柳飞花一样四处漂泊，前途一片迷茫。

您即将北归，洞庭湖的山水春色也都在为你的离开而感到悲伤，而我，只能以船为家四处飘泊，每日以低贱的鱼虾菜肴就着粗茶淡饭，就像是范蠡忘记了回家的路，无法回到故乡。

进艇

【题解】

这首七言律诗是唐肃宗上元二年（公元761年）杜甫在成都所作。此时他已到知天命之年，从经历了游历吴越江南、齐鲁燕赵，到求仕不达、困守长安，再到身陷安史兵营，漂泊半生流离失所。好在好友高适和表弟倾囊相助，才在成都有了草堂，与妻儿过上一段风平浪静的生活。直到此时，他从内心感到人生价值观的重大转变，由追求显达仕途转变成追求陶然田园，由勃勃雄心转变成淡泊宁静。

全诗直抒胸臆与借景抒情相结合，含蓄地表达了颠沛流离凄苦后的那一点安定所带来的极大满足。

【原文】

南京久客耕南亩①，北望伤神坐北窗②。
昼引老妻乘小艇，晴看稚子浴清江③。

俱飞蛱蝶④元相逐，并蒂芙蓉⑤本自双。

茗饮蔗浆⑥携所有，瓷罂⑦无谢玉为缸。

【注释】

①南京：指当时的成都，而非"六朝古都"南京，是唐玄宗在至德二年（757年）为避安史之乱幸蜀时所置，与长安、洛阳同为唐国都。客：杜甫到成都是避难和谋生，并非情愿，所以自称为"客"。南亩：田野，田园生活。

②北望：相对于成都而言，长安在其北。伤神：伤心。

③稚子：幼子，小孩。清江：清澈的江。

④蛱（jiá）蝶：蝴蝶。

⑤并蒂：指两朵花并排长在同一个茎上。芙蓉：荷花的别名，也指刚开放的荷花。

⑥茗（míng）饮：指冲泡好的茶汤，亦是茶的别称。蔗浆：即甘蔗榨成的浆汁。

⑦瓷罂（yīng）：盛酒浆等用的陶瓷容器。

【译文】

总算是在成都长久安定下来了，在这里过上了自由自在的田园生活，然而独自坐在草堂的北窗旁，向北望去之时，还会有一种悲怆感伤。

晴朗的白天时，清澈的溪水在阳光下荡漾着波光，我带着老妻乘坐小船出去游玩，可以闲看我的小儿子在清澈的江水里无忧无虑地洗浴嬉戏。

浣花溪岸边的蝴蝶一起上下翻飞，互相追逐，溪水上的荷花并蒂而开，如同双栖鸳鸯一样，成双成对，就像我们一

家人一样，永不分离。

煮好的茶汤清香无比，甘蔗榨成的浆汁甘甜可口，虽然都是用最普通的陶瓷器皿盛放，可一点儿也不逊色于精美的玉缸。

遣闷戏呈路十九曹长①

【题解】

这首诗的具体写作时间不详。"遣闷戏呈"是点题之笔。"遣闷"说明诗人写诗是为了排遣憋闷，"戏呈"则表明诗人见到故人时的喜悦之情。这首诗通过对雷声、细雨、黄鹂以及白鹭的形态描写，把诗人内心的情感极其细微的变化，统统刻画出来，似轻描淡写般无意为之，却更加深沉含蓄；看似信手拈来，却蕴含着自信、潦倒、心酸、自嘲等等多重感情，更是诗人晚年写诗达到炉火纯青技艺的真实写照。

【原文】

江浦雷声喧昨夜，春城雨色动微寒。

黄鹂并坐交愁湿，白鹭群飞大剧干②。

晚节渐于诗律细，谁家数去酒杯宽。

惟君③最爱清狂客，百遍相看意未阑。

【注释】

①遣闷戏呈：唐人特别是杜甫写诗，惜字如金，标题绝不会随意涂鸦，往往大有用意。这首诗，"遣闷戏呈"这个标题正是点题之笔。"遣闷"说明诗人写诗是为了排遣憋闷，"戏呈"则表明老杜见到故人时的喜悦之情。

②剧：戏剧之意，形容喜欢高兴的样子。

③君：这里指路十九。

【译文】

江浦上空雷声震天，轰隆隆的响声喧闹了一夜，随后，满城春雨滂沱而至，一场雨过后，微微寒气也随之袭来。

黄鹂双双并排站在檐下躲雨，相互看着似乎在犯愁这大雨何时才能停，但白鹭看起来好像很高兴的样子，群起而舞飞上天空，或许还嫌天气太干燥，因为可以在初雨时捕食。

我已日渐年老，对于诗律也不那么仔细推敲了，诗作无人欣赏，也没有人推崇我的诗作了，不知现在又有谁能让我数次去他家一起喝酒。

唯有路十九欣赏我这个老来轻狂的人，看我的诗作就算是看上一百遍，也都觉得意犹未尽。

送韩十四江东省觐

【题解】

这首七律写于唐肃宗上元二年（公元761年）深秋于成都。韩十四，指的是在家族里排行第十四，是杜甫的韩姓朋友，其人资历不详，当时住在长江东南岸，就是现在的江苏一带。省觐，是探望父母之意。依题意看，当时安史之乱尚未平息，家庭离散，诗人深感人间万事的颠覆与不堪，盼望天下骨肉团圆，因而，诗中流露出对战乱给人民带来无比深重灾难的愤恨之情以及忧心国难的浩瀚之心。

此诗对仗工稳，平仄规范，沉郁顿挫之中不禁令人引发深思与感慨，是送别诗中的上乘之作。

【原文】

兵戈不见老莱衣①，叹息人间万事非。

我已无家寻弟妹，君今何处访庭闱②？

黄牛峡静滩声转，白马江寒树影稀。

此别应须各努力③，故乡犹恐未同归。

【注释】

①老莱衣：韩十四是去寻访父母的，故用老莱子故事扣紧题目。《列女传》："老莱子行年七十，著五色之衣，作婴儿戏子亲侧。"

②庭闱（wéi）：父母居室，这里指韩十四的父母。

③各努力：各自珍重。

【译文】

如今战火纷飞，生灵涂炭，像春秋隐士老莱子那样身穿五彩衣承欢膝下，孝敬父母双亲的情景都很难看见了，不禁令人叹息人世沧桑、亲情离散，所有事物的和谐美满都遭到破坏与改变。

战乱不止，我已经流离失所多年，至今都寻不到家中兄弟姊妹的音讯，你已离家多时，江东一带也不太平，此次回去探亲，你又到哪里寻访父母亲人呢？

这一路上，黄牛峡、白马江，都是出峡往江东的必经之地，黄牛峡峡高水急，汹涌的江水在峡谷里回荡着不绝于耳的涛浪之声，而眼下白马江畔寒风刺骨，林少人稀，必然会重重艰险。

朋友啊，此次一别，我们应当各自珍重，努力克服险难，我同你一样思念故乡，然而如今天下大乱，唯恐回去也见不到亲人而不能与你一同回归故乡。

白帝城最高楼

【题解】

唐代宗大历元年（公元766年）春末夏初，杜甫从云安迁居夔州，开始了寄寓夔州的一段生活，也进入了一个诗歌创作的高峰期。白帝城在夔州东面，坐落于山头上，面临长江，杜甫初到夔州，登楼眺望，感慨无限，便写下了这首七言律诗。

诗中描写了白帝城楼高耸，凌空若飞；诗人驻立楼前，极目四望，胸襟益开；不禁仰天长叹其立足之高，视野之阔，使全诗笼罩于一种雄奇壮丽的气势之中。

这是一首句法用律体而音节用古体的拗体七律，其情绪勃郁，声调拗怒，突破了七律中传统的和谐，给人以耳目一新之感。

【原文】

城尖径仄旌旆愁，独立缥缈之飞楼。
峡坼云霾龙虎卧①，江清日抱鼋鼍游②。
扶桑西枝对断石③，弱水东影随长流④。
杖藜叹世者谁子⑤？泣血迸空回白头⑥。

【注释】

①坼（chè）：裂缝。霾（mái）：指云色昏暗。龙虎卧：形容峡坼云霾。

②日抱：指日照。鼋（yuán）：大鳖。鼍（tuó）：鳄鱼。

③扶桑：为古神话中东方日出处一种神木，长约数千丈。

④弱水：为古神话中西方昆仑山下一条水流。

⑤藜（lí）：用藜茎制成的手杖。谁子：哪一个。

⑥泣血迸空：血泪迸洒空中。形容极度哀痛。

【译文】

尖峭的山城，崎岖的小路，插在城头上的旌旗仿佛在独自发愁，白帝城楼独立在飘渺的半空之中，若隐若现，凌空欲飞的势头。

俯瞰山峡的裂缝中，在昏暗的云雾笼罩下，群山好似龙盘虎踞，阳光映照着清澈的江水，波光粼粼，犹如鼋鼍嬉游。

登上高处向下望，扶桑树西边的枝条正与山峡相对，从昆仑东来的弱水如影随江滚滚向东流。

若问那个站在楼上拄着藜杖感叹世事的是哪一个？那正是极度哀痛的我啊！就在我满头白发回顾往昔的时候，血泪已迸洒空中。

昼梦

【题解】

大历元年（公元766年），杜甫流离到夔州，这首诗写于大历二年（公元767年），诗中描写了杜甫积思成梦，老病潦倒，就连白日小憩，也能梦见故国君臣，充分地表现了杜甫旅居夔州时的忧国思乡之情。

诗人以"饶睡"入笔，不只是由于春夜的短暂，更有醒来之后的愁思和愿望，巧妙地借说昼梦，将自己晚年忧国思乡的强烈感情表达出来，于自然流转中凝聚深厚的思绪，表现了杜甫晚年诗风沉郁苍茫的特色。此诗运用比兴手法，尤显杜诗的抑郁之中不乏顿挫的磅礴气势。

【原文】

二月饶睡①昏昏然，不独夜短昼分眠②。

桃花气暖眼自醉③，春渚日落梦相牵④。

故乡门巷荆棘⑤底，中原君臣豺虎⑥边。

安得务农⑦息战斗，普天无吏横索钱⑧。

【注释】

①饶睡：贪睡。

②不独：不仅。昼分：正午。

③眼自醉：形容眼睛像醉了似的不由自主地闭上。

④春渚（zhǔ）：春日的水边，亦指春水。梦相牵：犹言尚未睡醒。

⑤荆棘：丛生多刺的灌木。

⑥豺虎：指入侵的外族、割据的藩镇、擅权的宦官等。

⑦安得：哪得，怎样。务农：从事生产。

⑧横索钱：勒索钱物。

【译文】

初春二月，白天渐长，总感觉特别贪睡，整天昏昏沉沉的样子，这不仅仅是因为夜短觉少才使我在大天白天里也想睡觉。

桃花盛开，那种花香暖意融融，使人的眼睛不由自主地就会自己闭上，春水落日使人沉迷在梦里与魂相互牵绕。

我梦到了故乡被掩埋在蓬蒿乱草的底下，中原的君臣正被困伏在豺狼虎豹的身边。

不知要怎样才能够结束战争，也好让农民回到土地上从事生产，从此安居乐业，然后普天之下，再也没有骄横的官吏进行无情的横征暴敛。

赠田九判官

【题解】

这首诗约作于唐天宝十三年（公元754年），是一首赠别诗。田九判官指的是田梁丘，京兆茂陵人，哥舒翰征讨安禄山的时候，以田梁丘为御史中丞，充行军司马，是一个才华横溢的人才。

诗中前四句并没有提及田九判官本人，而是称赞哥舒翰的威名远扬，下四句才开始赞美田九判官的善于发现以及举荐贤才之功。而结尾句的杜甫以渔樵自比，其实言外之意也是希望田梁丘能够像举荐别人一样，向朝廷举荐自己。

【原文】

岵峒使节上青霄①，河陇降王款圣朝②。

宛马总肥春苜蓿③，将军只数汉嫖姚④。

陈留阮瑀谁争长⑤，京兆田郎早见招。

麾下赖君才并美⑥，独能无意向渔樵⑦?

【注释】

①岵峒（kōng tóng）使节：指哥舒翰，时任河西节度使。天宝六年（747年），哥舒翰被王忠嗣提拔为大斗军副使，迁左卫郎将。岵峒：山名。有数座山都叫岵峒，这里指的应是属哥舒翰辖内、位于今日甘肃的岵峒山。青霄：青天、高空。

②河：指黄河。陇：古地名，在今中国甘肃省。款：拜叩。

③宛马：大宛马，古时一个叫大宛的国家盛产宝马，即汗血宝马。春：一作"秦"。苜蓿（mù xu）：多年生草本植物，叶子长圆形，花紫色，结荚果，主要做牧草和绿肥。

④将军：这里指哥舒翰。汉嫖姚：这里指霍去病，西汉名将。十七岁随大将卫青出征匈奴，任嫖姚校尉。

⑤陈留：地名，今河南省陈留县。阮瑀（ruǎn yǔ）：三国魏陈留人，建安七子之一，后事曹操。这里指代高适。高适，唐朝著名诗人，也是杜甫的老友，他曾担任县尉的地方封丘（今河南封丘县）属于当时的陈留郡。

⑥麾（huī）：本义为古代供指挥用的旌旗。麾下：这里指哥舒翰的部下。

165

才并美：人才济济。美：一作"入"。

⑦渔樵：杜甫自比。这里是指杜甫希望田梁丘也推荐自己去哥舒翰部下任职。

【译文】

自从河西节度使哥舒翰镇守崆峒山以后，威名远震直上云霄，河西陇右一带的番王纷纷归降，年年向我大唐拜叩进贡。

大宛国的汗血宝马又肥又壮，那都是因为它们可以吃到催肥的苜蓿草，哥舒翰大将军是当时数一数二的镇关大英雄，可与西汉名将霍去病不分伯仲。

试问，现在谁能与拥有陈留阮瑀那般韬略的高适一争高低？恐怕只有京兆的田梁丘您与他的才学谋略不分上下。

哥舒翰的部下之所以能够人才济济，这完全是靠田九判官您的引荐，现在我唯一期盼的，就是不知您能否也把我推荐给哥舒翰将军呢？

示獠奴阿段

【题解】

此诗当作于唐代宗大历元年（公元 766 年），当时杜甫 55 岁，住在夔州（今重庆奉节）。仇兆鳌《杜诗详注》：前有《引水》诗，此亦同时所作。獠奴，公之隶人，以夔州獠种为家僮耳。獠者，南蛮别种，无名字，以长幼次第呼之。丈夫称阿暮、阿段，妇人称阿夷、阿等之类，皆语之次第称谓也。此诗为獠童引泉而作。

【原文】

山木苍苍落日曛①，竹竿袅袅细泉分②。
郡人入夜争馀沥③，竖子寻源独不闻④。
病渴三更回白首⑤，传声一注湿青云⑥。
曾惊陶侃胡奴异⑦，怪尔常穿虎豹群。

【注释】

①苍苍：青郁茂盛。曛：日落时的余光。

②"竹竿"句：这句是说用竹管接泉水饮用。可参看杜甫诗《溪上》"塞

俗人无井"，以及《引水》"白帝城西万竹蟠，接筒引水喉不干"。宋朝鲁訔：夔俗无井，以竹引山泉而饮，蟠窟山腹间，有至数百丈者。袅袅：细长的样子。

③郡人：指当地人。餘：同"余"。

④竖子：本意是年轻的仆人，这里指阿段。

⑤病渴：杜甫患有消渴症，即糖尿病，经常感到口渴。回：摇。

⑥湿青云：这里指泉水来自山顶的云端。

⑦怪：惊讶。虎豹群：这里指阿段常游走于虎豹群中，此处用来称赞阿段的胆量，不过，三峡地区确有华南虎、金钱豹和云豹。

【译文】

落日的余辉笼罩着青郁茂盛的林木，显得十分幽静，细长的竹管接着山泉水，然后通过竹管分流才可以将泉水引下来储备，以作为日常随取而用。

可是一到晚上，当地人就开始争抢那剩下的一点点水，而仆人阿段对这事却不闻不问，宁愿默默地到其他地方寻找新的水源。

我患有消渴症，经常感到口渴，三更时经常摇动水管，仰起满头白发的脑袋喝水，竹管中的泉水就像来自湿润的云端一样从天而降，传来涓涓细流的乐声。

我曾经对阿段的胆量之大很是惊奇，简直与凶狠勇猛的胡虏没有什么不一样，更令人惊讶的是，他竟然可以在虎豹群中自由穿行。

公安送韦二少府匡赞

【题解】

此诗是代宗大历三年（公元768年）暮秋，杜甫漂泊在湖北公安县时所作。这年八月，吐蕃十万攻灵武、邠州，京师戒严，杜甫在公安受尽冷落，只有韦匡赞这位后生知己却特意来看望并向他辞行，所以杜甫向他尽情倾洒积压已久的感时惜别之情，感动之余，作诗以赠别。

诗中有赞扬韦匡赞作为逍遥公的后人贤良有德，并以此筵别后难再相见为憾；有嘱托；有担忧吐蕃兵戈又起，时局危难；更有对自己命运凄苦的慨叹。

总之，情到深处，此一别便是忍不住的涕泪断肠了。

【原文】

逍遥公后世多贤①，送尔维舟惜此筵②。

念我能书数字至，将诗不必万人传③！

时危兵革黄尘里，日短江湖白发前。

古往今来皆涕泪，断肠分手各风烟④。

【注释】

①逍遥公：韦匡赞的祖先，北周明帝时号为逍遥公。赞美对方的祖先血脉，是古人常用的赞誉手段。

②维舟：系舟。筵：筵席，此指送别时的酒菜。

③"念我"两句：意思是说，此番别后，如承相念，只要写几个字的短信来，我这老头便感激不尽了。至于诗，倒不劳向外界众人传播（韦大概很爱杜诗）。杜甫因为自己的诗讽刺面很广，随便乱传，可能招致无谓的中伤，所以在《送魏仓曹》诗中也告诫他说："将诗莫浪传！"

④"断肠"句：但一想到分手之后，各自都走向风烟，死活不知，后会难料。还是不能不断肠了。风烟：指兵革。

【译文】

逍遥公的后代大多是贤能之人，你走之前特意来到我这条破船上看望我，令我深受感动，只可惜，现在天下大乱，此次系舟筵别之后，不知何时能够再相见，真是不忍离别啊。

此番别后，如果想念我，哪怕你写下寥寥几个字的书信寄给我，我这个垂暮老翁就已经感激不尽了，至于我的诗，不要向众人传播，以免会招致无谓的中伤。

现在到处兵荒马乱，黄尘滚滚时局动荡，我的来日不多，却依旧在江湖漂泊，转眼白发间，越发地感到留给我们的时间越来越少。

古往今来的离别，总是难免涕泪涟涟，这次离别，你我各自天涯，风烟难测，一想到这些，就会痛断肝肠。

覃山人隐居①

【题解】

此诗当作于唐代宗大历二年（公元 767 年），当时杜甫 56 岁，居住在夔州（今重庆市奉节此县）。

关于此诗，吴论：因叹乱离以来，予不得已而奔走。今出处之途，子必经历而知耳。每见荣宠所在，倾覆随之，何若隐居自得乎？祇令我怅惘秋山，而伤翠屏之虚设也。

【原文】

南极老人自有星②，北山移文谁勒铭③。

征君已去独松菊，哀壑无光留户庭④。

予见乱离不得已，子知出处必须经⑤。

高车驷马带倾覆⑥，怅望秋天虚翠屏⑦。

【注释】

①覃（qín）山人：山里的隐士。

②南极老人自有星：即南极星。

③北山移文：南朝时孔稚珪所著。"移"是一种文体，相当于现在的通告、布告。北山：即钟山，在建康城（今南京市，南朝京都）北，故名北山。《北山移文》揭露和讽刺那些伪装隐居以求利禄的文人。勒铭：在金属或石头上镌刻铭文。这句话的意思是，是谁在这里铭刻《北山移文》，不许隐居后出仕的覃山人再回来。

④征君：古时对隐士的称谓，这里指覃山人。哀壑：壑中的风声仿佛带有哀音。

⑤子：这里指覃山人。出处：指不再隐居而开始出仕。

⑥高车驷马：指四匹马驾驶的车盖很高的车。形容做官所拥有的排场。语出《史记·范雎蔡泽列传》：范雎归取大车驷马，为须贾御之，入秦相府。带：伴随。倾覆：颠覆、覆灭。比喻很有气势。

⑦翠屏：翠色的屏风，这里指青翠的山峰。

【译文】

覃山人隐居在这里，就像一颗明亮而孤独的南极星，自南朝的孔稚珪著书以后，是谁在这里铭刻《北山移文》，不许隐居后出仕的覃山人再回来。

自从覃山人出仕离开以后，这里就开始变得无比荒凉，只剩下松菊孤独地迎风而立，就连覃山人住过的房子如今也变得黯淡无光，空留一座庭院，山鏊都为之哀鸣。

我知道你也是由于战乱爆发和看到百姓流离失所才不得已这样做的，你选择了不再隐居而出仕为官，是你深知一定要经历前朝贤人那般的隐居，才能更好地出仕，大展宏图。

你去朝廷为官以后，出入之时就可以乘坐驷马驾驶的高篷马车，走到哪里都有气势排场，伴随着好运连连，彻底颠覆了隐居之前的命运，而壮志难酬的我，只能怅然远望秋天里青翠的山峰，无尽地空悲切了。

五 古体诗

哀江头

杜甫诗全鉴

【题解】

此诗约作于唐肃宗至德二年（公元 757 年）春。至德元年（公元 756 年）秋天，安禄山攻陷长安，杜甫离开鄜州去投奔刚即位的唐肃宗，不巧，被安史叛军抓获，带到沦陷了的长安。旧地重来，眼见荒凉而触景伤怀。第二年春天逃脱，沿长安城东南的曲江行走时，感慨万千，哀恸欲绝之情贯穿此篇。

诗中所流露的感情是深沉的，也是复杂的。在他表达真诚的爱国激情的时候，也流露出对蒙难君王的伤悼之情。这是李唐盛世的挽歌，也是国势衰微的悲歌，更是对国破家亡的深哀巨恸。

【原文】

少陵野老吞声哭，春日潜行曲江曲①。
江头宫殿锁千门，细柳新蒲为谁绿②？
忆昔霓旌下南苑，苑中万物生颜色③。
昭阳殿里第一人，同辇随君侍君侧④。
辇前才人带弓箭，白马嚼啮黄金勒⑤。
翻身向天仰射云，一笑正坠双飞翼。
明眸皓齿今何在？血污游魂归不得⑥。
清渭东流剑阁深，去住彼此无消息⑦。
人生有情泪沾臆，江水江花岂终极⑧！
黄昏胡骑尘满城，欲往城南望城北⑨。

【注释】

①"少陵"二句：少陵：杜甫祖籍长安杜陵。少陵是汉宣帝许皇后的陵墓，在杜陵附近，故自称"少陵野老"。吞声哭：哭时不敢出声。 潜行：因在叛军管辖之下，只好偷偷地走到这里。曲江曲：曲江的隐曲角落之处。

②"江头"二句：写曲江边宫门紧闭，游人绝迹。 为谁绿：意思是国家

破亡，连草木都失去了故主。

③霓旌：云霓般的彩旗，指天子仪仗之旗。南苑：指曲江东南的芙蓉苑。生颜色：万物生辉。

④昭阳殿：汉代宫殿名。汉成帝皇后赵飞燕之妹为昭仪，居住于此。唐人多以赵飞燕比杨贵妃。第一人：最得宠的人。辇（niǎn）：皇帝乘坐的车子。古代君臣不同辇，此句指杨贵妃的受宠超出常规。

⑤才人：宫中的女官。　嚼啮（niè）：咬。黄金勒：用黄金做的马衔勒。

⑥"明眸皓齿"二句：写安史之乱起，玄宗从长安奔蜀，路经马嵬驿，禁卫军逼迫玄宗缢杀杨贵妃。《旧唐书·杨贵妃传》："及潼关失守，从幸至马嵬，禁军大将陈玄礼密启太子，诛国忠父子。既而四军不散，玄宗遣力士宣问，对曰：'贼本尚在。'盖指贵妃也。力士复奏，帝不获已，与妃诀，遂缢死于佛室。时年三十八，瘗于驿西道侧。"血污游魂：指杨贵妃缢死马嵬驿之事。

⑦"清渭东流"二句：清渭：即渭水。剑阁：即大剑山，在今四川省剑阁县的北面，是由长安入蜀必经之道。　去住彼此：指唐玄宗、杨贵妃二人。

⑧"人生"二句：意谓江水江花年年依旧，哪有穷尽之时，而人生有情，则不免感怀今昔而生悲。终极：犹穷尽。

⑨"黄昏胡骑"二句：写叛军兵临城下，极度悲哀中的迷惘心情。胡骑：指叛军的骑兵。　欲往城南：原注"甫家住城南。"望城北：走向城北。北方口语，说"向"为"望"。望：一作"忘"。城北：一作"南北"。

【译文】

　　自从被叛军扣留，祖居少陵的我无声地痛哭，春天里，在叛军的管辖之下只好偷偷地来到了曲江的隐曲角落。

只见矗立在江岸上的宫殿已是千门闭锁，春风中摇曳多姿的细柳和新生的蒲草依旧苍翠，但不知如今是为谁而绿？

不禁陷入深深的回忆，想当初皇帝云霓般的彩旗仪仗浩浩荡荡，直下曲江东南的芙蓉苑，只觉得苑里的万物都生出了光辉。

昭阳殿里最得宠的第一美人也同车出游，娇媚地服侍在君王左右。

行进在车辇之前的宫中女官携带着弓箭，所坐骑的高头白马嘴上套着黄金做的衔勒。

女官们身手敏捷，忽而翻转侧身、仰面朝向空中的云层射去，羽箭飞出，一笑之间，只见那一对双飞的鸟儿扑扇着双翅，应声坠落在地，直引得杨贵妃在皇上面前拍手欢笑，娇声百媚。

可如今，杨贵妃那楚楚动人又摄人心魂的双眸，还有那带着白得诱人牙齿的笑脸又在哪里呢？只可惜，马嵬驿缢死而流淌不止的鲜血玷污了她的游魂，已经再也不能归来宫廷。

只有那渭水依然不改，生生不息地向东流去，直达剑阁幽深，生前艳欢，而一旦危难来临，离去和留下的彼此再也没有消息。

人生有情，面对生离死别，谁都难免泪水沾湿了胸臆，江水的流淌和江花的绽放哪里会有终止的那一天呢？

不觉中已到了黄昏时分，叛军的骑兵骑着马横冲直撞，扬起满城的尘土，慌乱与悲伤之中，我本想去城南，却向着城北方向疾步而行。

兵车行

【题解】

行，本是乐府歌曲中的一种体裁。这首诗是杜甫自创的乐府新题。关于此时的创作背景，有两种说法。一说是讽刺唐玄宗对吐蕃的用兵，而作于天宝中年。因当时唐王朝对西南的少数民族不断用兵。另一说是讽刺唐玄宗天宝十载（公元751年）对南诏的用兵，此时杨国忠专权，谎报军情，弄得民怨沸腾，而上述两种说法均可通。

　　这首诗运用乐府民歌的形式，深刻地反映了人民的苦难生活。诗歌从蓦然而起的客观描述开始，以重墨铺染的雄浑笔法，如风至潮来，突兀展现出一幅震人心弦的巨幅送别图。通过问答，诗人那饱满酣畅的激情奔涌而发，把唐王朝穷兵黩武的罪恶揭露得淋漓尽致，使诗中具有深刻的思想内容。

【原文】

车辚辚，马萧萧，行人弓箭各在腰①。

耶娘妻子②走相送，尘埃不见咸阳桥。

牵衣顿足拦道哭，哭声直上干云霄③。

道旁过者问行人，行人但云点行频④。

或从十五北防河，便至四十西营田⑤。

去时里正与裹头，归来头白还戍边⑥。

边庭流血成海水，武皇开边意未已。

君不闻，汉家山东二百州，千村万落生荆杞⑦。

纵有健妇把锄犁，禾生陇亩无东西。

况复秦兵耐苦战⑧，被驱不异犬与鸡。

长者虽有问，役夫敢申恨⑨？

且如今年冬，未休关西卒。

县官急索租，租税从何出？

信知生男恶，反是生女好。

生女犹得嫁比邻，生男埋没随百草。

君不见，青海头，古来白骨无人收。

新鬼烦冤旧鬼哭，天阴雨湿声啾啾⑩。

【注释】

①"车辚辚"二句：辚（lín）辚：车行走时的声音。萧萧：马嘶叫声。行人：从军出征的人。

②耶娘妻子：父亲、母亲、妻子、儿女的并称。耶：同"爷"，父亲。

③干（gān）：冲。

④"道旁"二句：过者：路过的人。这里指诗人自己。点行频：按名册点名征兵频繁。点行：按户籍名册强征服役。

⑤或从十五北防河：有的人从十五岁就从军到西北去防河。唐玄宗时，吐

蕃常于秋季入侵，抢掠百姓的收获。为抵御侵扰，唐王朝每年征调大批兵力驻扎河西（今甘肃河西走廊）一带，叫"防秋"或"防河"。营田：即屯田。戍守边疆的士卒，不打仗时须种地以自给，称为营田。

⑥里正：即里长。唐制凡百户为一里，置里正一人管理。与裹头：给他裹头巾。新兵入伍时须着装整齐，因年纪小，自己还裹不好头巾，所以里正帮他裹头。戍边：守卫边疆。

⑦千村万落生荆杞：成千上万的村落灌木丛生。这里形容村落的荒芜。荆杞：荆棘和枸杞，泛指野生灌木。

⑧陇亩：田地。陇：同"垄"。况复：更何况。秦兵：关中兵，即这次出征的士兵。

⑨长者：对老年人的尊称。这里是说话者对杜甫的称呼。役夫敢申恨：我怎么敢申诉怨恨呢？役夫：应官府兵役的人，这里是说话者的自称之词。敢：副词，用于反问，这里是"岂敢"的意思。申恨：诉说怨恨。

⑩烦冤：不满、愤懑。啾啾：象声词，形容凄厉的叫声。

【译文】

道路上，车轮滚滚，尘土飞扬，迫不及待的战马萧萧嘶鸣，从军出征的人各自把弓箭佩挂在腰间。

父母和妻儿纷纷奔跑着来相送，行军人马一路扬起的尘土弥漫整个天空，以致于看不见咸阳桥在哪里。

送行的亲人们个个牵着征人的衣领、拉着手臂追赶着，阻拦着前行的道路顿足痛哭，那凄凄怨怨的哭声直冲九天云霄。

见到这样的场景，我忍不住走上前去询问从军的人，他们只回答说，官府按名册征兵实在是太频繁。有的人十五岁时就被征到西北方去驻防戍守，即便是到了四十岁也不让回家，还要被派到河西一带去种地耕田。应征入伍临走时还是青春少年，得由里长替他们缠头巾，等不打仗归来时头发已经斑白如霜，却还要被派去戍守边疆。戍守边疆的战士已经血流成河，染红了海水，可皇上扩张边疆领土的念头还是没有穷尽。难道你没听说，华山东边二百里州，千村万寨都是灌木丛生、田地荒芜。即使那里有健壮的妇人手执犁锄去耕种，也是因为管理不好，而造成田地里的庄稼东倒西歪没有收成。更何况是这些出征的关中兵，即使再能吃苦耐鏖战，战场之上、军营之中也都是被人驱遣得跟鸡狗没什么两样。

这位老者您虽然问了这么多，可我又怎敢诉说苦怨？姑且说今年冬天，征兵前往函谷关以西打仗的事还没有结果，征兵也从未停止过。县官早早就开始向百姓索要租税，家无壮男儿耕种，这租税从哪里出？如今，百姓都确信生男儿是坏事，反倒不如生女儿好。生了女儿还能得以嫁到街坊四邻处，保全性命，而生了儿子就只能应征戍边白白送死，惨死在异域他乡，随便埋没在荒郊野草之中。难道你没看见，在那青海的边疆上，自古以来战死士兵的白骨遍野，无人给收起掩埋。那里的新鬼含冤愤懑，旧鬼痛哭连天，尤其是到了阴天风起、湿冷雨落的时候，更是凄惨哀号，啾啾的哭喊声漫天回荡。

佳人

【题解】

这首诗作于唐肃宗乾元二年（公元 759 年）秋季，安史之乱发生后的第五年。乾元元年（公元 758 年）六月，杜甫由左拾遗降为华州司功参军。第二年七月，他毅然弃官，携带家眷客居秦州，在那里负薪采橡栗平淡度日，并于这一年的秋季写下此诗。关于创作背景，素有争议。有人认为全是寄托，有人则认为是写实，但大部分折衷于二者之间。

诗中描写了一位出身官家的乱世佳人，在家道落魄之后遭到丈夫遗弃而幽居山谷，却不向命运低头的困苦，讴歌了佳人贫贱不移、贞洁自守的可赞精神。同时也暗寓了杜甫对朝廷，竭忠尽力，却落得弃官漂泊的窘境之时，但即便是在关山难越、饥寒交迫的情况下，仍不忘关心国家命运的高风亮节，因此说，这也是在她的身上寄寓了自己的身世之感。

【原文】

绝代有佳人，幽居在空谷①。
自云良家子，零落依草木②。
关中昔丧乱，兄弟遭杀戮③。
官高何足论，不得收骨肉④。
世情恶衰歇，万事随转烛⑤。

夫婿轻薄儿，新人美如玉。

合昏尚知时，鸳鸯不独宿⑥。

但见新人笑，那闻旧人哭。

在山泉水清，出山泉水浊。

侍婢卖珠回，牵萝补茅屋⑦。

摘花不插发，采柏动盈掬⑧。

天寒翠袖薄，日暮倚修竹⑨。

【注释】

①"绝代"二句：绝代：冠绝当代，举世无双。佳人：貌美的女子。幽居：静处闺室，恬淡自守。

②零落：飘零沦落。依草木：住在山林中。

③"关中"二句：关中：指函谷关以西的地区，这里指长安。丧乱：死亡和祸乱，指遭逢安史之乱。

④官高：指娘家官阶高。骨肉：指遭难的兄弟。

⑤转烛：烛火随风转动，比喻世事变化无常。

⑥合昏：夜合花，叶子朝开夜合。鸳鸯：水鸟，雌雄成对，日夜形影不离。

⑦卖珠：因生活穷困而卖珠宝。牵萝：拾取树藤类枝条。也是写佳人的清贫。

⑧采柏：采摘柏树叶。动：往往。

⑨修竹：高高的竹子。比喻佳人高尚的节操。

【译文】

行游之时，见到一个美艳绝伦的女子，看上去年纪尚轻，但却是一个人孤独地隐居在这空旷的深山野谷之中，便走上前去问询缘由。

她自称道："我出身名门，原本是一个官宦家的女子，只因家道中落，才飘零沦落到荒山野林之中隐居。

想当年长安遭逢安史之乱，那一带战火连天，死亡和祸乱不断，自己从官的兄长和弟弟也都惨遭杀戮。

战乱之中，官高禄厚又有什么用处呢？可怜我那兄弟死于乱军之中，连骸骨躯体都没能收回来得以安葬。

人世间的真情也会有恶劣衰竭变化，世俗人情都厌恶衰败的人家，甚至是止歇往来，世事难料，就像那随风转动、摇曳无助的烛火。

见我家族败落，没想到那个薄情寡义的丈夫便开始厌弃我，又新娶了貌美如玉的富家女子，而置我于不顾。

夜合花尚且还知道朝开夜合，遵循时节恪守规律，就连那鸳鸯也知道双栖双飞而不孤身独宿。

可我那薄情的丈夫，眼里只有新人，整日里只知道他们二人相互调情欢笑，哪里还能听得到我这个旧人在那里悲伤啼哭？

有道是，泉水出自山谷，在大山里奔流的泉水清澈明亮，然而流出山以后，泉水就会被世人染上污浊。

既然不能使薄情郎回心转意，只好等待我的侍女变卖珠宝回来，离开那个伤心地，来到这幽静的山谷，拾取树藤类枝条修补这间破漏的茅屋，独住下来。

从此过起了清心寡欲的生活，不去采摘鲜花装饰鬓发，倒是很喜爱翠柏那傲立霜雪坚贞不屈的个性，往往会采摘满满一把柏树枝叶捧在怀里。"

天气渐渐转冷了，只见她翠绿的衣袖在寒风中瑟瑟摆动，愈加地显得单薄。天阳已经落山，暮色中，我看见她孤单而坚定地斜倚着高高而又柔韧的青竹。

丽人行

【题解】

唐代自武后以来，外戚擅权已成为统治阶层中一种通常现象，他们形成了一个特殊的利益链条，自从杨国忠于天宝十一载（公元752年）十一月拜右丞相兼文部尚书以来，势倾朝野，无所不为，更是引起了举国上下忠臣良民的强烈不满，这也是后来酿成安史之乱的主要原因。这首诗大约就作于天宝十二载（公元753年）春。

这首诗讽刺了杨家兄妹骄纵荒淫的生活，曲折地反映了君王的昏庸和时政的腐败。诗中的主题思想和暗寓并不隐晦难懂，从铺设的场面和情节中自然而然地完成了诗歌揭露腐朽、鞭挞邪恶的神圣使命；在维妙维肖的描摹中，暗含犀利的匕首，使讥讽入木三分，得到了比常见讽刺更为强烈的艺术批判力量，同时采用了乐府民歌中所惯常用的正面咏叹方式，笔触精工细腻，却丝毫不露雕琢痕迹。

【原文】

三月三日①天气新，长安水边多丽人。

态浓意远淑且真，肌理细腻骨肉匀②。

绣罗衣裳照暮春，蹙金孔雀银麒麟③。

头上何所有？翠微匎叶垂鬓唇④。

背后何所见？珠压腰衱稳称身⑤。

就中云幕椒房亲，赐名大国虢与秦⑥。

紫驼之峰出翠釜，水精之盘行素鳞。

犀箸厌饫久未下，鸾刀缕切空纷纶⑦。

黄门飞鞚不动尘，御厨络绎送八珍⑧。

箫鼓哀吟感鬼神，宾从杂遝实要津⑨。

后来鞍马何逡巡，当轩下马入锦茵。

杨花雪落覆白蘋，青鸟飞去衔红巾。

炙手可热势绝伦，慎莫近前丞相嗔⑩！

【注释】

①三月三日：为上巳日，唐代长安士女多于此日到城南曲江游玩踏青。

②态浓：姿态浓艳。意远：神气高远。淑且真：淑美而不做作。肌理细腻：皮肤细嫩光滑。骨肉匀：身材匀称适中。

③"绣罗衣裳（cháng）"两句：用金银线镶绣着孔雀和麒麟的华丽衣裳与暮春的美丽景色相映生辉。

④翠微：薄薄的翡翠片。微：一本作"为"。匎（è）叶：一种首饰。

⑤珠压：谓珠按其上，使不让风吹起，故下云"稳称身"。 腰衱（jié）：裙带。

⑥就中：其中。云幕：指宫殿中的云状帷幕。椒房：汉代皇后居室，以椒和泥涂壁。后世因此称皇后为椒房，皇后家属为椒房亲。 赐名：指天宝七载（748年）唐玄宗赐封杨贵妃的大姐为韩国夫人，三姐为虢国夫人，八姐为秦

国夫人。

⑦犀箸（zhù）：用犀牛角做的筷子。厌饫（yù）：吃饱，吃腻。鸾刀：带鸾铃的刀。缕切：细切。空纷纶：厨师们白白忙乱一番。

⑧黄门：太监，宦官。飞鞚（kòng），即飞马。八珍：形容珍美食品之多。

⑨宾从：宾客随从。杂遝（tà）：众多杂乱。要津：本指重要渡口，这里喻指杨国忠兄妹的家门，所谓"虢国门前闹如市"。

⑩"炙手"二句：言杨氏权倾朝野，气焰灼人，无人能比。丞相：指杨国忠，天宝十一载（752年）十一月为右丞相。嗔（chēn）：发怒。

【译文】

三月三日，正值阳春时节，天气格外清新，在长安城外的曲江河畔，聚集了好多美人。

她们个个姿态浓艳，神情高远，婀娜淑美而不做作，雪白的肌肤细腻润泽，身材匀称，胖瘦适中。

用金银丝线镶绣着孔雀和麒麟的绫罗衣裳金光闪闪，与暮春的美丽景色相映生辉。

再往头上看，戴的是什么珠宝首饰呢？原来是用薄薄的翡翠玉片做的花饰，垂挂在两鬓之上，随身而动颤颤巍巍。

转到她们的背后能看见什么呢？你一定能看到珠宝镶嵌的裙腰带，稳稳地束住匀称的腰身。

游赏的丽人当中有几位都是椒房之中后妃的亲戚，其中就有皇上赐封的韩国夫人、虢国夫人和秦国夫人。

只见侍女们从青黑色的翡翠蒸锅里端出褐色驼峰，手托水晶圆盘送来鲜美的白鳞鱼。

她们捏着犀角筷子吃

腻的样子，懒懒地久久不见吃下一块儿，可怜那些御厨们拿着带鸾铃的刀，快刀细切地空忙了一阵。

宫里的太监骑快马飞驰而来，不敢让扬起的灰尘落入食物当中，原来络绎不绝送来的是御厨精心烹煮，色香俱全的海味山珍。

盛宴之上，笙箫鼓乐缠绵哀婉感动鬼神，宾客随从众多杂乱，来往于杨国忠兄妹的家门。

这后到来的骑马官人是何等骄横，只见他轩前下马，无须通报便从绣毯上直接走进绣帐锦茵。

白雪似的杨花随风而起，又翩然飘落覆盖了池塘里的浮萍，青鸟飞过去衔起地上的红丝帕，成就鱼水之欢。

觥光交错，酒后耳热之时，千万要谨言慎行，以免丞相发怒怪罪下来，你可知杨家气焰很高，权势无与伦比，奉劝你切莫惹火烧身！

茅屋为秋风所破歌

【题解】

此诗作于唐肃宗上元二年（公元761年）八月。公元759年秋，杜甫弃官到秦州（今甘肃天水），又辗转经同谷（今甘肃成县）到了巴陵。公元760年春，杜甫在成都浣花溪边盖起了茅屋，有了栖身之所。不料在上元二年（公元761年）八月，大风破屋，大雨又接踵而至。当时安史之乱尚未平息，诗人由自身遭遇联想到战乱以来的万方多难，长夜难眠，感慨万千，便写下了这篇脍炙人口的诗篇。

这首诗直观是描写他本身的痛苦，实则是通过描写自身痛苦来表现"天下寒士"的痛苦以及时代的苦难。在狂风暴雨无情袭击的秋夜，诗人脑海里翻腾的不仅仅是自家茅庐，还有"天下寒士"的茅屋俱破。杜甫这种炽热的忧国忧民的情感和迫切要求变革黑暗现实的崇高理想，千百年来一直触动读者的心灵，并产生共鸣。

【原文】

八月秋高风怒号，卷我屋上三重茅①。茅飞渡江洒江郊，高者挂罥长林梢，下者飘转沉塘坳②。

南村群童欺我老无力，忍能对面为盗贼③。公然抱茅入竹去，唇焦口燥呼不得，归来倚杖自叹息。

俄顷风定云墨色，秋天漠漠向昏黑④。布衾多年冷似铁，娇儿恶卧踏里裂⑤。床头屋漏无干处，雨脚如麻未断绝⑥。自经丧乱少睡眠，长夜沾湿何由彻⑦？

安得广厦千万间，大庇天下寒士俱欢颜⑧，风雨不动安如山。呜呼⑨！何时眼前突兀见此屋，吾庐独破受冻死亦足⑩！

【注释】

①"八月"二句：秋高：秋深。怒号（háo）：大声吼叫。三重（chóng）茅：几层茅草。三：泛指多。

②"高者"二句：挂罥（juàn）：挂着，挂住。罥：挂。长（cháng）：高。塘坳（ào）：低洼积水的地方。塘：一作"堂"。坳：水边低地。

③忍能对面为盗贼：竟忍心这样当面做"贼"。忍能：忍心如此。为：做。

④"俄顷"二句：俄顷（qǐng）：不久，一会儿，顷刻之间。秋天漠漠向昏黑（古音念hè）：指秋季的天空阴沉迷蒙，渐渐黑了下来。

⑤"布衾"二句：布衾（qīn）：布质的被子。衾：被子。娇儿恶卧踏里裂：孩子睡相不好，把被里都蹬坏了。恶卧：睡相不好。裂：使……裂。

⑥雨脚如麻：形容雨点不间断，像下垂的麻线一样密集。雨脚：雨点。

⑦丧（sāng）乱：战乱，指安史之乱。沾湿：潮湿不干。何由彻：如何才能挨到天亮。彻：彻晓。

⑧"安得"二句：安得：如何得到。广厦（shà）：宽敞的大屋。大庇（bì）：全部遮盖、掩护起来。庇：遮盖，掩护。寒士："士"原指士人，即文化人，但此处是泛指贫寒的士人们。俱：都。欢颜：喜笑颜开。

⑨呜呼：书面感叹词，表示叹息，相当于"唉"。

⑩"何时"二句：突兀（wù）：高耸的样子，这里形容广厦。见（xiàn）：通"现"，出现。庐：茅屋。亦：一作"意"。足：值得。

【译文】

八月深秋，时常狂风怒号。这一天，突来狂风把我屋顶上的好几层茅草都卷走了。茅草翻飞，渡过浣花溪散落在对岸江边。那些飞得高的茅草杂乱地挂在了高高的树梢上，一些飞得低的茅草，飘飘悠悠地随着风旋转，最后沉落到池塘和水边洼地里。

南村的一群儿童正在岸边玩耍，欺负我年老体弱没力气，竟忍心这样当着我的面做"贼"抢东西。他们毫无顾忌地抱着我的茅草跑进竹林去了，我直喊得嘴唇干燥口渴难耐，已经喊不出声，只好悻悻回转家中，拄着拐杖独自叹息。

过了一会儿，风停了，天空中的乌云黑得像墨一样，深秋的天空，就这样也跟着阴沉迷蒙，渐渐黑了下来。我家里的棉布被都是盖了多年，又冷又硬，像铁板似的，娇小的儿子睡觉姿势不好，把被子都蹬破了。如今，屋顶漏水，以致于屋内床上没有一点儿干燥的地方，可从房顶漏进来的雨水依旧像密集的麻线一样飘落不停。自从安史之乱之后，我睡眠的时间很少，长夜漫漫，又碰上如此屋漏床湿，叫我如何才能挨到天亮？

忍不住心生悲凉。如何才能得到千万间宽敞高大的房子，才能全面遮护天下所有贫寒的读书人，让他们都能喜笑颜开，而且居住的房子，在风雨中也不会为之所动，安稳得像泰山。唉！什么时候我眼前能出现这样一座高耸庞大的房屋，到那时，即使只有我的茅屋被秋风所吹破受冻而死，我也会心满意足！

石壕吏

【题解】

公元758年，为平息安史之乱，郭子仪、李光弼等九位节度使，率兵20万围攻安庆绪（安禄山之子）的邺郡（今河南安阳），并四处征兵。公元759年（乾元二年）春，杜甫由左拾遗贬为华州司功参军。他离开洛阳赶往华州任所。一路所见民不聊生，这引起诗人感情上的强烈震动。途中，投宿石壕村，巧遇吏卒深夜捉人，就其所见所闻，写成此篇诗作。

这一首杰出的现实主义叙事诗，是杜甫著名的"三吏三别"之一，通过亲眼目睹，如实地揭露了官吏的残暴和兵役制度的黑暗，表达了作者对安史之乱中人民遭受的苦难深表同情。行文落笔笔墨简洁精炼，画面感强，抒情与议论相结合，在惊人的广度与深度上反映了生活中的矛盾与冲突，发出了无声的呐喊。

【原文】

暮投石壕村，有吏夜捉人①。老翁逾墙走②，老妇出门看。

吏呼一何怒！妇啼一何苦③。听妇前致词，三男邺城戍④。

一男附书至⑤，二男新战死。存者且偷生，死者长已矣⑥！

室中更无人，惟有乳下孙⑦。有孙母未去，出入无完裙⑧。

老妪力虽衰，请从吏夜归⑨。急应河阳役，犹得备晨炊⑩。

夜久语声绝，如闻泣幽咽。天明登前途，独与老翁别。

【注释】

①"暮投"二句：暮：傍晚。投：投宿。石壕村：在今河南陕县东七十里干壕村。吏：官吏，低级官员，这里指抓壮丁的差役。夜：在夜里。名词作状语。

②逾（yú）：越过；翻过。走：跑，这里指逃跑。

③"吏呼"二句：呼：诉说，叫喊。一何：何其、多么。怒：恼怒，凶猛，粗暴，这里指凶狠。啼：哭啼。苦：凄苦。

④"听妇"二句：前致词：指老妇走上前去（对差役）说话。前：上前，向前。致：对……说。邺城：即相州，在今河南安阳。戍（shù）：防守，这里指服役。

⑤附书至：捎信回来。书：书信。至：回来。

⑥存：活着，生存着。且偷生：姑且活一天算一天。且：姑且，暂且。偷生：苟且活着。已：停止，这里引申为完结。

⑦室中：家中。更无人：再没有别的（男）人了。惟：只，仅。乳下孙：正在吃奶的孙子。

⑧"有孙"二句：一作"孙母未便出，见吏无完裙"。未：还没有。去：离开，这里指改嫁。完裙：完整的衣服。

⑨"老妪"二句：老妪（yù）：老妇人。衰：弱。请从吏夜归：请让我和你晚上一起回去。请：请求。从：跟从，跟随。

⑩急应河阳役：赶快到河阳去服役。应：响应。河阳：河南孟州，当时唐王朝官兵与叛军在此对峙。犹得：还能够。得：能够。备：准备。晨炊：早饭。

【译文】

　　离开洛阳赶往华州赴任，一路颠簸劳累，日落黄昏的时候，便投宿在石壕村。正熟睡当中，忽听到夜里有差役呼喊着敲门，原来是强行来征兵。吓得这家老翁赶紧越墙逃走，老妇连忙出门去应付差人。

　　差役大声怒吼，质问为何迟迟才开门，那架势是那样的凶狠！老妇人战战兢兢地哭得是那样悲伤凄苦。只听得老妇迎上前诉说，家中有三个儿子都已经去参加邺城之战了。前几天，其中一个儿子捎信回来，说她另外两个儿子刚刚战死疆场。现在，活着的人姑且活一天算一天，死去的人就永远不会再活过来了！老妇家里也已经没有其他男人可以从军了，只有一个正在吃奶的小孙子。只因为有小孙子在，他母亲才没有离去，但她进进出出连一件完好的衣裙都没有。老妇虽然年老力衰，但还是请求跟随官吏连夜赶回军营。现在赶快到河阳战场去服役，或许还能赶上为军营准备做好明天早上的饭菜。

　　夜深了，官吏与老妇的说话声渐渐消失，但还能隐隐约约听到幽怨凄苦的哭泣。天亮后，因为我还要继续赶路，只能同偷偷返回家中的那个老翁告别，心情沉重地转身离去。

望岳（东岳）

【题解】

　　唐玄宗开元二十三年（公元 735 年），诗人到洛阳应进士，结果落第而归，开元二十四年（公元 736 年），二十四岁的诗人开始了一种不羁的漫游生活。他北游齐、赵（今河南、河北、山东等地），《望岳》共三首，另两首是南岳衡山和西岳华山，这一首就是在漫游东岳泰山时所作。

　　这首诗是杜甫青年时代的作品，充满了诗人青年时代的浪漫与激情。全诗没有一个"望"字，却紧紧围绕诗题"望岳"的"望"字着笔，由远望到近望，再到凝望，最后是俯望。诗人描写了泰山雄伟磅礴的气象，抒发了自己勇于攀登，傲视一切的雄心壮志，以及卓然独立、兼济天下的豪情，全诗都洋溢着蓬勃向上的朝气。

【原文】

岱宗夫如何①？齐鲁青未了②。

造化钟神秀③，阴阳割昏晓④。

荡胸生曾云⑤，决眦入归鸟⑥。

会当凌绝顶⑦，一览众山小。

【注释】

①"岱宗"句：岱宗：泰山又名岱山或岱岳，是五岳之首，在今山东省泰安市城北。古代以泰山为五岳之首，诸山所宗，故又称"岱宗"。历代帝王凡举行封禅大典，皆在此山，这里指对泰山的尊称。夫（fú）：句首发语词，无实义，只强调疑问语气。如何：怎么样。

②"齐鲁"句：齐、鲁：春秋战国时，齐鲁两国以泰山为界，齐国在泰山北，鲁国在泰山南，在今山东境内。青未了：指郁郁苍苍的山色无边无际，浩茫浑涵，难以尽言。青：指苍翠、翠绿的美好山色。未了：不尽，不断。

③"造化"句：造化：大自然。钟：聚集。神秀：天地之灵气，神奇秀美。

④"阴阳"句：此句是夸张的说法，比喻泰山很高，在同一时间，山南山北判若早晨和晚上，明暗迥然不同。阴阳：阴指山的北面，阳指山的南面。这里指泰山的南北。割：分。昏晓：黄昏和早晨。

⑤荡胸：胸怀激荡；心胸摇荡。曾：同"层"，重叠。

⑥"决眦"句：眼角（几乎）要裂开。这是由于极力张大眼睛远望归鸟入山所致。眦（zì）：眼角。决：裂开。入：收入眼底，即看到。

⑦会当：终当，定要。凌：登上。凌绝顶：即登上最高峰。

【译文】

五岳之首的泰山啊，你究竟有怎样的雄伟？你横跨齐鲁大地，你那巍峨苍翠的山色四季不断，没有尽头。

神奇的大自然鬼斧神工般造就了你，使你聚集天地之灵气，有了如此的神奇秀美，你把时空一分为二，山南和山北在同一时间里，竟会判若清晨与黄昏，明暗迥然有异。

站在你的面前，仰望层层云朵，令人胸怀激荡，壮志凌云；遥望翩翩归鸟，翻越腾飞，我张大眼睛追踪它们快乐的身影隐入山林，那一刻，好想肋生双翅紧紧相随。

有朝一日，我终会登上你的顶峰，那时再俯瞰群山，一览无余，它们都匍匐在脚下，是多么的渺小。

新婚别

【题解】

此诗作于唐肃宗乾元二年（公元759年）春。唐玄宗天宝十四年（公元755年）安史之乱爆发。乾元二年三月，唐军败于邺城，形势危急，因此开始了惨无人道的征兵政策。杜甫亲眼目睹了这些现象，怀着矛盾、痛苦的心情，写成"三吏三别"六首诗作，这是"三别"的第一篇。这次战争与天宝（742—756年）年间的穷兵黩武有所不同，它是一种救亡图存的努力。所以，杜甫一面深刻揭露、批判兵役的黑暗，一面又不得不拥护这种兵役。他既同情人民的痛苦，又不得不含泪安慰、劝勉那些未成丁的"中男"走上前线。

这是一首高度思想性和完美艺术性结合的作品。诗中精心塑造了一个深明大义的少妇形象，采用了独白的形式，全篇先后用了七个"君"字，都是新娘对新郎倾吐的肺腑之言，表达了剧烈而痛苦的内心斗争，读来深切感人。

【原文】

兔丝①附蓬麻，引蔓故不长。
嫁女与征夫，不如弃路旁。
结发②为君妻，席不暖君床。
暮婚晨告别，无乃③太匆忙。
君行虽不远，守边赴河阳。
妾身未分明，何以拜姑嫜④？
父母养我时，日夜令我藏⑤。
生女有所归，鸡狗亦得将⑥。
君今往死地，沉痛迫中肠。
誓欲随君去，形势反苍黄⑦。
勿为新婚念，努力事戎行⑧。

188

妇人在军中，兵气恐不扬。

自嗟贫家女，久致罗襦裳⑨。

罗襦不复施，对君洗红妆。

仰视百鸟飞，大小必双翔。

人事多错迕，与君永相望⑩。

【注释】

①兔丝：即菟丝子，一种蔓生的草，依附在其他植物枝干上生长。比喻女子嫁给征夫，相处难久。

②结发：这里作结婚解。君妻：一作"妻子"。

③无乃：岂不是。

④"妾身"二句：身：身份，指在夫家中的名份地位。唐代习俗，嫁后三日，始上坟告庙，才算成婚。仅宿一夜，婚礼尚未完成，故身份不明。姑嫜（zhāng）：婆婆、公公。

⑤藏：躲藏，不随便见外人。

⑥"生女"二句：归：古代女子出嫁称"归"。将：带领，相随。这两句即俗语所说的"嫁鸡随鸡，嫁狗随狗"。

⑦苍黄：同"仓皇"，匆促、慌张。这里意思是多有所不便，更麻烦。

⑧事戎行：从军打仗。戎行：军队。

⑨久致：许久才制成。襦（rú）：短衣。裳：下衣。

⑩错迕（wǔ）：错杂交迕，就是不如意的意思。永相望：永远盼望重聚。表示对丈夫的爱情始终不渝。

【译文】

菟丝草喜欢依附着生长，因与低矮的蓬草和大麻纠缠在一起，故而它的蔓儿是怎么长也长不长。要是把女儿嫁给了就要从军的人哪，倒不如先一步就把她丢弃在大路的两旁。

我和你拜堂成了结发夫妻，和你同床共枕，然而连床席还没等睡暖就要离分。昨天晚上我们刚刚成亲，可你今天早晨便匆匆辞别就要奔赴战场，这婚期岂不是太短，太匆忙。

你这一走虽然去的地方离家不算远，可那毕竟是应征到河阳去作战。想一想，我们成婚以后，还没有按习俗举行拜祭祖先的大礼呢，叫我怎么好去拜见公公和婆婆？

　　我在父母身边还没出嫁的时光，不论黑夜还是白天，父母只让我藏居在闺房，从不让我随便见外人。爹娘生养女儿，盼的就是长大后能有个好归宿，有道是"嫁鸡随鸡，嫁狗随狗"，如今我嫁到你家，又是落得个何等地步？

　　如今你在婚后第二天就要匆匆奔赴冒死之地，你可知道，这种沉沉的痛苦直煎熬我的内心，痛断我的肝肠。我们曾发誓不离不弃，现在多想跟你一起去从军，只怕是形势紧急，军情多变，我去了反而更麻烦。如今你在战场之上，不用为新婚离别而难过，你此番从军打仗，一定要在疆场之上奋勇杀敌，立下战功。

　　如何思念你我也不能随你而去，因为妇人跟着在军营，恐怕会影响士气不能高昂。哎！叹一声好可怜啊，我本是穷人家女儿，很久才制办了这套丝绸的罗裙衣裳。可如今，这身嫁衣已经不能再穿着了，只能把它脱掉放置好，再当着郎君的面洗掉脂粉，一心一意等着你凯旋归乡。

　　你抬头看看，天上的鸟儿都自由自在地飞翔，不论大的小的，全都是成对成双。可人世间不如意的事儿怎么这样多啊，但愿你我两地同心，永远不相忘。

饮中八仙歌

【题解】

　　这首诗大约是天宝五年（公元 746 年）杜甫初到长安时所作。史称李白与贺知章、李适之、李琎、崔宗之、苏晋、张旭、焦遂八人俱善饮，而且都在长安生活过，在嗜酒、豪放、旷达这些方面彼此相似，所以他们自称是"酒中八仙人"。

　　这是一首别具一格，富有特色的"肖像诗"。情调幽默诙谐，色彩明丽，旋律轻快。在音韵上，一韵到底，一气呵成，是一首严密完整的歌行。在结构上，每个人物自成一章，八个人物主次分明，每个人物的性格特点，彼此衬托映照，艺术上确有独创性。正如王嗣奭所说："此创格，前无所因。"可见它在古典诗歌中的确是别开生面的传世佳作。

【原文】

知章骑马似乘船，眼花落井水底眠①。

汝阳三斗始朝天，道逢麴车口流涎，恨不移封向酒泉②。

左相日兴费万钱，饮如长鲸吸百川，衔杯乐圣称避贤③。

宗之潇洒美少年，举觞白眼望青天，皎如玉树临风前④。

苏晋长斋绣佛前，醉中往往爱逃禅⑤。

李白斗酒诗百篇，长安市上酒家眠，天子呼来不上船，自称臣是酒中仙⑥。

张旭三杯草圣传，脱帽露顶王公前，挥毫落纸如云烟⑦。

焦遂五斗方卓然，高谈雄辩惊四筵⑧。

【注释】

①"知章"二句：知章：即贺知章，越州永兴（今浙江萧山）人，官至秘书监。性旷放纵诞，自号"四明狂客"，又称"秘书外监"。眠：睡觉。

②"汝阳"三句：汝阳：汝阳王李琎，唐玄宗的侄子。朝天：朝见天子。此谓李痛饮后才入朝。麴（qū）车：酒车。移封：改换封地。酒泉：郡名，在今甘肃酒泉县。传说郡城下有泉，味如酒。故名酒泉。

③"左相"三句：此三句是说他虽罢相，仍豪饮如常。左相：指左丞相李适之，天宝元年（742年）八月为左丞相，天宝五年（746年）四月，为李林甫排挤罢相。长鲸：鲸鱼。古人以为鲸鱼能吸百川之水，故用来形容李适之的

酒量之大。衔杯：贪酒。圣：酒的代称。

④"宗之"三句：宗之：即崔宗之，吏部尚书崔日用之子，袭父封为齐国公，官至侍御史，也是李白的朋友。觞：大酒杯。白眼：晋阮籍能作青白眼，青眼看朋友，白眼视俗人。玉树临风：崔宗之风姿秀美，故以玉树为喻。

⑤"苏晋"二句：苏晋：开元进士，曾为户部和吏部侍郎。长斋：长期斋戒。绣佛：画的佛像。逃禅：这里指不守佛门戒律。苏晋长斋信佛，却嗜酒，故曰"逃禅"。

⑥"李白"四句：据《新唐书·李白传》载：李白应诏至长安，唐玄宗在金銮殿召见他，并赐食，亲为调羹，诏为供奉翰林。有一次，玄宗在沉香亭召他写配乐的诗，而他却在长安酒肆喝得大醉。范传正《李白新墓碑》载：玄宗泛舟白莲地，召李白来写文章，而这时李白已在翰林院喝醉了，玄宗就命高力士扶他上船来见。

⑦"张旭"三句：张旭：吴人，唐代著名书法家，善草书，时人称为"草圣"。脱帽露顶：写张旭狂放不羁的醉态。据说张旭每当大醉，常呼叫奔走，索笔挥洒，甚至以头濡墨而书。醒后自视手迹，以为神异，不可复得。世称"张颠"。

⑧"焦遂"二句：焦遂：布衣之士，平民，以嗜酒闻名，事迹不详。卓然：神采焕发的样子。袁郊在《甘泽谣》中称焦遂为布衣。

【译文】

贺知章酒后骑马，晃晃悠悠，像乘船一样，醉眼昏花地坠入井中，竟然能在井底睡着了，就算是冷水相喷也不醒，真够得上是头号"酒仙"。

汝阳王李琎时常是饮酒三斗以后才去觐见天子，但如果半路上碰到装载酒曲的车，还能被酒香味馋得口水直流，恨不得改换封地，甚至总为自己没能在水味如酒的酒泉郡得到封地而遗憾。

再看左相李适之，为了满足每天的酒兴，不惜花费万钱，饮起酒来，就如同江海长鲸吞吸百川之水，自称贪杯豪饮只是为了脱略政事，以便退位让贤。

崔宗之堪称是一个潇洒俊逸的美少年，常常举起大酒杯开怀畅饮，犹如晋代阮籍一样，青眼看朋友，白眼视俗人，豪放飘逸之姿好比玉树临风站在你面前。

苏晋虽然在绣画的佛像前长期斋戒，天天吃素，可是嗜酒如命，一旦饮起酒来常把佛门戒律忘得干干净净，逃避坐禅。

李白每当饮酒一斗，便立可赋诗百篇，他在长安待诏翰林的时候，去市井酒肆饮酒，常常醉眠于酒家，有一次，天子在湖池游宴，召他来作配乐的诗，他因酒醉不能自己走上船，高力士扶他上船之时，还在醉醺醺地自称臣是酒中之仙。

张旭饮酒三杯过后，即能挥毫作书，时人相传"草圣"的美名。他性格豪迈不拘小节，常在王公贵胄面前脱帽露顶，挥笔疾书之时如同得到了神助，落笔之处如同云烟飘舞。

焦遂虽是布衣平民，然而五斗酒下肚，才得显焕发精神，在酒席之上，只听他高谈阔论，常常是语惊四座，众人赞叹连连。

望岳（南岳）

【题解】

杜甫一生好入名山游，著有望岳三首，分别游览的是泰山、华山和衡山。而这首诗作于大历四年（公元769年）春，是杜甫晚年游玩衡山时所作。

这首诗描写了山岳之势和神异，并且对祭祀天地之礼加以议论，加入了诗人对世事的哀叹和忧郁。此诗写得雍容肃穆，情思婉约，与之前的望岳诗有很多相异的地方。诗作起于祀典，结于祀典，但旨归不在祀典。而在诗中主要想表达的宗旨和思想，是效仿尧舜时代施行仁政，忧虑之中无不处处反映出时世的凋敝、国家的衰颓，无奈之下，杜甫也只能向岳神发出"神其思降祥"的祈求了。表达了他晚年时期的内敛安命，与人为善的人生态度。

【原文】

南岳配朱鸟，秩礼自百王①。

歘吸领地灵，鸿洞半炎方②。

邦家用祀典，在德非馨香③。

巡守何寂寥，有虞今则亡④。

洎吾隘世网，行迈越潇湘⑤。

渴日绝壁出，漾舟清光旁。

祝融五峯尊，峯峯次低昂⑥。

紫盖独不朝，争长嶪相望⑦。

恭闻魏夫人，羣仙夹翺翔⑧。

有时五峯气，散风如飞霜。

牵迫限修途，未暇杖崇冈⑨。

归来觊命驾，沐浴休玉堂。

三叹问府主，曷以赞我皇⑩。

牲璧忍衰俗，神其思降祥。

【注释】

①"南岳"二句：朱鸟：这里指四灵之一的南方朱雀。秩礼：古代分上下、贵贱之礼。自百王：从百代以前的帝王开始。自：从……开始。

②"歘吸"二句：歘（xū）吸领地灵：指祀岳时迅速吸取天地灵气。歘：快速。鸿洞：这里是广阔之意。炎方：泛指南方炎热地区。

③邦家：国家。祀典：祭祀的仪礼。馨香：这里指燃烧香蜡飘出的香气。

④巡守：天子出行，视察邦国州郡。有虞（yú）：上古有虞部落，这里指古代居民。

⑤洎（jì）：到，及。世网：比喻社会上法律礼教、伦理道德对人的束缚。行迈：远行。潇湘：潇水和湘水，指南方之地。竭日：尽日，终日。

⑥祝融：指祝融山。峯（fēng）峯次低昂（mǎo）：山峰高耸直触昂星。这里是夸张的写法。峯峯：这里是很高之意。昂：星宿名，二十八宿之一。

⑦紫盖：指紫盖山。嶪（yè）：高耸。

⑧魏夫人：《神仙通鉴》等载其为晋人，南岳最早的一位女道士，年八十三，东华帝君降授《黄庭经》并成丹二剂，于是托剑化形而去，诣上清阙，任为南岳真人紫虚元君，比秩三公。羣仙：群仙，众仙。

⑨牵迫：很紧迫。修途：长途。未暇：没有时间顾及。杖崇冈：拄着拐杖登高山。杖：拄着拐杖，这里用作动词。

⑩府主：指州郡长官。曷（hé）以：怎么能。牲璧：即牲玉，供祭祀用的牺牲和玉器。

【译文】

传说南岳有灵鸟朱雀，从百代以前的帝王开始，就有将南岳衡山分上下、贵贱之礼的祀典。在这广阔炎热的南方之地祀岳时，能够迅速吸取天地之灵气。

朝廷对衡山施以祭祀之典，祈求国泰民安，其实，治理国家在于德政，而不是烧香点蜡飘出的香气所能达到的。当年天子出行，视察邦国州郡，是多么盛大，如今又是何等的空寂寥寥，或许是因为上古有虞部落的先人，至今早已亡故的原因。我也是因深受世俗的法律礼教、道德伦理的阻碍，一直没能成行于此，现在终于翻越潇湘，来到衡山了。因此，我终日里或游走于绝峰险壁之间，或在泛起清泠泠波光的泉流旁泛舟游赏。

这里的祝融山极为高耸，是五座山峰的尊者，那挺拔的山顶似乎可以直触低处的昂星。但诸峰中唯有紫盖山与华山不相上下，似与华山争高而又遥遥相望。听说晋时南岳最早有一位女道士魏夫人，成仙后与群仙翱翔于华山的上空。有时群峰最高顶上的气候寒冷，四处刮起的风像飞霜一样，夹裹寒气扑面而来。

行走长途的时间很紧迫，没有闲暇时间拄着拐杖悠闲地爬上高崇的山岭。很快登完山后命人驾驶车马，希望立即下山到休玉堂去沐浴更衣。

多次感慨万分地探问这里的郡守，问他这里怎么会有这样雄伟的衡山，而这一切又怎能不咏赞我们当今的皇上啊。祭祀用的牲玉圣洁无比，能够忍耐世间衰败的世俗，而用它来祭祀，神灵会因此而降福人间。

梦李白二首

【题解】

这两首诗是乾元二年（公元759年）秋，杜甫流寓秦州时所作。李白与杜甫于天宝四载（公元745年）秋，在山东兖州石门分手后，就再没见面。公元757年，李白因永王李璘受到牵连，被长流夜郎，后途中遇赦放还。杜甫这时流寓秦州，地方僻远，不知李白被赦还，仍在为李白忧虑，忧思成梦，醒来便写下这两首诗。

这两首记梦诗，分别按梦前、梦中、梦后叙写，诗人对自己梦幻心理的刻画，是十分细腻逼真的。上篇所写是诗人初次梦见李白的情景，此后数夜，又连续出现类似的梦境，表达了对友人吉凶难测的忧虑；而下篇写梦中所见李白的形象，抒写对故人悲惨遭遇的同情。两篇贯穿相连，互相照应，体现着两人形离神合、肝胆相照的情谊。在这沉重的嗟叹之中，寄托着对李白的崇高评价和深厚同情，也包含着诗人自己的无限心事。

【原文】

其一

死别已吞声，生别常恻恻①。

江南瘴疠地，逐客无消息②。

故人入我梦，明我长相忆③。

君今在罗网，何以有羽翼④？

恐非平生魂，路远不可测⑤。

魂来枫林青，魂返关塞黑⑥。

落月满屋梁，犹疑照颜色。

水深波浪阔，无使蛟龙得⑦。

【注释】

①吞声：极端悲恸，哭不出声来。恻恻：悲伤，悲痛。

②瘴疠（zhàng lì）：疾疫，一种潮湿，炎热地区的流行病，古代称江南为瘴疫之地。逐客：被放逐的人，此指李白。

③故人：老朋友，此指李白。这是杜甫常用的越过一层、从对方写起、连带双方的手法。故人知我长相思念而入我梦，则我之思念自不必言，而双方之相知相忆又自然道出。

④"君今"二句：既已身陷法网，系入狱流放，怎么会这样来往自由呢？罗网：捕鸟的工具，这里指法网。羽翼：翅膀。

⑤恐非平生：疑心李白死于狱中或道路。

⑥枫林：李白放逐的西南之地多枫林。关塞：杜甫流寓的秦州之地多关塞。李白的魂来魂往都是在夜间，所以说"青""黑"。

⑦这句指李白的处境险恶，恐遭不测。祝愿和告诫李白要多加小心。

【译文】

死别的那种极度悲伤痛苦，往往使人悲恸得泣不成声，而生离的深切悲伤，常常使人痛不欲生。传说江南是疾疫肆虐之地，被流放的老朋友至今杳无音讯。

老朋友终于来到梦中和我相见了，你定是知道我每天都在苦苦把你思念。你现在被贬谪流放，已是身不由己，怎么还能像扇动羽翼自由地飞翔呢？我梦里的该不是你的魂魄吧？山高路远，万事都难以预料，真不知你是否安好。

灵魂飞来时要飞越南方葱茏的枫林，回去时要越过昏黑凶险的秦关要塞。

梦醒时分，清冷的月光洒满了屋梁，迷离中我仿佛看到了你憔悴的容颜。老朋友啊，江海之中水深浪阔波涛汹涌，千万要小心谨慎，不要跌落水中遭遇蛟龙袭击撕咬。

【原文】

其二

浮云终日行，游子久不至①。

三夜频梦君，情亲见君意。

告归常局促，苦道来不易②。

江湖多风波，舟楫恐失坠。

出门搔白首，若负平生志③。

冠盖满京华，斯人独憔悴④。

孰云网恢恢，将老身反累⑤。

千秋万岁名，寂寞身后事⑥。

【注释】

①浮云：喻游子飘游不定。游子：此指李白。

②告归：辞别。局促：不安、不舍的样子。

③"出门"二句：这两句写李白告归时的神态。搔首：大概是李白不如意时的习惯举动。若负：好像辜负了。

④冠盖：此指代达官贵人。冠：官帽。盖：车上的篷盖。斯人：此人，指

李白。

⑤孰云：谁说。网恢恢：《老子》有"天网恢恢，疏而不漏"。指无道无所不在而又公平。这句意思是：谁说天网宽疏，对你却过于严酷了。反累：反而受拖累。

⑥"千秋"二句：这两句说他活着的时候虽然寂寞困苦，但必将获得千秋万岁的声名。

【译文】

天空中的浮云每天都是飘来飘去，行踪不定，远去的游子你啊，却久久不见归来。夜晚我时常难以入睡，睡梦中一连三夜都梦见与你相会，两情之亲切足见你对我有着深情厚意。

离别时，你一反平常的洒脱镇定，略显得局促不安和那么多的不舍离去，你满脸愁苦地诉说来路艰险，我们再次相见是多么不容易。你说江湖上行走总是阴晴不定，风浪险恶，总是要担心行船被巨浪掀翻而坠落水中。

临出门前，你不无自嘲地搔着满头的白发，悔恨辜负了自己生平的凌云壮志。华车丽服，达官显贵塞满京城，可你却空有盖世才华，只落得如此孤独无助，容颜憔悴。

谁说天网宽疏公道，然而却对你如此过于严酷，你满怀救国志，却在迟暮之年无辜受牵累。朋友啊！现在你虽然人生孤寂，悲苦无依，但你的美名终将流传千秋万代。

赠卫八处士①

【题解】

乾元元年（公元758年）冬，杜甫因上书救房琯，被贬为华州司功参军。冬天杜甫曾告假回东都洛阳探望旧居陆浑庄，卫八处士的家就在杜甫途经的奉先县。在奉先县，两个少年时代的好友一夕相会，又匆匆告别，产生了乱离时代一般人所共有的人生离多聚少和世事沧桑的感叹，便在饮酒当晚写下这动情之作留赠友人。

诗中抒写了人生聚散不定，故友重逢分外亲切，然而暂聚又别难免伤怀的心情，流露出干戈乱离，动荡不安的社会现实，表达出诗人对美好生活和真挚友情的珍视。全诗娓娓道来，层次井然；情真意切，低徊婉转。

【原文】

人生不相见，动如参与商②。

今夕复何夕，共此灯烛光。

少壮能几时，鬓发各已苍③。

访旧半为鬼④，惊呼热中肠⑤。

焉知二十载，重上君子堂。

昔别君未婚，男女忽成行⑥。

怡然敬父执⑦，问我来何方。

问答未及已，驱儿罗酒浆⑧。

夜雨剪春韭，新炊间黄粱⑨。

主称会面难，一举累十觞。

十觞亦不醉，感子故意长。

明日隔山岳，世事两茫茫⑩。

【注释】

①卫八处士：名字和生平事迹已不可考。处士：指隐居不仕的人；八：是处士的排行。

②动如：流动性、不确定性就像。动：动辄，动不动。参与商：是二个星宿名。典故出自《左传·昭公元年》。商星居于东方卯位（上午五点到七点），参星居于西方酉位（下午五点到七点），一出一没，永不相见，故以为比。

③苍：灰白色。

④"访旧"句，意谓彼此打听故旧亲友，竟已死亡一半。访旧：一作"访问"。

⑤"惊呼"句：有两种理解，一是，见到故友的惊呼，使人内心感到热乎乎的；二是，意外的死亡，使人惊呼怪叫以至心中感到火辣辣的难受。惊呼：一作"呜呼"。

⑥成行（háng）：儿女众多。

⑦"父执"句：词出《礼记·曲礼》："见父之执。"意为父亲的执友。"执"通"挚"，挚友，即常相接近之友。

⑧乃未已，还未等说完。"驱儿"：一作"儿女"。罗：罗列酒菜。

⑨新炊：是刚煮的新鲜饭。"间"：读去声，掺和的意思。黄粱：即黄米。

⑩山岳：指西岳华山。世事：包括社会和个人。两茫茫：是说明天分手后，命运如何，便彼此都不相知了。极言会面之难，这时大乱还未定，故杜甫有此感觉。

【译文】

人生旅途漂泊不定，因而常有别离与相见不易，那种不确定就像苍穹里的参星和商星一样，此起彼伏难得相遇。不知今夜又是一个什么吉日良辰，让我们共同在这烛光下叙谈往昔？

想想人这一生，青春壮年的岁月能有多少，转瞬间，你我都已经两鬓苍白如霜。我们昔日往来的朋友有一半已经去世，这使我内心激荡不已，连声惊叹时光的飞逝。

没想到我们已分别二十个春秋，今天还能重又登临你的厅堂。想当年我们分别时，你还没有结婚成家，倏忽间一晃几年，你的子女现在已成都成行。他们个个彬彬有礼，笑脸相迎父亲的老友，亲切地询问我来自什么地方。我还没来得及讲完咱们之间快乐的往事，你就催促儿女快把酒菜端来罗列在桌上。

你冒着夜雨到庭院里剪来了新鲜的韭菜，刚煮的新鲜饭是掺和了昂贵的黄米而成，你热情地让我品尝。席间，你感慨我们见面的机会太难得，开怀畅饮一连喝干了十几杯。真是酒逢知己啊，虽然连喝十几杯也没有醉意，令我感动的是你对老友如此情深意长。

明日我就要离开西岳华山，这一次分别后又要相隔千山万水，战乱还没平定，只觉得这令人茫然的尘间万事，真是令人无限惆怅。

古柏行

【题解】

此诗当作于唐代宗公元766年，和《夔州歌十绝句》为同时之作。杜甫年轻时便怀有"致君尧舜上，再使风俗淳"的宏伟抱负。然而一生郁郁不得志，先是困居长安十年，后逢安史之乱，到处漂泊。48岁弃官，曾一度在夔州居住。此诗为杜甫54岁在夔州时对夔州武侯庙前的古柏咏叹之作。

诗人感叹古柏朴实无华，不以花叶之美炫俗，英采自然外露，使世人惊异，愿意不辞剪伐，陈力于庙堂，但没有人能把它送去。实际上，诗人借古柏以自咏怀抱，抒发了自己宏图不展，大志难成的怨愤以及大材不为所用的感慨。

全诗比兴为体，一贯到底；咏物兴怀，浑然一体。写柏喻人齐头并进。言在柏，而意在人。发人深思，耐人寻味。

【原文】

孔明庙前有老柏，柯①如青铜根如石。
霜皮溜雨四十围②，黛色参天二千尺。
君臣已与时际会，树木犹为人爱惜③。
云来气接巫峡长，月出塞通雪山白。
忆昨路绕锦亭东，先主武侯同閟宫④。
崔嵬枝干郊原古，窈窕丹青户牖空⑤。
落落盘踞虽得地，冥冥孤高多烈风⑥。
扶持自是神明力，正直原因造化功⑦。
大厦如倾要梁栋，万牛回首丘山重⑧。
不露文章⑨世已惊，未辞剪伐谁能送？
苦心岂免容蝼蚁，香叶终经宿鸾凤⑩。
志士幽人莫怨嗟，古来材大难为用。

【注释】

①柯：枝柯。形容柏之古老。

②"霜皮"二句：写出了柏之高大，是夸大的写法。霜皮：一作"苍皮"，形容树皮的苍老色白。四十围：四十人合抱。

③这两句是插叙。张上若云："补出孔明生前德北一层，方有原委。"按意谓由于刘备和孔明君臣二人有功德在民，人民不加剪伐，故柏树才长得这般高大；柏树的高大，正说明孔明的遗爱。际会：犹遇合。

④"忆昨"二句：武侯祠在亭东，所以说路绕锦亭东。忆昨：杜甫是前一年离开成都的，所以叫"忆昨"。亭：一作"城"。先主：指刘备。閟（bì）宫：即祠庙。

⑤崔嵬（wéi）：高大耸立。郊原古：有古致之意。窈窕：深邃貌。卢牖（yǒu）空：虚无人也。

⑥"落落"二句：落落：出群貌，独立不苟合。冥冥：形容高空的颜色。

⑦"扶持"二句：此两句是说柏不为烈风所拔，似有神灵呵护，故曰神明力。柏之正直，本出自然，故曰造化功。正因为正直，故得神明扶持。此二句由古柏之高大，进一步写出古柏之正直。

⑧"大厦"二句：引据《文中子》："大厦之倾，非一本所支。"句中言古柏重如丘山，故万头牛也拖不动。这两句借古柏之难载，以喻大才之难为世用。

⑨不露文章：指古柏没有花叶之美。

⑩"苦心"二句：苦心：柏心味苦，故曰苦心。香叶：柏叶有香气，故曰香叶。这两句也含有身世之感。 古来：是说不仅今日如此，自古以来就如此。

【译文】

孔明庙前有一株古老的柏树，枝柯的颜色如同青铜，根柢（dǐ）就像盘石一样坚固。苍老霜白的树皮经历了无数雨雪的洗礼，越发地润滑粗壮，得需要四十人合抱才能围过来，它那青黑色的枝叶朝天耸立，高度足有二千尺。

刘备和孔明君臣二人风云际会，遇合一起成就功德，因为他们既往功高德授于民，所以至今树木犹在，而且仍被人们爱惜，不舍得剪掉古柏的枝节。故而，柏树任由生长，直至高耸入云，衔接天庭的仙灵之气罩临巫峡，每当雪山月出，寒光高照，恰与古柏的高寒之气通达岷山。

回忆起昔日通往祠庙的小路环绕在我的草堂之东，先生刘备的庙堂与武侯祠在同一个祠庙之中。高大耸立的柏树枝干自由伸展，其优美别有一番古致，丹青漆绘的门窗端正宽空，犹显得庙宇深邃幽静。

古柏独立高耸，虽是卓然出群盘踞在孔庙这悠然自得之地，但是生长在高山之上，如此位高孤傲必定会多招烈风。至今它不为烈风所摧倒，自然是得到了神灵的伟力呵护，不能不说，它正直伟岸的躯干得力于自然造物主的巧夺天工。

大厦如若不倾倒，要有梁栋做支撑，古柏重如丘山，自然是万头牛之力也难将它拖动。即便它没有花叶之美可以袒露，但它也足以使世人震惊，而它本是栋梁之才，可是不经过剪伐，又有谁能够将它推送？它虽腹有苦心也难免遭到蝼蚁侵蚀，好在自身拥有的芳香树叶，终是曾经招来过鸾凤栖宿。

所以说，天下有志之士、幽涵伟略之人，请你不要忧怨悲叹，自古以来，雄才伟略一贯是难得重用。

垂老别

【题解】

此诗作于唐肃宗乾元二年（公元 759 年）三月。乾元元年（公元 758 年）冬，唐军平叛安史之乱，在邺城大败之后，为了扭转危局，急需补充兵力，便在洛阳以西、潼关以东一带强行抓丁，连老翁、老妇也被迫服役。此诗作于这个历史背景下。

这也是杜甫创作的新题乐府组诗"三吏三别"之一。

这首叙事短诗，并不以情节的曲折取胜，而是以人物的心理刻画见长。通过描写一老翁暮年从军与老妻惜别的悲戚场景，诗人用老翁自诉自叹、安慰他人的独白语气来展开描写，着重表现人物时而沉重忧愤、时而旷达自解的复杂心理，而这种多变的情思基调，又决定了全诗的结构层次，于严谨之中，蕴含跌宕起伏，不仅深刻地反映了安史之乱时期人民遭受的灾难与统治者的残酷，同时也表达了作者的爱国情怀。

【原文】

四郊未宁静，垂老不得安。

子孙阵亡尽，焉用身独完①！

投杖出门去，同行为辛酸。

幸有牙齿存，所悲骨髓干②。

男儿既介胄，长揖别上官③。

老妻卧路啼，岁暮衣裳单。

孰知④是死别，且复伤其寒。

此去必不归，还闻劝加餐。

土门壁甚坚，杏园度亦难⑤。

势异邺城下，纵死时犹宽。

人生有离合，岂择衰盛端⑥？
忆昔少壮日，迟回竟长叹⑦。
万国尽征戍，烽火被冈峦⑧。
积尸草木腥，流血川原丹。
何乡为乐土？安敢尚盘桓⑨？
弃绝蓬室居，塌然摧肺肝⑩。

【注释】

①焉用：何以，怎么。身独完：独自活下去。完：全，即活。

②骨髓干：形容筋骨衰老。

③介胄（zhòu）：即甲胄，铠甲和头盔。长揖：不分尊卑的相见礼，拱手高举，自上而下。上官：指地方官吏。

④孰知：即熟知，深知。

⑤土门：即土门口，在今河阳孟县附近，是当时唐军防守的重要据点。壁：壁垒。杏园：在今河南汲县东南，为当时唐军防守的重要据点。度：一作"渡"。

⑥岂择：岂能选择。

⑦迟回：徘徊。竟：终。

⑧被冈峦：布满山冈。

⑨盘桓：留恋不忍离去。

⑩蓬室：茅屋。塌然：坍塌的样子。形容极度悲痛。摧肺肝：形容肝肠寸断的样子。

【译文】

京城四野之地平定叛乱的战争还没得到安宁，我这临近风烛残年的老翁还是得不到安生。子孙们都被征去军营，现在全都战死在疆场，剩下我这条孤独无后的老命，怎么能够独自过完一生。

干脆也扔掉拐杖，走出家门到战场上去拼搏一番，一同奔赴战场的人也为我感到辛酸。如此大的年纪，所幸牙齿完好，胃口还不减当年，令人悲伤的是，我已经筋骨衰老，枯槁不堪。

男子汉既然已经披戴盔甲从军征战，那就得拱手长揖，毅然决然地拜别地方长官。忽听得老妻追赶着摔倒在路上，泣不成声地悲号哀唤，可怜她在这严冬腊月里，身上仍然是裤薄衣单。

明知道这就是赴死而别，是夫妻俩最后一次见面，却还是要怜惜她的饥寒。也许今朝离去，定不能再回返家园，还听她再三劝我要努力多吃饭，争取早日能凯旋。

我告诉老妻说土门关的壁垒高筑，防守也格外坚严，杏园镇的天险雄奇，如果叛军想偷渡过来进攻城池更是难上加难。这一次的战争形势不同于当年邺城之战，纵然是战死的时机，也犹显得宽泛，不会有太大的危险。

人生在世都有个离合悲欢，哪管你是年轻力壮还是衰老病残？回想起以前少壮年华的时候是国泰民安，现在竟然兵荒马乱，不免徘徊踟蹰长吁短叹。

普天下都在强征入伍，走到哪里都是戒备森严，战争的烽火不断扩散，已经弥漫了山岗峰峦。尸骸遍野，积聚成山，一草一木都变得恶臭腥膻，战死的将士血流成川，广阔的平原都已红遍。

战火遍地蔓延，何处是家乡，哪里才是人间乐园？在这叛乱兴兵时刻的生死战场，又岂敢留恋不舍离去？毅然绝然地抛弃茅棚居室，心里如同天崩地裂的塌陷，真叫人摧断肺肝。

新安吏

【题解】

唐肃宗乾元元年（公元 758 年）冬，郭子仪收复长安和洛阳，随即和李光弼、王思礼等九节度使乘胜率军进击，以二十万兵力在邺城包围了安庆绪叛军，局势十分可喜。然而昏庸的唐肃宗李亨对郭子仪、李光弼等领兵并不信任，粮食供给不足，导致唐军遂在邺城大败。之后，官军散亡，兵员亟待补充，于是朝廷下令征兵。杜甫从洛阳回华州，路过新安，看到征兵的情况，写了这首诗。

诗中记述了抓丁和骨肉分离的场面，继而笔锋一转，对百姓进行开导和劝慰，揭示了安史之乱给百姓带来的痛苦，同时反映了诗人盼望早日平息叛乱以及实现国家兴旺的爱国主义精神。

【原文】

客行新安道，喧呼闻点兵①。

借问新安吏：“县小更②无丁？”

“府帖昨夜下，次选中男③行。”

“中男绝短小，何以守王城？”

肥男有母送，瘦男独伶俜④。

白水暮东流，青山犹哭声。

“莫自使眼枯，收汝泪纵横。

眼枯即见骨，天地终无情⑤！

我军取相州⑥，日夕望其平。

岂意贼难料，归军星散营⑦。

就粮近故垒，练卒依旧京⑧。

掘壕不到水，牧马役亦轻。

况乃王师顺，抚养甚分明⑨。

送行勿泣血，仆射如父兄⑩。”

【注释】

①客：杜甫自称。新安：地名，今河南省新安县。点兵：征兵，抓丁。

②更：岂，难道。

③府帖：指征兵的文书，即“军帖”。次：依次。中男：指十八岁以上、二十三岁以下成丁。这是唐天宝初年兵役制度规定的。

④伶俜（pīng）：形容孤独伶仃的样子。

⑤眼枯：哭干眼泪。天地：暗喻朝廷。

⑥相州：即邺城，今河南安阳。

⑦岂意：哪里料到。归军：指唐朝的败兵。星散营：像星星一样散乱地扎营。

⑧就粮：到有粮食的地方就食。旧京：这里指东都洛阳。

⑨王师顺：朝廷的军队是堂堂正正的正义之师。抚养：爱护。

⑩仆射：指郭子仪。如父兄：指极爱士卒。

【译文】

我正行走在新安县的官道上，忽然听到人声喧哗，原来是吏役在村里按照户籍册在点名征兵。

我走到近前寻问那些新安县的吏役：“难道连年战争，新安这个县小到已经没有成丁的青年可以入伍了吗？"

官吏回答说："昨天夜里兵府下达紧急文书，如果没有成年壮丁，就顺次点选十八岁以上、二十三岁以下的男子入伍从军。"

我说："看这些被点名从军的青年实在是年纪太小了，叫他们如何能守得住东都皇城？"

我看到那些肥胖一点的青年大概家境还不坏，他们都有母亲来送行，再看那些瘦弱的青年或许是父母早已在战乱之中死亡，他们个个都孤苦伶仃地在那里落泪，无人陪送。

转眼已到黄昏时候，河水日夜滚滚向东流去，而青山之上还残留着送行者悲伤不尽的哭声。

见到如此景象，我也只能是对那些哭泣的人安慰一番："不要哭干眼泪而哭坏了眼睛，还是停住你们纵横不止的泪水吧。即便是现在哭干眼泪，也避免不了骨肉分离，天地毕竟是一个无情的东西啊！这一切都是无法改变的命运安排。

我们的官军进攻邺城将叛军团团围住，日夜奋战眼看就要将他们平定。

原本有希望收复失地，谁知贼心难以预料，断绝了我们的粮草，以致我们的官军节节败退，像星星一样零乱地弃营而溃散。

如今新征入伍的兵丁，到有粮食的旧营垒附近就食，兵马训练也在东都洛阳的近郊。

要他们去做的只是挖掘城壕，浅得都不会见到水层，让他们放牧军马也是比较轻的劳役。

况且这一场战争是讨伐叛军，朝廷的军队是堂堂正正的正义之师，领军的主将对于兵士的爱护和给养都公平严正，分外明了。

所以，你们这些送行的亲人们都不要哭得那么伤心，郭子仪等诸位将军对待兵士仁爱得像父兄一样，请你们大可放心。"

遣兴

【题解】

安史之乱爆发之后，杜甫携全家从洛阳西逃至奉先（今陕西蒲城），之后又携家北上避难，寄居鄜州（今陕西富县）羌村。公元756年七月，唐肃宗即位于灵武（今属宁夏），杜甫只身前往，中途为叛军所俘，押至长安，从此与家人天各一方，家庭支离破碎。杜甫有二子，长子名宗文，次子名宗武，宗武乳名骥子。这是杜甫回忆娇儿前年牙牙学语时娇趣的憨态所作，遥忆幼子，慈爱之情溢于全篇。

遣兴（xìng），犹"遣意"，也就是以写诗来消遣之意。这是一首排律（俗称长律），中间四联全是对仗。诗人先写骥子颖悟的表现，再写自己在战争中有家难回的遭遇，引发读者对战乱中人的同情以及诗人因未能尽到自己的责任而深感内疚的心情。

【原文】

骥子①好男儿，前年学语时。
问知人客姓，诵得老夫诗②。
世乱怜渠小，家贫仰母慈③。
鹿门携不遂④，雁足系难期⑤。
天地军麾满，山河战角悲⑥。
傥⑦归免相失，见日敢辞迟⑧。

【注释】

①骥（jì）子：杜甫儿子宗武的小名，这一年刚五岁。

②"问知"二句：指骥子三岁时，知道问家里来客的姓名，能背诵他父亲的诗。这是称赞骥子的颖悟。

③渠：他，指骥子。仰：依赖，仰仗。

④鹿门：山名，在襄阳（今属湖北）境内，汉江东岸。东汉末，天下大乱，庞德公携全家隐居于此。后成为隐居地的代称，这里意思是未能携全家一同避难。不遂：不成。

⑤雁足：事见《汉书·苏武传》，大意是，汉求苏武，匈奴单于诡言已死。汉使得密报，知武在某大泽中，于是声称：汉天子射上林苑中，得雁，足系帛书，知武所在。单于大惊，只好放还苏武。此处指难以料定何时才能互通音信。

⑥军麾（huī）：军旗。形容全国各地都处于战乱之中。战角：军中号角。

⑦傥：通"倘"，如果。

⑧免相失：免于相互离散。迟：延迟。

【译文】

我的骥子是个乖巧懂事的孩子，前年刚刚三岁牙牙学语的时候，就知道询问家里来的客人的姓名，也能背诵我写的诗了。

如今，世道不太平而连年战乱，可怜我的骥子还是个小孩子，偏偏又是家中贫困不能雇佣仆人，只能全部仰仗他的母亲一人来照应。在这如同东汉末年鹿门战乱的时期，我却未能携带全家一同避难，这一别，真不知道何时才能互通音信。

现在，天南地北到处都是军旗招展，漫山遍野的交战军队，随处都能听到军中的号角悲鸣。为了以免相互离散，倘若我能回去跟家人相聚，那就一定要争取早日见面，岂敢轻易推拖延迟。

无家别

【题解】

此诗作于唐肃宗乾元二年（公元759年）春。唐玄宗天宝十四年（公元755年）安史之乱爆发邺城兵败之后，杜甫亲眼目睹了朝廷无限制、无章法、惨无人道的拉夫政策的现象，怀着矛盾、痛苦的心情，写成"三吏三别"六首叙事诗作。这是"三别"的第三篇。

诗中描述的这个主人公是又一次被征去当兵的独身汉，既无人为他送别，又无人可以告别，然而在踏上征途之际，依然情不自禁地自言自语，仿佛是对老天爷诉说他无家可别的悲哀。全诗情景交融，人物塑造与环境描写结合，反映了当时战乱带给百姓的共同悲惨遭遇以及对统治者的残暴、腐朽，进行了有力的鞭挞。

【原文】

寂寞天宝后，园庐但蒿藜①。
我里百余家，世乱各东西。
存者无消息，死者为尘泥。
贱子因阵败，归来寻旧蹊②。
久行见空巷，日瘦③气惨凄。
但对狐与狸，竖毛怒我啼④。
四邻何所有，一二老寡妻。
宿鸟恋本枝，安辞且穷栖⑤。
方春独荷锄，日暮还灌畦。
县吏知我至，召令习鼓鞞⑥。
虽从本州役，内顾无所携⑦。
近行止一身，远去终转迷⑧。
家乡既荡尽，远近理亦齐。
永痛长病母，五年委沟溪⑨。
生我不得力，终身两酸嘶。
人生无家别，何以为蒸黎⑩。

【注释】

①天宝后：指安史之乱以后。庐：即居住的房屋。但：只有。蒿藜：泛指野草。

②贱子：这位无家者的自谓。阵败：指邺城之败。蹊：小路。

③日瘦：日光淡薄，杜甫的自创语。

④怒我啼：对我发怒且啼叫。写乡村已荒芜，野兽猖獗出没。

⑤"宿鸟"二句：作者以"宿鸟"自比，意为人皆恋故土，所以即便是困守穷栖，依旧在所不辞。

⑥"县吏"句：这句是说他又被征去打仗。鞞（pí）：古同"鼙"，鼓名。

⑦无所携：是说家里没有可以告别的人。

⑧这两句是以能够服役于本州而自幸。终转迷：终究是前途迷茫，生死凶吉难料。

⑨五年：从天宝十四年安禄山作乱到这一年正是五年。委沟溪：指母亲葬在山谷里。

⑩"生我"以下四句：两酸嘶：母子两个人都失声痛哭。蒸黎：指百姓，黎民。

【译文】

天宝年间的安史之乱以后，乡村一派寂寞荒凉，家园里只剩下蒿草蒺藜丛生。我所居住的乡里原本有百余户人家，只因这世道离乱都各奔东西。即便是活着的也不知去向、没有消息，而战乱中死去的人早已化为烟尘泥土，与世长辞。因为邺城兵败，我寻找家乡的旧路回到这里。

在村里走了很久不见人影，只看见条条空巷，日光淡薄无光，到处是一片萧条凄惨的景象，只能看见一只只竖起毛来向我怒号的野兽和狐狸。我极目四望，努力寻找四邻还能剩下些什么人，却只看见有一两个老寡妇分别守在空落落的破旧房屋里。宿鸟飞得再远也总是留恋着赖以栖息的树枝，我也同样是依恋故土，即便是困苦也不会辞乡而去，而且还要在此地继续栖居。

正当春季时节，我每天都扛起锄头下田地，到了太阳下山还在忙着浇田除草。可是，当县吏知道我回来了，又把我征召到兵营服役，命令我练习去打军中的战鼓。虽然是在本州服役，家里也没有什么人可告别，也没什么可带的衣物用品。到近处去，我出入都是空身一人，无牵无挂，然而，到远处去，终究是前途迷茫，生死难料又不知凶吉。

现如今，我的家乡既已一片空荡，其实从军之地离家乡远近对我来说都是一样。永远的伤痛是我那长年生病的母亲，已经去世五年了至今依然荒葬在山谷里。她生养了我，却得不到我在她身边的尽孝服侍，母子二人只能终身忍受辛酸，思念之中痛哭流涕。像我这样，活在世上却无家可别，又以什么可以自称是有家可归的黎民？

贫交行①

【题解】

此诗大约作于唐玄宗天宝年间（742—756 年），杜甫在京城献赋之后。由于困守京华，诗人饱谙世态炎凉、人情反复的滋味，所以愤而写下此诗。

这首诗造形生动，通过正反对比手法和夸张语气的运用，反复咏叹，吐露出诗人心中郁结的愤懑与悲辛。诗中巧妙地将古道与现实作一对比，给这首抨击黑暗、鞭挞现实的意图添了一点理想光辉，把古人以友情为重，重于磐石，相形之下，"今人"的"轻薄"越发显得突出，犀利之中把世上真交绝少的丑陋表达得更加充分。

【原文】

翻手为云覆②手雨，纷纷轻薄何须数。

君不见管鲍③贫时交，此道今人弃④如土。

【注释】

①贫交行：是描写贫贱之交的诗歌。贫交：古歌所说："采葵莫伤根，伤根葵不生。结交莫羞贫，羞贫友不成。"贫贱方能见真交，而富贵时的交游则未必可靠。

②为云：一作"作云"。覆：颠倒。

③管鲍：指管仲和鲍叔牙。管仲早年与鲍叔牙相处很好，管仲贫困，也欺骗过鲍叔牙，但鲍叔牙始终善待管仲。现在人们常用"管鲍"来比喻情谊深厚的朋友。

④道：道德。弃：遗忘，抛弃。

【译文】

有些人相互交友，翻手覆手之间，一会儿像云的趋合，一会儿又像雨的纷散，变化无常，诸如那些贿赂之交、势利之交、酒肉之交何须细数，是多么地让人轻蔑愤慨、不屑一顾。

可是，难道你没看见，古人管仲和鲍叔牙是典型的贫富不移的君子之交，然而这种交友之道，却被今人所遗忘，就像粪土一样彻底抛弃在一旁。

潼关吏

【题解】

此诗作于唐肃宗乾元二年（公元759年）。杜甫原在朝中任左拾遗，因直言进谏触怒权贵，被贬到华州。乾元元年（公元758年）底，杜甫暂离华州，到洛阳、偃师探亲。第二年三月，唐军与安史叛军的邺城之战爆发，唐军在相州（治所在今河南安阳）大败，安史叛军乘势进逼洛阳。如果洛阳再次失陷，叛军必将西攻长安，那么作为长安和关中地区屏障的潼关势必有一场恶战。杜甫从洛阳返回华州的途中经过这里时，刚好看到了紧张的备战气氛，见到战乱给百姓带来的无穷灾难和人民忍辱负重参军参战的爱国行为，感慨万千，便奋笔创作了不朽的史诗"三吏""三别"，这是其一。

诗中开头四句对筑城的士兵和潼关驻防进行总写，然后逐一描述漫漫潼关道上，无数的士卒在辛勤地修筑工事、万般劳苦的样子，流露出诗人对借助起伏山势而筑成的大小城墙，既高峻又牢固的威武雄姿无限赞叹的心情以及对平定叛乱寄予希望和渴望太平的美好愿望。

【原文】

士卒何草草，筑城潼关①道。

大城铁不如，小城万丈余。

借问潼关吏，修关还备胡②？

要③我下马行，为我指山隅。

连云列战格④，飞鸟不能逾。

胡来但自守，岂复忧西都⑤。

丈人⑥视要处，窄狭容单车。

艰难奋长戟⑦，万古用一夫。

哀哉桃林战⑧，百万化为鱼。

请嘱防关将，慎勿学哥舒⑨！

【注释】

①草草：疲劳不堪之貌。何：多么。潼关：在华州华阴县东北，因关西一里有潼水而得名。

②备胡：指防备安史叛军。

③要：同"邀"，邀请。

④连云列战格：自此句以下八句是关吏的答话。连云：言其高，战格：即战栅，栅栏形的防御工事。

⑤西都：与东都对称，指长安。

⑥丈人：关吏对杜甫的尊称。

⑦艰难：战事紧急之时。奋：挥动。

⑧桃林：即桃林塞，指河南灵宝县以西至潼关一带的地方。

⑨哥舒：即哥舒翰。

【译文】

那些防御在关口的士卒是多么劳苦艰辛啊，他们每天都在潼关要道修筑城堡。

他们所修筑的大城比铁还要坚固，小城依山而筑，高达万丈有余。

我走上前，请问潼关吏：你们重新修筑潼关是为了防御叛军吗？

潼关吏邀请我下马一同向前步行，用手指着山隅为我介绍情况：那些重新加固的防御工事高耸入云，即使飞鸟也不能逾越。如果叛军来攻城，只要据守城堡就可以了，哪里还用得着担心西都长安失守呢？您再看这个交通险要的地方，道路狭窄到只能容许一辆车子通过。在这战事紧急时，只要一人挥动长矛剑戟据守在这里就可以，堪称是自古兵家常用的"一夫当关万夫莫开"呀。

我不无悲伤地说：不过，令人哀痛的是桃林塞那一败仗，唐军死伤极多，惨死黄河。请嘱咐守关的诸位将领，千万别重蹈哥舒翰仓促应战的覆辙！

寄韩谏议注①

【题解】

这首诗作于唐代宗大历元年（公元 766 年）秋，杜甫出蜀居留夔州之时。从作品看，诗中的韩注大概是曾出任谏言，于国有功且富有才干，但他在朝廷却受到小人排斥，于是辞官归隐于岳阳，修神仙之道，杜甫为朋友感到惋惜，于是写这首劝他去辅国佐君。

杜甫居夔后出峡前，他的大半生都是飘泊流离，备尝生活艰辛，阅尽世态炎凉，至此已是老病缠身，所以诗中同时寄寓了这位生命迟暮的诗人对理想与现实的严肃思考和执着不舍的政治情怀。诗中遣词造意精准凝炼，章法上尤能巧设伏笔，环环呼应，表现出杜甫一贯缜密的诗风，读来深具别样之美。

【原文】

今我不乐思岳阳，身欲奋飞病在床②。
美人娟娟隔秋水，濯足洞庭望八荒③。
鸿飞冥冥日月白④，青枫叶赤天雨霜。
玉京群帝集北斗，或骑麒麟翳凤凰⑤。
芙蓉旌旗烟雾落，影动倒景摇潇湘⑥。
星宫之君醉琼浆，羽人稀少不在旁⑦。
似闻昨者赤松子，恐是汉代韩张良。
昔随刘氏定长安，帷幄未改神惨伤⑧。
国家成败吾岂敢，色难腥腐餐枫香⑨。
周南留滞古所惜，南极老人应寿昌。
美人胡为隔秋水，焉得置之贡玉堂⑩？

【注释】

①韩谏议注：韩注，生平不详。谏议是其曾任官职，唐门下省属官有谏议大夫，正五品上，掌侍从赞相，规谏讽谕。

②岳阳：今湖南岳阳，当是韩注所在地。奋飞：奋力飞去。

③美人：男女都可用，用于男性则指其才德美。此指韩注。《离骚》："惟草木之零落兮，恐美人之迟暮。"娟娟：秀美状。八荒：四方四隅称八荒。

④鸿飞冥冥：指韩已遁世。冥冥：高远；渺茫。

⑤玉京：玉京山，道家仙山，元始天尊居处。群帝：此指群仙。翳（yì）：遮盖。

⑥倒景：即"倒影"。摇潇湘：指倒影在潇湘水中荡漾。潇、湘是二水，于湖南零陵汇合。

⑦星官之君：当指北斗星君，借指皇帝。羽人：飞仙，借指远贬之人。两句意为君上昏醉，贤人远去。

⑧"昔随"二句：《汉书·高祖纪》载刘邦言："运筹帷握之中，决胜千里之外，吾不如子房功。"此借用是说韩注有功于朝廷，旧迹未改，而人事已非，不由黯然神伤。定长安：建都长安。帷幄：本指帷帐、军幕，此指谋国之心。

⑨色难：面有难色，不愿之意。枫香：《尔雅注》说枫似白杨有脂而香，称枫香。道家常以枫香和药，餐枫香喻持操隐居。

⑩胡为：何为，为什么。贡：献，这里是荐举之意。玉堂：汉未央宫有玉堂。这里指朝廷。

【译文】

时下我的心情抑郁，因为思念岳阳，想要鼓翼奋飞，怎奈却是疾病缠身躺卧在床上。远隔秋水的美人品行是多么美好，常在洞庭湖一边赤足濯洗，一边面向四方四隅遥望。

鸿雁已经飞向遥远的高天，穿行在皓洁的日月之间，天空中降下寒霜，青枫的绿叶已经被秋风染红。那一刻，玉京的群仙聚集在北斗星宫，有的乘驾麒麟，有的骑着凤凰阴翳半空。芙蓉装饰的旌旗在漫天云雾中时隐时现，旗影摇动，飘摇的倒影在潇湘水中荡漾。星宫的帝君在那里畅饮，沉醉于玉液琼浆，只可惜身边飞仙稀少，如今都远在他方。

听说你就像昔日的仙人赤松子归隐山林，恐怕是更像汉高祖时代的文成侯韩张良。当年他曾经跟随刘邦建业定都长安，运筹帷幄护国之心不改，以致神情惨伤。面对国家事业的兴衰成败，我们怎么敢坐视不管，冷眼观望，又怎么能因为不愿看那些腥腐酸臭之事就归隐山林宁可餐食枫香。古之周南的太史公滞留洛阳不得启用令人惋惜，但愿他能成为南极寿星，那么世上就会太平、安康。可像你这样品行高洁之人为什么要同我远隔秋水，怎样才能荐举你重新出山，来辅佐当今朝堂？

赠李白

【题解】

　　天宝三年（公元 744 年），杜甫三十二岁，这时的李白正为高力士所谗毁，被皇上赐金放还。夏初，李白经游东都，杜甫与之相会于洛阳，赠诗当在此时所写。

　　杜甫在洛阳客居的两年，所经历的无非是奸刁巧诈的事情。他对朱门大户的锦衣玉食厌恶至极，宁愿去吃食不果腹的蔬食粗饭，也不愿沾染上恶俗的腥膻之气。诗中抒写了自己厌倦京都仕途之中的令色机巧，羡慕山林归隐的情怀，可是又因为世上权贵之人的贪求，就连隐居求仙也不可得。写到此处，诗人对世俗的厌恶又加深了一层，充满了对李白惺惺相惜之感，同时也流露出对行藏出处抉择的困惑。

【原文】

二年客东都①，所历厌机巧②。

野人对腥膻，蔬食常不饱③。

岂无青精饭④，使我颜色好。

苦乏大药资⑤，山林迹如扫⑥。

李侯金闺彦⑦，脱身事幽讨⑧。

亦有梁宋游，方期拾瑶草⑨。

【注释】

　　①客：客居，旅居，即旅居他乡。杜甫本居巩县，为父守墓，暂居东都首阳山，故称为客。东都：即洛阳。隋大业五年（公元 609 年），改称东京洛阳为东都。唐高祖武德六年（公元 623 年）九月，改东都为洛州。唐高宗显庆二年（公元 705 年）复称东都。唐玄宗天宝元年（公元 742 年）改称东京，唐肃宗上元二年（公元 761 年）停京号，次年复称东都。

②所历：指所经历。历：经历，经过。厌：憎恶。机巧：机智灵巧，此指奸刁巧诈，勾心斗角。

③"野人"二句：野人：指没有官职的平民。对：指面对，相对。平民相对的即富人、官僚。腥膻（shān）：《周礼注》："犬腥羊膻。"食草类膻，如牛、羊之类，水族类腥，如鱼、鳖之类。在诗中统指富人所食之美味佳肴。蔬食（sì）：即以粗米、草菜为食。

④岂：副词，表示反问，犹"难道"、"怎么"。无：没有。青精饭：即立夏的乌米饭。相传首为道家太极真人所制，服之延年。后佛教徒亦多于阴历四月初八日造此饭以供佛。

⑤苦乏：极端缺乏。苦：竭力、极。大药：指金丹。唐代道教盛行，统治者和一般士大夫很多人都好炼丹和服食金丹以求长生。资：物资、材料。

⑥山林：山与林。亦指有山有林的地区。迹如扫：谓足迹如扫过一样，便没有足迹。迹：脚印，足迹。扫：即扫除尘秽。

⑦李侯：指李白，侯是尊称。金闺：指金马门。金马门，汉代官门名，为等候皇帝召见的地方。彦：旧时对贤德之士的美称，也喻指有才华的人。

⑧脱身：指从某种场合或事情中摆脱出来。李白在长安醉中命高力士为之脱鞋，高以为耻，便跟杨贵妃说李白的坏话，李白自知不为高力士所容，于是自请放还，所以叫脱身。事幽讨：从事在山林中采药访道。幽：即涤幽静，指草木茂密之处。讨：寻求，探求金丹之妙法。意谓寻幽探胜。

⑨梁宋：指河南开封、商丘一带。方：将。期：相约，期望。拾：捡取。瑶草：古指仙草，传说中的香草。

【译文】

在我为父守墓，旅居洛阳的这两年时间里，凡是所经历的事情中，我特别憎恶那些心机狡诈、取巧伪善之人。

那些没有官职的平民百姓面对的是富贵人家日食美味珍馐，而自己却连粗米、草菜也不能饱食。

难道说就没有那种可以延年益寿的青精饭，让我吃了以后，也使我的容颜变得更加美好吗？

可是我知道，这里极度缺乏用来炼制金丹的材料，在这深山老林之中，药材好像用扫帚扫过的一样一点痕迹都找不到，何谈炼丹药。

李侯啊，你曾经是皇宫金马门的贤德之士，如今，所幸摆脱了被奸佞之人馋毁的厄运，离开朝廷，可以自由自在地去山林中采药访道，探求炼制金丹妙方。

如今我也要离开京都，有了到梁宋一带游览之意，到那时将要与您同行，希望能捡取到仙境中的仙草，炼制成不老的丹药。

悲陈陶

【题解】

此诗作于唐肃宗至德元年（公元 756 年）冬。当年十月，宰相房琯上书唐肃宗，自请带兵收复两京。十月二十一日，唐军跟安史叛军在陈陶作战，房琯"高谈有余而不切事"，用兵以春秋车战之法，结果唐军大败，死伤四万余人，血流成河，景象非常惨烈。杜甫那时被困在长安，目睹叛军的骄纵残暴，有感于陈陶之败的惨烈而作此诗。

陈陶之战伤亡是惨重的，但是杜甫从战士的牺牲中，从宇宙的沉默气氛中，从人民流泪的悼念，从他们悲哀的心底上根据战争的正义性质，写出了人民的感情和愿望，写出了战争的悲壮之美。它能给人们以力量，鼓舞人民为平定叛乱而继续英勇斗争，展现了他在创作思想上已经达到了高妙的境界。

【原文】

孟冬十郡良家子①，血作陈陶②泽中水。

野旷天清无战声③，四万义军④同日死。

群胡归来血洗箭⑤，仍唱胡歌饮都市⑥。

都人回面向北啼⑦，日夜更望官军至⑧。

【注释】

①孟冬：农历十月。十郡：指秦中各郡。良家子：从百姓中征召的士兵。

②陈陶：地名，又名陈陶斜，在长安西北。公元 756 年唐军与安史叛军在此交战，几乎全军覆没。

③旷：一作"广"。清：一作"晴"。无战声：战事已结束，旷野一片死寂。

④义军：官军，因其为国牺牲，故称义军。

⑤群胡：指安史叛军。安禄山是奚族人，史思明是突厥人。他们的部下也多为北方少数民族人。血：一作"雪"。

⑥仍唱：一作"捻箭"。都市：指长安街市。

⑦都人：长安的人民。回面：转过脸。向北啼：这时唐肃宗驻守灵武，在长安之北，故都人向北而啼。

⑧"日夜"句：一作"前后官军苦如此"。官军：旧称国家的军队。

【译文】

初冬时节，从西北十郡征来的那些良家子弟，与安史叛军交锋，仅仅经历了一战便惨败而终，将士们的鲜血成了陈陶斜的水泽，汩汩流淌。

原野空旷，苍天清远，没有了声声战鼓，四下里死寂无声，可怜那四万义军竟然在一天之内全部阵亡。

那些野蛮凶狠的叛军战胜归来时，箭弩之上还在滴着大唐子民的鲜血，而且还高唱他们的胡歌，狂饮在长安市井之上。

京都的百姓都转过脸，面向北方痛哭流涕，日夜盼望唐朝官兵早点反攻回来，更是盼望恢复往日里的太平生活，退敌安邦。

奉赠韦左丞丈二十二韵

【题解】

此诗作于唐玄宗天宝七载（公元748年）于长安。天宝六载（公元747年），唐玄宗诏告天下贤才入京赴试，谁料李林甫任命尚书省试却从中作梗，对所有应试者统统不予录取。因此杜甫应试落第而困守长安，心情落寞，于是就写了这首诗向韦左丞告别，亦暗含请求援引之意。但一般人不是曲意讨好，就是刻意贬低自己，露出阿谀奉承、俯首乞怜的寒酸相，而杜甫在这诗中却是不卑不亢，直抒胸臆，抨击了统治者的黑暗以及郁积心中的悲愤不平，运用了对比和顿挫曲折的表现手法，将胸中郁结的情思、自己的才能和抱负、仕途失意、生活困苦等境况，抒写得如泣如诉，真切动人。这也是体现杜诗"沉郁顿挫"风格最早的一篇。

【原文】

纨绔不饿死，儒冠多误身①。

丈人试静听，贱子请具陈②。

甫昔少年日，早充观国宾。

读书破万卷，下笔如有神。

赋料扬雄敌，诗看子建亲③。

李邕求识面，王翰愿卜邻。

自谓颇挺出，立登要路津④。

致君尧舜上，再使风俗淳。

此意竟萧条，行歌非隐沦⑤。

骑驴十三载，旅食京华春⑥。

朝扣富儿门，暮随肥马尘。

残杯与冷炙，到处潜悲辛。

主上顷见征，欻然欲求伸⑦。

青冥却垂翅，蹭蹬无纵鳞⑧。

甚愧丈人厚，甚知丈人真。

每于百僚上，猥诵佳句新。

窃效贡公喜，难甘原宪贫⑨。

焉能心怏怏⑩，只是走踆踆。

今欲东入海，即将西去秦。

尚怜终南山，回首清渭滨。

常拟报一饭，况怀辞大臣。

白鸥没浩荡，万里谁能驯？

【注释】

①纨绔（wán kù）：指富贵子弟。不饿死：不学无术却不会被饿死。儒冠多误身：满腹经纶的儒生却多数穷困潦倒。这句是全诗的纲要。《潜溪诗眼》云："此一篇立意也。"

②丈人：对长辈的尊称。这里指韦济。贱子：年少位卑者自谓。这里是杜甫自称。请：意谓请允许我。具陈：细说。

③料：差不多。扬雄：字子云，西汉辞赋家。敌：匹敌。看：比拟。子

建：曹植的字，曹操之子，建安时期著名文学家。亲：接近。

④挺出：杰出。立登要路津：很快就要登上重要的职位。

⑤"此意"两句：是说想不到我的政治抱负竟然落空，我虽然也写些诗歌，但却不是逃避现实的隐士。

⑥骑驴：与乘马的达官贵人对比而言。十三载：从开元二十三年（735年）杜甫参加进士考试，到天宝六载（747年），恰好十三载。旅食：寄食。京华：京师，指长安。

⑦主上：指唐玄宗。顷：不久前。见征：被征召。欻（xū）然：忽然。欲求伸：希望表现自己的才能，实现致君尧舜的志愿。

⑧青冥却垂翅：飞鸟折翅从天空坠落。蹭蹬：行进困难的样子。无纵鳞：本指鱼不能纵身远游。这里是说理想不得实现，以上四句所指事实是：天宝六载（747年），唐玄宗下诏征求有一技之长的人赴京应试，杜甫也参加了。宰相李林甫嫉贤妒能，致使全部应试的人都落选，还上表称贺："野无遗贤。"这对当时急欲施展抱负的杜甫是一个沉重的打击。

⑨贡公：西汉人贡禹。他与王吉为友，闻吉显贵，高兴得弹冠相庆，因为知道自己也将出头。杜甫说自己也曾自比贡禹，并期待韦济能荐拔自己。难甘：难以甘心忍受。原宪：孔子的学生，以贫穷出名。

⑩"焉能"以下四句：怏怏：气愤不平。踆踆（qūn）：且进且退的样子。东入海：指避世隐居。孔子曾言："道不行，乘桴浮于海。"（《论语》）·去秦：离开长安。

【译文】

自古就是生在富家的子弟不会被饿死，而满腹经纶的清寒读书人大多因穷困潦倒而贻误终身。现在敬请韦大人您耐心地细听我把往事拿来向您直言铺陈。

回忆往昔，我还在七岁少年时就能作诗，早在二十四岁的时候就已经通过乡贡进士考试成为"观国之光"的国宾。我苦读诗书，已经熟读的书籍超过万卷，写起文章来，下笔敏捷流畅有如神助。我的辞赋能与西汉扬雄匹敌，我的诗篇相比之下可以跟曹植相近。当代文豪李邕曾经寻求机会主动与我结识，著名诗人王翰也愿意与我结为近邻。

自以为是一个才华很杰出的人，觉得一定很快就能取得功名，登上重要的职位。从而能够尽心辅助君王，使他的帝业成就在尧舜之上，然后再度使社会风尚变得敦厚朴淳。然而，一场滑稽的应试落第，想不到我的政治抱负竟然随之落空，我虽然时而也忧愁歌吟，但决不是甘于退隐沉沦之人。我骑着毛驴不远万里，自从参加乡试至今整整十三年，寄食长安困苦无依，消耗了十几载的大好青春。

早上，我敲过豪富的门请求留宿，暮色黄昏还要赶路，跟随肥马之后吃尽了灰尘。饥渴时，吃过别人的残汤剩饭，还要历尽严寒酷暑，处处使我心中感到无比艰辛。不久前，终于等到皇帝征召天下贤士，忽然感到大志将要得到展伸。然而事实面前，我就像飞鸟折翅从空中坠落，那种行进困难的样子就像脱鳞的鲤鱼，无法跃过龙门。

我很惭愧您对我的情意宽厚，我也深知您待我一片情真。您每每把我的诗篇举荐给百官们的时候，还侧重朗诵一番佳句，夸奖我的诗句格调清新。

我私下里效法西汉贡禹，盼着能有贵人提拔自己的欣喜，实在是难以甘心忍受像原宪那样以贫穷出名。我怎能就这样使内心烦闷忧愤下去，老是如此且进且退地厮混？

如今，我只能是向东而去避世隐居，现在就将要离开古老的西部长安。我尚且还留恋巍峨的终南山，回首仰望，舍不下这清澈的渭水之滨。常常想报答您的"一饭之恩"，然而现在就要满怀遗憾地辞别关心我的韦大人。从此后，我就像白鸥隐没在浩荡的烟波间，飘浮万里，又有谁能约束我，将我纵擒？

同诸公登慈恩寺塔

【题解】

这首诗是杜甫在天宝十一年（公元752年）秋天登慈恩寺塔写的。慈恩寺是唐太子李治为纪念他的母亲文德皇后所建，寺在当时长安东南区晋昌坊。后经唐高宗时期玄奘法师所建寺塔，在今陕西西安市和平门外八里处。先有高适、薛据、岑参、储光羲均登大雁塔，每人赋诗一首。后杜甫的这首诗是同题诗中的压卷之作。诗人不说受不了烈风的狂吹而引起百忧，而是推开一步，说他自己不如旷达之士那么清逸风雅，登塔俯视神州，百感交集，心中翻滚起无穷无尽的忧虑。当时唐王朝表面上还是歌舞升平，实际上已经危机四伏。对"烈风"而生百忧，正是感触到这种政治危机所在，使这首诗成为他前期创作中意义深远的一篇。

【原文】

高标跨苍穹，烈风无时休①。

自非旷士怀，登兹翻百忧②。

方知象教力，足可追冥搜③。

仰穿龙蛇窟，始出枝撑幽④。

七星在北户，河汉声西流⑤。

羲和鞭白日，少昊行清秋⑥。

秦山忽破碎，泾渭不可求。

俯视但一气，焉能辨皇州⑦？

回首叫虞舜，苍梧云正愁。

惜哉瑶池饮，日晏昆仑丘⑧。

黄鹄去不息，哀鸣何所投⑨？

君看随阳雁，各有稻粱谋⑩。

【注释】

①标：高耸之物。高标：指慈恩寺塔。苍穹：青天。穹：一作"天"。烈风：大而猛的风。休：停息。

②旷士：旷达出世的人。旷：一作"壮"。兹：此。翻：反而。

③象教：佛祖释迪牟尼说法时常借形象以教人，故佛教又有象教之称。佛塔即是佛教的象征。足：一作"立"。冥搜：即探幽。

④龙蛇窟：形容塔内磴道的弯曲和狭窄。出：一作"惊"。枝撑：指塔中交错的支柱。幽：幽暗。

⑤七星：北斗七星，属大熊星座。北户：一作"户北"。河汉：银河。

⑥"羲和"以下四句：羲和：古代神话中为太阳驾车的神。鞭白日：言日行之快，如鞭促赶。少昊：古代神话中司秋之神。泾渭：泾水和渭水。不可求：难辨清浊。

⑦但：只是。一气：一片朦胧不清的样子。焉能：怎能。皇州：京城长安。

⑧"惜哉"二句：此喻指唐玄宗与杨贵妃游宴骊山，荒淫无度。饮：一作"燕"。晏：晚。

⑨黄鹄（hú）：即天鹅，善飞，一举千里。去不息：远走高飞。

⑩随阳雁：雁为候鸟，秋由北而南，春由南而北，故称。此喻趋炎附势者。稻粱谋：本指禽鸟觅取食物的方法，此喻小人谋取利禄的计谋。

【译文】

　　慈恩寺塔高耸无比，仿佛要跨越青天，强劲的风没有休止的时候，吹得整座塔似乎在风中摇晃。我自知不是旷达出世的人，没有那样清逸风雅的胸怀，登上这座塔楼俯视神州，不禁百感交集，心中翻涌出种种忧愁。

　　在塔楼上极目远眺，才知道天下佛教的威力之大，也足可以使你追思古人的构思之妙，想去揽胜探幽，领略胜境。仰头向上攀爬，穿过仿佛龙蛇盘踞的洞窟磴道，方才走出支柱交错的幽暗之处，登上顶楼。

　　夜间在塔上仰视，北斗七星仿佛就悬挂在塔的北窗口，侧耳倾听，似乎能听到银河的水流声潺潺向西流动。日神羲和鞭赶着太阳车迅速轮回，司秋之神少昊按时给人间带来萧瑟的清秋。

　　远望秦地诸山在昏暗的夜色中朦胧一片，恍若破碎成块，零散在那里，流淌不息的泾渭之水清浊也难以分辨。向下一眼望去，只见混沌一片，此时，怎能分辨出哪里才是皇帝所居住的都城长安呢？

　　回过头去大声呼唤一代英主虞舜大帝，只见虞舜的寝陵苍梧之地正生发起一片愁云。真是令人痛惜啊！即便如此，天帝与王母在瑶池依旧日日饮酒作乐，直喝到夜幕降临，日落昆仑山。

　　美丽的黄鹄不停地纷纷远走高飞，遗落一串串哀哀鸣叫不止，不知它们将

要投奔哪里？你再看那些追逐温饱的群雁，它们各自都有着觅取稻谷粮草的智谋，整日里悠然自得。

寄李十二白二十韵

【题解】

李白同辈排行第十二，故称"李十二白"。杜甫和李白友情甚笃，他写下很多思念、称颂李白的诗篇，这是其一，约于宝应元年（公元762年）七月，杜甫自成都送严武入朝，途中转赴梓州时得知李白正在当涂养病，便写了这首诗寄给他。

此诗旨在为李白晚年不幸的遭遇辩护申冤，兼有对统治者的怨恨不满。诗中叙写了李白晚年悲惨的遭遇和凄楚的心境，兼顾激情发表议论，抒感慨，极力为李白鸣不平，同时也有无可奈何中的安慰之词。

诗文对仗工稳，文辞流畅，用典精当。在杜甫的一百二十多首五言排律中，此诗无论在思想性和艺术性方面，都不愧是上乘之作。

【原文】

昔年有狂客，号尔谪仙人①。

笔落惊风雨，诗成泣鬼神。

声名从此大，汩没②一朝伸。

文采承殊渥③，流传必绝伦。

龙舟移棹晚，兽锦夺袍新④。

白日来深殿，青云满后尘。

乞归优诏许，遇我宿心亲。

未负幽栖志，兼全宠辱身。

剧谈怜野逸，嗜酒见天真。

醉舞梁园夜，行歌泗水春。

才高心不展，道屈善无邻。

处士祢衡俊，诸生原宪贫⑤。

稻粱求未足，薏苡谤何频⑥。

五岭炎蒸地，三危放逐臣⑦。

几年遭鵩鸟⑧，独泣向麒麟。

苏武先还汉，黄公岂事秦。

楚筵辞醴日，梁狱上书辰⑨。

已用当时法，谁将此义陈？

老吟秋月下，病起暮江滨。

莫怪恩波隔，乘槎⑩与问津。

【注释】

①狂客：指贺知章。贺知章是唐越州永兴人，晚年自号四明狂客。谪仙：被贬谪的神仙。贺知章称李白为谪仙人。

②汩（gǔ）没：埋没。

③承殊渥（wò）：受到特别的恩惠。这里指唐玄宗召李白为供奉翰林。

④"龙舟"句：指唐玄宗泛白莲池，在饮宴高兴的时候召李白作序。"兽锦"句：《唐诗纪事》载："武后游龙门，命群官赋诗，先成者赐以锦袍。左史东方虬诗成，拜赐。坐未安，之问诗后成，文理兼美，左右莫不称善，乃就夺锦袍衣之。"这里是说李白在皇家赛诗会上夺魁。

⑤"处士祢（mí）衡"句：才能像祢衡一样好。祢衡：东汉时人，少有才辩。孔融称赞他"淑质贞亮，英才卓跞"。"原宪"句：家境像原宪一样贫困。原宪：春秋时人，孔子弟子，家里十分贫穷。

⑥"薏苡"句：马援征交趾载薏苡种还，人谤之，以为明珠大贝。这里指当时一些人诬陷李白参与永王李璘谋反。

⑦三危：山名，在今甘肃敦煌县南，乃帝舜窜三苗之处。放逐：指被贬谪流放。

⑧鵩（fú）鸟：古代认为是不祥之鸟。

⑨楚筵（yán）辞醴（lǐ）：汉代穆生仕楚元王刘交为中大夫。穆生不喜欢饮酒，元王置酒，常为穆生设醴。元王死，子戊嗣位，初常设醴以待，后忘设醴。穆生说："醴酒不设，王之意怠。"遂称病谢去。这里是指李白在永王璘邀请他参加幕府时辞官不受赏之事。"梁狱"句：汉代邹阳事梁孝王，被谗毁下狱。邹阳在狱中上书梁孝王，力辩自己遭受冤屈。后获释，并成为梁孝王的上客。这里是指李白因永王璘事坐系浔阳后力辩己冤。

⑩槎（chá）：木筏。

【译文】

当年有一位号称狂客的大诗人贺知章，看了你的诗篇，赞称你为谪仙人。他大赞你落笔之时，能惊起风雨，你一挥而就的诗篇，鬼神见了都能被感动得泣不成声。

从此后，李白的声名震动京师，以前的困顿失意自此一天之间就全被清零。你的文采受到玄宗皇帝的特别垂爱，很快就成为御封的待诏翰林，那精美绝伦的诗篇接连不断，篇篇首首必将万古流传。

玄宗皇帝钦点你陪同莲池泛舟，时常到很晚，一次在白莲池赛诗会上，你一举夺魁，得到了皇上赏赐锦袍。你经常得到玄宗皇帝的召见，白天可以随时出入深宫大殿，可以说是颇受宠信，如同滚滚红尘之中扶摇而上的青云。

岂料奸佞权臣当道，你又不肯摇尾乞怜回归优越的恩宠之位，导致后来的皇上偏听偏信而被赐金放还。途中在梁宋（今河南开封、商丘一带）与我相遇后一见如故，宿住几日，倍感亲切。你既没有隐藏辜负自己幽居于心的远大志向，又能兼容顾全受宠与被馋毁放逐的不同境遇，退隐保身。

自从相遇，我二人情投意合，促膝长谈，你非常理解我逸居山野的洒脱不羁，我也十分欣赏你豪饮善交的纯真坦荡的胸怀。我们夜里在梁园饮酒，兴起之时不禁拂袖起舞，春季回到寓居的泗水之滨，你依旧纵情唱赋行吟。

然而，虽然才华超群却宏图不展，没有用武之地。虽然道德崇高却屈就山野，无人理解，无以为邻。虽然才智卓群堪比东汉祢衡，但命运却像孔子的弟子原宪那样失意穷困。

虽是粮食不能自给充足之时投靠永王，但却是满怀"扫胡尘、救河南"的愿望加入幕僚实为生活所迫，有人传说你收了永王的重金，那是何等的诽谤妖言。你没能幸免被牵连，自此遭受长期颠沛漂泊。你南赴炎热如蒸烤之地的五岭苍梧避祸，但最终还是因此事而成了被贬谪流放到三危之地夜郎的罪臣。

几年来，你自认是遇见了鹏鸟一样屡遭厄运而卧病当涂，你独自悲泣，自比孔子绝笔向麒麟。回望历史，苏武最终还是要返回汉廷，夏黄公怎么可能会为暴秦做事。你如汉代穆生因楚王筵席不设醴酒而辞官一样自重，况且是拒绝永王三次才不得不加入他的幕僚，何谈附逆？无辜被牵连而受到君主冷遇，你也曾像汉代邹阳那样上书朝廷为自己辩护伸冤，却没能如他那样沉冤得雪重见天日。已经不难看出当时是因为事理难以明断，才迫使你认罪伏法，那么，现在谁又能仗义执言将此事向朝廷陈述清楚呢？你已到垂暮之年，依旧能吟诗不辍，宛若秋月高悬，真心希望你早日康复，徜徉在江滨的暮色中继续多作好诗。不要责怪与皇上的恩泽隔绝，我一定要乘着木筏前去上书朝廷，并且设法探明事情的真相。

秋雨叹三首

【题解】

这是杜甫悲秋叹雨的一组组诗，共三首，作于唐玄宗天宝十三载（公元754年）。

那一年秋天，下了六十多天雨。据《唐书·韦见素传》："天宝十三年秋，霖雨六十余日，京师庐舍垣墙，颓毁殆尽，凡一十九坊汗潦。"因此，庄稼歉收，粮食匮乏，房屋毁坏，民不聊生。然而当朝宰相杨国忠却报喜不报忧，欺瞒皇上找来个别长得好的禾苗向唐玄宗报告说："雨虽多，不害稼也。"

这三首诗形象地描述了当时秋之萧瑟的情景。以"雨中百草秋烂死"抒发了心中悲秋之情；以雨灾后市井物价之疑问，抨击了民间疾苦无人知的社会"病秋之态"；又以惊叹秋之韶华易逝的感慨，来哀叹现实中自身命运之不甘，抒发了如此动荡萧煞的社会背景下，自己徒然白首却老无所成的遗憾，体现了诗人忧世情怀。

【原文】

其一

雨中百草秋烂死，阶下决明①颜色鲜。
著叶满枝翠羽盖②，开花无数黄金钱。
凉风萧萧吹汝急，恐汝后时难独立③。
堂上书生空白头，临风三嗅馨香泣④。

【注释】

①决明：夏初生苗，七月开黄花。可作药材，功能明目，故叫决明。
②著：附着。翠羽盖：翠绿的鸟羽制成的车盖。形容决明叶子颜色鲜艳

可爱。

③汝：指决明。后时：日后，指岁暮霜寒。此二句忧决明，也是自忧。

④"堂上"二句：因恐其难久，故特觉可惜。堂上书生：指代杜甫。杜甫身世，与决明有类似之处，故不禁为之伤心掉泪。

【译文】

数日来，潇潇秋雨连绵不断，各种草植以及农作物都已经连根烂掉了，可是，庭院台阶下面的决明子却长势良好，颜色鲜亮。

你看它们个个枝条都附满嫩绿的叶子，翠绿得就像用鸟儿新长出来的羽毛制成的车盖，鲜亮可爱，而且还盛开着无数的花朵，就像一枚枚黄金钱，闪闪发亮。

可是，毕竟这是秋天，转凉的天气里秋风愈加瑟瑟，尽管你现在匆匆地生长，而且还算茂盛，但恐怕你日后难以抵挡秋风的冷冽，还是要面临岁暮霜寒而凋谢，无法独自存活。

屋子里的书生我看着决明花开枉自忧愁，抚摸两鬓徒生的白发，不禁心生烦恼，站起身来迎风而立，闻了又闻那秋风吹送而来的阵阵花香，止不住落下了伤怀的泪水。

【原文】

其二

阑风长雨秋纷纷，四海八荒同一云①。
去马来牛不复辨，浊泾清渭何当分②？
禾头生耳黍穗黑，农夫田妇无消息③。
城中斗米换衾裯，相许宁论两相值④？

【注释】

①阑风长雨：连绵不断的风雨。一作"阑风伏雨"，一作"东风细雨"。四海：一作"万里"。

②"去马"二句：因久雨，故百川皆盈，致牛马难辨，泾渭莫分。《庄子·秋水篇》："秋水时至，百川灌河，两涘渚涯之间，不辨牛马。"分：分辨。

③禾头：一作"木头"。田妇：一作"田父"。意为老农。《朝野佥载》："俚谚曰：秋雨甲子，禾头生耳。"是说芽蘖蜷卷如耳形。黍不耐雨，故穗黑将烂。按《资治通鉴》卷二百一十七："天宝十三载八月，上（唐玄宗）忧雨伤

稼，杨国忠取禾之善者献之，曰：雨虽多，不害稼也。上以为然。扶风太守房琯，言所部灾情，国忠使御史推之。是岁，天下无敢言灾者。"无消息：灾情严重，而无人敢言，故杜甫有"无消息"之叹。

④换衾裯：一作"抱衾裯"。衾裯：丝绸被子。宁论：不论，不管。直：通"值"。按《唐书·玄宗纪》："是秋霖雨，物价暴贵，人多乏食，令出太仓米一百万石，开十场，贱糶以济贫民。"据杜此诗，则所谓"贱糶"，并未解决问题。贪吏舞弊，奸商居奇，人民无奈，只要"相许"，也就不计衾裯和斗米的价值是否相等了。

【译文】

入秋以来，连绵不断的风雨接连而至，如昏昏之咒无限弥漫开去，花草树木纷纷凋落，农作物基本无一存活，举目四望，四面八方荒芜一片，整个大地都蛰伏在一片乌云之下。

由于秋雨持续下个不停，致使百川皆盈，沧海桑田都浑浊不清，马去或是牛来都无法辨清道路，雨水造成的浑沌世界，到底是泾河水浊，还是渭河水清冽，现在如何才能分辨得清？

因为黍不耐雨，所以黍穗已经变黑即将面临溃烂，大雨之中，那些禾叶纷纷卷起，如耳之形，似乎在倾听世上的呜咽而无奈之声。农夫农妇的悲苦叹息被冷雨隐没雨中，灾情如此严重，只因有人一句"雨虽多，不害稼"却无人再敢直言发声。

农家没有粮食可吃，只得织锦做成一床丝绸被子到城中换取一斗食粮，怎奈贪吏舞弊，奸商为了获取暴利从中做手脚，为了能有饭吃，贫民被迫相互"认可"，也就不计较衾裯和斗米的价值是否相等了。

【原文】

其三

长安布衣谁比数？反锁衡门守环堵①。
老夫不出长蓬蒿，稚子无忧走风雨②。
雨声飕飕催早寒，胡雁③翅湿高飞难。
秋来未曾见白日，泥污后土何时干④？

【注释】

①布衣：平民。亦杜甫自谓。谁比数：和谁相提并论。是说人们瞧不起，不肯关心我的死活。衡门：以横木作门，指陋室。环堵：环视四堵墙。

②走风雨：在风雨中走动。此句形容稚子无知的场景，大人正以风雨为忧，小孩则反以风雨为乐。

③胡雁：北方的雁。

④未曾：一作"未省"。宋玉《九辩》："皇天淫溢而秋霖兮，后土何时而得干？"后土：大地。一作"厚土"。

【译文】

长安不过是我的客居之地，身为贫苦平民的我又能与谁相提并论呢？潇潇冷雨之时，只能将陋室的横木门反锁，静静地独坐在那里环视四堵墙壁，愁闷不已。

年老的人在这大雨连天之时无法走出屋去，心里像野外风雨中生长的飞蓬蒿草那样，刻意求静却不能，倒是很羡慕那些风雨中无忧无虑奔跑嬉戏的小孩子们，但不知如此单纯的孩子未来能承受多重的阴霾风雨。

忽然间，窗外传来的雨声一阵紧似一阵，随着飕飕刮起的秋风催促，寒冷早早就到来了，北方的大雁想要南飞，可眼下被这秋雨打湿了双翅，恐怕想要振翅高飞云天也很困难。

秋雨连绵不断地倾泻下来，终日里看不见青天露出太阳，如此没有阳光普照的日子，大地之上的泥污和厚土，要等到什么时候才能干燥如初呢？

成都府

【题解】

这首诗是杜甫由同谷赴西川途中所写的十二首纪行组诗的末篇。唐肃宗乾元二年（公元759年）十二月一日，诗人举家从同谷出发，艰苦跋涉，终于在年底到达成都，有感而发，写下此篇。

诗中真实地描绘了初到成都时的喜悦心情，全诗写喜，并不欣喜若狂；诉悲，也不泣血迸空，在舒缓平和之中娓娓道来，寓含着一股喜忧交错的复杂情感。因此说，抒情的深婉含蓄是这首诗独具的特点，虽然表面上是纪行写景，但平和的外表下激荡着强烈的感情波澜。全诗以古朴浑成，明白如话的手笔，抒发了自己历尽艰辛，终于找到了一块富庶繁华的栖身之地，那种新天地即将带来新希望的欣慰之情，以及忧虑国家和人民命运的忧郁情怀。

【原文】

翳翳桑榆日，照我征衣裳①。

我行山川异，忽在天一方。

但逢新人民，未卜见故乡②。

大江东流去，游子日月长③。

曾城填华屋，季冬树木苍④。

喧然名都会，吹箫间笙簧⑤。

信美无与适，侧身望川梁⑥。

鸟雀夜各归，中原杳茫茫⑦。

初月出不高，众星尚争光⑧。

自古有羁旅，我何苦哀伤⑨。

【注释】

①翳（yì）翳：晦暗不明貌。桑榆：日落时光照桑榆树端，此指日暮。《太平御览》卷三引《淮南子》："日西垂，景在树端，谓之桑榆。"征衣裳：此指旅人之衣。

②但：只。新人民：新地方初睹之人。未卜：没有占卜，引申为不知，难料。

③大江：指岷江。东流去：一作"从东来"。游子：离家远游的人。日月：时间。一作"去日"。

④曾（céng）城：即重城。成都有大城、少城，故云。填：布满。华屋：华美的屋宇。季冬：冬季的最后一个月，农历十二月。苍：深青色，深绿色。

⑤喧然：热闹，喧哗。名都会：著名的城市。此指成都。间（jiàn）：夹杂。一作"奏"。笙簧：乐器，指笙。簧：笙中之簧片。

⑥信：确实。此处有"虽"字义。无与适：无处可称心。川梁：桥梁。南朝梁江淹《灯夜和殷长史》诗："冰鳞不能起，水鸟望川梁。"

⑦"鸟雀"二句：以鸟雀犹知归巢，反衬此刻中原辽远之归思。

⑧初月：新月。争光：与之比试光辉。《淮南子·说山训》："日出星不见，不能与之争光也。"

⑨羁旅：指客居异乡的人。《周礼·地官·遗人》："野鄙之委积，以待羁

旅。"郑玄注："羁旅，过行寄止者。

【译文】

　　来到成都，已是日落黄昏时分，看远山，暮色苍茫，夕阳的余辉笼罩在我风尘仆仆的身上。我一路历尽艰辛，走过风景各异的高山与川流，现在想来，转瞬间那一切都已经是在天的另一方。

　　只是这一路上，不断地转换新地方，遇到的只是一些陌生的人们，归路遥遥，不知何时才能再见到我的故乡。看那浩浩荡荡的江水奔腾不息地向东流去，一眼望不到尽头，如此茫茫，恐怕这离家远游的人，客居异乡的岁月会更长。

　　重城的街道两旁布满华丽的楼宇，一派繁荣富庶的景象，虽然已经是寒冬腊月，可那些树木依旧是郁郁苍苍。真是一处人声鼎沸的著名都市啊，笙箫和鸣，歌舞升平的热闹场景，简直让人心驰神往。

　　然而，成都再好，毕竟是他乡，我确实无法适应这华美的都市生活，满怀忧郁地侧身遥望家乡方向的河川和山梁。夜幕降临，鸟雀们都尚且知道各自归巢，而茫茫中原，战火纷飞又关山阻隔，我的归期是多么的遥远渺茫。

　　仰望天空，一轮新月寂寂地斜挂在天边，暂时还没有升高，此刻，满天的繁星闪烁，尚且还能与月儿争夺辉光，只怕是月儿高悬之时便无法显现光芒。自古以来就有客居他乡的人，我又何必因为漂泊异乡而愁苦，在这里独自哀愁悲伤。

戏题王宰画山水图歌

【题解】

　　杜甫定居成都期间，结识了四川著名山水画家王宰，应王宰之邀约于上元元年（公元760年）作了这首题画诗。

　　这首歌行体诗，写得生动活泼，挥洒自如。首先诗人赞美了大画家王宰一丝不苟、精工细作的创作态度，继而由衷地赞叹了他的画作构图巧妙、蔚为壮观，无不给人以雄奇壮美的感受以及可与古人相媲美的艺术魅力。通过作者含蓄简练的神来之笔，一气呵成，仿佛为后人再现了这幅气势恢宏的山水图，将诗情与画意，两者结合得天衣无缝，给人一种诗亦是画，画就是诗的美妙之感。

【原文】

十日画一水，五日画一石。

能事不受相促迫，王宰始肯留真迹①。

壮哉昆仑方壶图②，挂君高堂之素壁。

巴陵③洞庭日本东，赤岸④水与银河通，中有云气随飞龙。

舟人渔子入浦溆，山木尽亚洪涛风⑤。

尤工远势⑥古莫比，咫尺应须论万里⑦。

焉得并州⑧快剪刀，剪取吴淞半江水。

【注释】

①能事：十分擅长的事情。王宰：唐代画家，四川人，善画山水树石。

②昆仑：传说中西方神山。方壶：神话中东海仙山。这里泛指高山，并非实指。

③巴陵：郡名。唐天宝、至德年间改岳州为巴陵郡，治所在今湖南省岳阳市，地处洞庭湖东。

④赤岸：地名。这里并非实指，而是泛指江湖的岸。赤：一作"南"。

⑤浦溆（xù）：岸边。亚：通"压"，俯偃低垂。

⑥远势：指绘画中的平远、深远、高远的构图背景。

⑦咫尺：形容很小的范围内。论：一作"行"，一作"千"。

⑧并州：地名。唐朝时期的河东道，即今山西太原，当地制造的剪刀非常有名，有所谓"并州剪"。

【译文】

用了十天画完一条流水，再用五天画完一块山石。王宰擅长作山水画，但从来不愿受时间的催促逼迫而贸然动笔，每次都是经过长时间的酝酿以后，才从容不迫地开始挥毫泼墨、皴擦点染，将一幅幅真迹留于人间。

真是壮美啊！你看这幅《昆仑方壶图》，就端端正正地悬挂在他家高堂素白的墙壁上，只见那极西的昆仑与极东的方壶对举，由西至东，连绵不断，峰峦叠嶂，巍峨高耸，蔚为壮观。

目光下移，就能看到滔滔江水从洞庭湖西部向东部的巴陵涌去，源远流长，一直流向日本东面的大海，犹如一条银丝带，流经赤岸的水势浩大渺远，纵目望去，好似天水相接，仿佛与银河相通，画面上云雾迷漫，飘忽不定，云团翻涌，似乎有云龙飞舞。

在狂风激流中，渔人正急急驾船奋力向岸边驶去，山上的树木被狂风吹得倾斜下来，俯偃低垂向江涛风浪。

王宰的画犹以精工见长，在构图、布局、透视比例等卓然技法更是堪称天下第一，就算那远古画家也不能与之相比，他能在咫尺之中的画面上绘出万里江山的景象。就好像拿着并州的锋利剪刀，一把将吴淞江的江水剪来了一半。

短歌行赠王郎司直①

【题解】

短歌行属乐府旧题。歌行体有《短歌行》，也有《长歌行》。

公元 768 年（唐代宗大历三年）春，杜甫一家从夔州出三峡，到达江陵，沿江至江陵南寓居。暮春时遇王郎正要西入蜀中谋求出路，王郎向杜甫极言其怀才不遇之感，杜甫有意推荐，并作此诗以劝慰。

诗中运笔突兀横绝，跌宕悲凉。以劝慰起笔，承接赞美，有心推介却又无能为力的无奈，悲喜交加之中抒发了作者对时下社会黑暗，人才不得施展的悲愤，体现了深远的社会意义。这首诗在音节上很有特色。开头两个十一字句字数多而音节急促，五、十两句单句押韵，上半首五句一组平韵，下半首五句一组仄韵，节奏短促，在古诗中较少见，故而堪称杜甫独创之格，可见文采卓然。

【原文】

王郎酒酣拔剑斫地歌莫哀②！我能拔尔抑塞磊落之奇才③。

豫章翻风白日动④，鲸鱼跋浪沧溟开⑤。且脱佩剑休徘徊⑥。

西得诸侯棹锦水⑦，欲向何门趿珠履⑧？

仲宣楼头春色深，青眼高歌望吾子⑨。眼中之人吾老矣！

【注释】

①郎：对年轻男子称谓。司直：官称。

②斫（zhuó）：本义为大锄，引申为砍。斫地：砍地。莫哀：不要悲哀。

③拔：提拔，推举。抑塞：犹抑郁，郁闷，被压抑。磊落：形容胸怀坦荡。

④豫章：天下之名木，即樟木。翻风：风中摇动。

⑤跋浪：涉浪，乘浪。沧溟：海水弥漫的样子，这里指大海。

⑥且：暂且。脱：卸下，取下，这里是放下。休徘徊：这里指不要犹豫不定的意思。

⑦西得诸侯：即得到西蜀诸侯的遇合。棹（zhào）：摇船的工具。锦水：即锦江。

⑧跶（tā）：拖着鞋。珠履：缀有明珠的鞋子。

⑨青眼：魏国诗人阮籍能作青、白眼，青眼对人表示好感，白眼对人表示蔑视。吾子：指王司直。

【译文】

王司直你虽然在江陵不得志，你可以趁着酒兴正浓，拔剑起舞来发泄心中的愤慨，但我还是要劝慰你千万不要悲哀！如果有机会，我可以把你这个被压抑的胸怀坦荡的奇才引荐给西蜀的地方长官。

那高大的名木樟树在风中摇摆，白天的太阳都会被惊动，巨大的鲸鱼在苍茫的大海里乘浪穿行，汹涌的波涛也会被它迎面劈开。我劝你暂且放下手中发泄愤懑之剑，不要犹豫不定。以你的才华，大可得到西蜀各位诸侯的遇合，如同华丽的船桨得以划向锦江之水，到那时，你就可以穿上缀有明珠的鞋子，一展英姿，但不知你此去要投奔哪一位诸侯呢？

送你送到仲宣楼，举目四望已经是春末，我满是钦佩的目光看向你，希望你入川以后能够得以重用。在此我要放声对你高歌，王郎啊王郎，你正当年富力强，大可一展宏图，而你所看到的我却已衰老无用了。

送高三十五书记

【题解】

高三十五，即诗人高适。《通鉴》在天宝六载（公元 747 年）十月，按高适有《同吕判官从哥舒大夫破洪济城回登积石军多福七级浮图》诗，说明高适

237

实参加了哥舒翰领兵与吐蕃交战的战役。今又当麦熟，自应休兵息民，加以防守。《送高三十五书记十五韵》作于天宝十一载（公元752年）。当时高适任河西节度使哥舒翰掌书记（唐代元帅府及节度使僚属皆有掌书记的官），哥舒翰于天宝十一载（公元752年）曾入朝，高适随他一同到长安，与杜甫暂时相聚，不久后便辞别而去，故而杜甫作此诗赠别高适。

全诗分三段。首四句写边疆戍防之事，是送别高适的本旨。"饥鹰未饱肉"以下写高适的为人，有宽慰，有忠告。后五句"常恨结欢浅"以下写离别之情，感人肺腑，回味绵长。

【原文】

崆峒①小麦熟，且愿休王师。请公问主将，焉用穷荒为②？
饥鹰③未饱肉，侧翅随人飞。高生跨鞍马，有似幽并儿④。
脱身簿尉中，始与捶楚辞。借问今何官？触热向武威⑤？
答云一书记，所愧国士知。人实不易知，更须慎其仪。
十年出幕府，自可持军麾⑥。此行既特达⑦，足以慰所思。
男儿功名遂，亦在老大时。常恨结欢浅，各在天一涯。
又如参与商⑧，惨惨中肠悲。惊风吹鸿鹄，不得相追随。
黄尘翳沙漠，念子何当归⑨。边城有馀力，早寄从军诗⑩。

【注释】

①"崆峒"二句：是说今又当麦熟，自应休兵息民，加意防守。崆峒（kōng tóng）：山名，在临洮，隶属河西。

②公：指高适。主将：指哥舒翰。穷荒：贫瘠边远之地。公元747年（天宝六载），翰攻吐蕃石堡城，士卒死者数万。

③饥鹰：比喻高适。《唐书·高适传》："适少濩落，不事生业，家贫，客于梁宋，以求丐取给。"

④幽：幽州河北之地。并：并州，山西之地，俗善骑射，多健儿。高适本是"大笑向文士"的诗人，二语能写出他的豪迈性格。

⑤触热：冒着炎热。武威：郡名。

⑥这两句是鼓励。高适志在封侯，常说"公侯皆战争"，但现在还是一书记，所以杜甫对他说，只要你在军府中熬上个十年八载，自然可以作主将了。军麾：用作指挥的军旗。一作"旌麾"。

⑦特达：犹特出，这里有前途远大之意。自此以下写自己对高的友谊和惜别之情。浅：短浅。刚见面又要分开，故曰结欢浅。

⑧参与商：指参、商二个星宿，一出一没永不相见，是说分手后难得见面。

⑨此二句是说高适很难回来。翳：蔽。何当：何时。

⑩"边城"二句：因为挂念，又因为杜甫很爱高适的诗，所以这样希望他早日寄诗回来。

【译文】

崆峒县的小麦又到了成熟的季节，我姑且希望朝廷的军队休兵息战，以保护收成。请你替我询问统军主帅哥舒翰将军，哪里用得着为一个贫瘠的荒远之地兴师动众去打仗呢？

你就像那饥饿的苍鹰未能吃饱肉食一样，侧斜着双翅随着猎人飞腾。高生你身跨鞍马纵横驰骋，就好像河北和山西两地善于骑射的健儿，豪迈英勇。你心地善良，曾为担任县尉之时征收百姓各种税赋而心碎，如今从簿尉的苦差中解脱出来，总算告别了鞭挞黎庶的营生。请问你如今做了什么官，为什么冒着炙热的天气向武威郡行进呢？你回答说只是做了一名军中的书记官，所感到惭愧的是哥舒翰将军待你如知己一般宽仁。

人生在世，的确是不容易遇到相知之人，因此就更应该谨慎小心彼此的仪态举动。我深知你志在封侯，现在虽然只是一名军中书记，待到十年八载后从幕府出来，自然就可以成为手握挥使兵士军旗的将军。这次西行已经看出你的前途光明远大，足可以慰藉你的平生所想。男子汉能够得以成就功名，遂心所愿，也常常是在四五十岁这个年龄的时候。

我常恨与你结交太晚，而欢聚的时间也太过于短暂，如今又要分别天各一方。你我恐怕又要像参星与商星那样难得相见了，一想到那般惨惨戚戚的境况，我的心中就无限悲伤。

天气转凉，急风吹送鸿鹄远行，可我却不能追随你同去河西。听说河西边塞时常是黄色的尘沙漫天，遮蔽了大漠，这一别，我想念你啊，不知你何时才能回归。盼望你在边城有闲余的精力的时候，请早些将你从军生活状况写成诗篇寄给我，以免去我对你的挂念。

百忧集行

【题解】

这首七言古诗作于唐肃宗上元二年（公元761年）。当时，杜甫栖居成都草堂，生活极其穷困，只有充当幕府，仰人鼻息，勉强度日。

诗中以描绘自己的生活片段为主。首先回忆年少之时，无忧无虑，体魄健壮，朝气蓬勃。然而笔锋一转，诗人将自己的童心少年和自己的痴儿作了对比，不禁令人心酸。没有了年少时的无忧无虑，如今不但要面对自己苍老贫困，还要煎熬儿子的饥饿难忍，啼叫怒索。在诗人笔下，不仅如实地表现了自己的凄凉处境，而且逼真地写出了老妻、痴儿的表情、姿态，极富人情味，在诗中化为一股股情感之流，回旋激荡，同时也在悲愤呼号时下社会给人们带来的悲苦。

【原文】

忆年十五心尚孩①，健如黄犊走复来②。

庭前八月梨枣熟，一日上树能千回。

即今倏忽已五十，坐卧只多少行立③。

强将笑语供主人④，悲见生涯百忧集。

入门依旧四壁空⑤，老妻睹我颜色同⑥。

痴儿不知父子礼，叫怒索饭啼门东⑦。

【注释】

①心尚孩：心智还未成熟，还像一个小孩子。杜甫十四五岁时已被当时文豪比作班固、扬雄。

②健：健壮。犊：小牛。

③少行立：走和站的时候少，意思是说身体衰老了。

④强将笑语：犹强为笑语。杜甫异乡寄居，故有此说不出的苦处。主人：泛指所有曾向之求援的人。

⑤依旧：依然。此句意思尽管百般将就，却仍然得不到人家的援助，穷得

只有四壁。

　　⑥睎：看着。此句是说老妻看见我这样愁眉不展也同样面有忧色。

　　⑦门东：古时庖厨之门在东。这二句写出小儿的稚气，也写出了杜甫的慈祥和悲哀。他自己早说过："所愧为人父，无食致夭折。"（《自京赴奉先县咏怀五百字》）但也正是这种生活体验，使杜甫对人民能具有深刻的了解和同情。

【译文】

　　回忆起我在十五六岁年少之时，怀着一颗天真的童心，整日里无忧无虑，体魄健壮得像一头初生的牛犊，跑来跑去，真是朝气蓬勃。每当八月秋天来临，庭院里的梨和枣成熟之时，我就会频频上树摘取，一天至少千回也不知乏累。

　　到如今，转瞬间已经五十岁了，现在明显的年老力衰，行动不便，因此坐卧的时候就很多而行走站立的时候很少。我一生不甘俯首低眉谄媚，可如今临到老来却落得个栖居他人檐下，勉作笑语，迎奉求助之人，每当想到走过来的悲苦半生，禁不住百感交集，忧伤满怀。

　　每天走进家门，映入眼帘的依旧是四壁空空，无有余粮，可谓一贫如洗，老妻忧郁地看着我，相对无言，脸上露出跟我一样的愁倦之色。只有痴儿幼稚无知，不懂父子之间的礼数，更不知父母的愁苦，每到饥肠辘辘之时，他就对着东边的厨门，大声啼哭，怒号叫嚷着要饭吃。

白丝行

【题解】

　　这首诗约作于唐玄宗天宝十一二载（753—754 年）间，诗人客居京师时所作，故末有忍羁旅之说（此当依照梁氏编次）。

　　此章可分两段，各八句。上段，有踵事增华之意。下段，有厌旧喜新之感。蝶趁舞容，鹂应歌声，落絮游丝乘风日而缀衣前，比兴人情趋附者多，最终还难免落得个被弃置的下场。

　　此诗咏白丝，有墨子悲素丝之意。借缲丝而托兴，正意在篇末。诗人咏白丝，实则是在感慨自己：既要有所作为，又要在乱世污浊之中保持自己纯洁的品质。

【原文】

缫丝①须长不须白，越罗蜀锦金粟尺②。

象床玉手乱殷红③，万草千花动凝碧④。

已悲素质随时染⑤，裂下鸣机色相射⑥。

美人细意熨贴平，裁缝灭尽针线迹。

春天衣着为君舞，蛱蝶飞来黄鹂语。

落絮游丝亦有情，随风照日宜⑦轻举。

香汗轻尘污颜色⑧，开新合故置何⑨许。

君不见才士汲引难，恐惧弃捐忍羁旅⑩。

【注释】

①缫丝：把蚕茧浸在热水里抽出茧丝。

②越罗：江浙一带的绫罗。蜀锦：蜀地的锦缎。金粟尺：尺子上标示刻度的部位是镶金制成的。比喻富贵人家。

③象床：即织机。象：全诗校，一作"牙"。玉手：指织女。乱殷红：谓经纬错综。

④动凝碧：光彩闪烁的样子。

⑤"已悲"句：染：一作"改"。引据《墨子·所染》中子墨子言，见染丝者而叹曰："染于苍则苍，染于黄则黄，所入者变，其色亦变。五入必（毕）则，已为五色矣。故染不可不慎也。"

⑥色相射：各色互映。

⑦宜：全诗校，一作"疑"。

⑧轻：一作"清"。污颜色：一作"污不著"；一作"似颜色"；一作"似微污"。

⑨何：一作"相"。

⑩才：一作"志"。羁旅：寄居异乡很长一段时间。这里指人生之旅。

【译文】

蚕农把蚕茧浸在热水里抽出茧丝的时候，总是希望尽量能抽出更长的丝来，而不在意它有多么白净，江浙一带的绫罗和蜀地的锦缎都是用镶有金粟的尺子来称量，可见何等金贵。络丝之后，织女们把茧丝经纬错综地缠绕在织机上，使用各种各样花草制成的各色染料，将它染成光彩闪烁的美丽颜色。

这时，虽然原本素白洁净的质地已经被恣意染色而令人悲伤，但当它从织机上被剪下的时候，你就会禁不住为它那五颜六色的华美而大为赞叹。织女们细致耐心地将它熨得服贴平整，待到裁缝用它来缝制衣裙的时候，将针线的痕迹都小心翼翼地掩盖起来。

春光明媚的时候穿着这样的衣裙为心上人翩翩起舞，曼妙的舞姿能引来蝴蝶也跟着一起飞舞，黄鹂鸟唱着快乐的歌为你伴奏，就连飘落的柳絮和随风飘扬的柳枝似乎也满含柔情蜜意。蚕丝的衣裙质地轻柔，衣袖轻而易举地就会随风扬起，在阳光的照耀下分外美丽。

然而，香汗淋漓和些许尘灰都能污染它的美丽色彩，衣服打开来刚刚穿的时候还是新的，而脱下来的时候已成了旧装，不知道应该把它放在什么地方才适宜。其实有这样的烦恼也不足为奇，难道你没看见，那些有才华的人士要想被赏识援引有多么困难，即使被起用了，又害怕哪一天会被弃置流放，这样的赏识对他们来说也是忍尽痛苦和煎熬的人生之旅。

夏日李公见访①

【题解】

此诗当作于天宝十三载（公元754年）夏，那时杜甫居住在长安附近的杜城。夏日里的一天，友人李炎来访时写下此诗。

这首诗是杜甫写景中的佳作。诗中描写的是盛夏里的农家风光，以及贫居状况，但有好友来访，不乏给农舍里畅饮增添了色彩。

全诗层次鲜明，结构严谨，更为惊奇的是此诗部分所写只见顿挫而不见沉郁。诗中"远林"与下文"僻近"相互呼应，说明此处远离闹市，幽远深静，不失人间好去处。最后四句点明因为村野僻远，没有什么好东西可以拿来款待客人，只好将村野美好的景色充作留客之物，从而显示了杜甫的淳朴、豪爽的性格。

【原文】

远林暑气薄，公子过我游②。

贫居类村坞，僻近城南楼③。

旁舍颇淳朴，所须亦易求。

隔屋唤西家，借问有酒否？

墙头过浊醪，展席俯长流④。

清风左右至，客意已惊秋。

巢多众鸟喧，叶密鸣蝉稠⑤。

苦遭此物聒，孰谓吾庐幽⑥？

水花晚色净，庶足充淹留⑦。

预恐樽中尽，更起为君谋⑧。

【注释】

①李公：即李炎，时为太子家令。

②远林：即远郊的林子。薄：稀薄，指远林暑气稀薄，可以避暑。过：拜访，探问。

③村坞（wù）：村庄。村外筑土形成的小土堡叫做"坞"。僻近：靠近。

④浊醪（láo）：浊酒。展席：摆设酒菜。

⑤喧（xuān）：声音杂乱。稠：众多。

⑥此物：指蝉。聒（guō）：吵闹。孰：谁。

⑦水花：莲花。淹留：长期逗留。

⑧樽（zūn）：酒杯。谋：谋求，寻找。

【译文】

我居住的地方在郊野林间，所以即便是炎夏，也会感觉暑气轻薄，于是李公子前来我家访游。我这贫寒的居室跟村庄里的农家房舍类似，不算偏僻，很幽静地靠近杜城的南城楼。

我的邻居十分淳朴，日常所缺之物也容易向他们求助。今日突来贵客，我隔着墙壁轻声呼唤西边的邻居："请问你家里现在有没有酒？"

邻居应声，随后就从墙头递过一坛浊酒，于是，我转身回屋为客人摆上酒菜就开始俯身起杯，畅饮不休。清凉的山风从左右两侧徐徐吹进屋里，客人面露惊讶不已的神色，以为到了初秋。

不过感到抱歉的是，林间、檐下的鸟巢太多，群鸟儿的叫声显得有些喧闹，院中的树叶又太过于浓密，使得蝉多，嘶鸣声音太稠。遭遇这么嘈杂的吵闹声一定使你很苦恼，唉，谁说我远居山林，这茅屋就能静爽清幽？

幸而院中池塘里盛开的莲花，在夜色里犹显得格外清丽明净，希望凭着这点景致足以让你能够长期逗留。恐怕这坛中酒快要喝尽了，但我们还没有尽兴，离城路远，请允许我起身再去邻家为你寻求。

别赞上人

【题解】

这首诗是杜甫于唐肃宗乾元二年（公元 759 年）冬在秦州所作。赞上人，即赞公和尚。当年，杜甫在天水西枝村想与赞上人共同寻置一处向阳暖和的地方搭建草堂毗邻而居，然而理想与现实难于一致，由于种种原因，杜甫在西枝村与赞公和尚作邻卜居的愿望不但未能实现，就连客居秦州也无法继续下去了。到了年底，杜甫决定离开秦州前去同谷。临别前杜甫写了这首诗书留给赞公和尚。

诗中抒写了自己面对漂泊不定生活的惆怅，对献身佛门的赞上人无辜受到迫害鸣不平，同时表露出一种钦佩以及此生不能与赞上人卜邻的惋惜与忧伤之情。

【原文】

百川日东流，客去亦不息。
我生苦飘荡①，何时有终极。
赞公释门老，放逐来上国②。
还为世尘婴③，颜带憔悴色。
杨枝晨在手，豆子雨已熟④。

是身如浮云，安可限南北？

异县逢旧友，初忻写胸臆⑤。

天长关塞寒，岁暮饥冻逼⑥。

野风吹征衣，欲别向曛黑⑦。

马嘶思故枥⑧，归鸟尽敛翼。

古来聚散地，宿昔⑨长荆棘。

相看俱衰年，出处各努力。

【注释】

①苦：全诗校：一作"若"。

②释门：佛门。放逐：谓赞公从京城长安被放逐到秦州。

③世尘：佛家称世俗的事务为世尘。婴：羁绊，束缚。

④"杨枝"二句：喻赞公禅行已成。《华严疏钞》："譬如春月，下诸豆子，得暖气色，寻便出土。"雨：全诗校：一作"两"。

⑤友：全诗校，一作"交"。初忻：初逢时的惊喜。忻：同"欣"。胸臆：心怀。

⑥关塞：指秦州。寒：全诗校：一作"远"。冻：全诗校：一作"寒"。

⑦征衣：旅人远行穿的衣服。曛黑：黄昏时。曛：全诗校：一作"昏"。

⑧嘶：全诗校：一作"鸣"。枥：马槽。

⑨宿昔：早晚，表示时间很短。

【译文】

千百条川流每天都一刻不停地向东流去，客居他乡的人幽然离去也从来都没有停息过。我这一生困顿无依，总是过着漂泊不定的生活，想起来就倍感惆怅，真的不知道什么时候才能有固定的居所，结束流离。

赞公现在已是皈依佛门的长老，其实他原本是朝廷官员，是从京城长安被放逐到秦州这里的。他虽然身在佛门，却还是被世俗的事务羁绊，所以，看上去他的脸上依旧带有很多憔悴的面色。

赞上人就像晨曦中拿在手里的杨柳枝条，又像是春月里豆子般的雨水，唤起了大地的暖色。他的禅行已成身体如浮云一样，可以自由自在地游弋，怎么可能限制他走遍大江南北？

真的没想到，在这异县他乡能够与老朋友相逢，难以抑制初逢时彼此心中的欣喜，高兴之余不禁写下诗篇，直抒胸臆。漫漫长天，这秦州之地天气寒冷，尤其是这临近年末，更是粮食饥馑，天寒地冻，生活苦逼。

天地空旷，四野的寒风吹撩着旅人身上的单衣，彼此就要挥手辞别，向着黄昏的暮色中走去。即将远行的马儿仰头向着天空阵阵嘶鸣，那是在思念故乡的槽枥，归巢的鸟儿也都收敛了翅膀，安静地栖息。

自古以来聚散难以料定，或许注定离居两地，荒芜的山野早晚都要长满荆棘。现在看看我们两个，都已经到了老迈体衰的年纪，还望今后的人生道路上出入平安，多多保重身体。

缚鸡行

【题解】

此诗大约是大历元年（公元 766 年）于西阁所作。诗人生活在唐王朝由盛而衰之际，至玄肃两代的宫廷政变，再到大小军阀割据。他逃难栖身四川，数经战乱，历尽沧桑，诗人自不免鄙视这人世间的作为，而以鸡虫为喻，创作了这首诗。

当时，天下战乱已久，国家和人民都陷于苦难中，一时还无法摆脱困境。杜甫虽有匡时济世之志，怎奈已经年老力衰，但诗中仍然表现了作者对时局的深切关心，流露了对国家、人民的忧虑，在计无所出的情况下，无可奈何的苦闷心情。

此诗语言别致的风格，体现了杜甫千锤百炼而严整精工，诗中采用散文化的句法，显得平易顺当，如同当面交谈，亲切动人。

【原文】

小奴缚鸡向市卖，鸡被缚急相喧争①。
家中厌鸡食虫蚁②，不知鸡卖还遭烹。
虫鸡于人何厚薄，我斥奴人解其缚③。
鸡虫得失无了时④，注目寒江倚山阁⑤。

【注释】

①喧争：吵闹争夺。

②食虫蚁：指鸡飞走树间啄食虫蚁。

③斥：斥责。解其缚：解开绳子；松绑。

④得失：得到与失去。无了时：没有结束的时候。

⑤山阁：建在山中的亭阁。

家中的小仆人用绳子把鸡绑缚好，正准备上集市上去卖，而鸡被捆绑急了，在那里边喧叫边挣扎个不停，似乎在向绑它的人提出抗议。

我上前去一询问，原来是家里人厌恶这鸡飞到树间啄食虫蚁，有伤生灵，所以要卖掉它，可是家人就没想想，这鸡卖出去同样也是难逃被人宰烹的厄运。

只知道对昆虫施以厚恩，却对鸡如此刻薄而不顾它的死活，人何必要厚此薄彼，我责备那个小仆人不该这么做，命令他赶快解开捆绑鸡的绳子。

可是转念又一想，给鸡松绑了，那么虫蚁又要遭受被吃掉的灾难了，唉！这鸡与虫的得失，还真是没有了结的万全之策，于是，我只好倚靠着楼阁，注视着寒冷的江波正浩浩东去，一时间思潮难平。

春归

【题解】

唐代宗宝应元年（公元 762 年）七月，严武还朝，杜甫自成都送到绵州分手。接着徐知道在成都作乱，杜甫只好避往梓州。次年八月，杜甫知道房琯死于阆州僧舍，又赴阆州凭吊，以后便漂泊于阆州、梓州两地。直到唐代宗广德二年（公元 764 年）二月，严武再为成都尹兼剑南节度使。三月，杜甫得知这个消息以后，由阆州又返回成都草堂，便写了此诗。

诗中描绘了杜甫饱经忧患，倍尝困顿的历程，反映出他由于深感踪迹无常，漂泊不定之苦而产生了自伤自解，随遇而安的豁达思想。

【原文】

苔径临江竹，茅檐覆地花①。

别来频甲子，倏忽又春华②。

倚杖看孤石③，倾壶就浅沙④。

远鸥浮水静，轻燕受风斜。

世路虽多梗⑤，吾生亦有涯⑥。

此身醒复醉，乘兴⑦即为家。

【注释】

①苔径：长满青苔的小路。 临：挨近，靠近。覆：遮盖。

②频甲子：一年分为六个甲子，此大约三年之意。频：多次。倏忽：一作"归到"。由公元762年离成都，至公元764年2月闻严武再为成都尹兼剑南节度使，8月杜甫又返成都草堂，前后共三年。这里所说的"归到"，是指严武再镇成都后重返草堂的时间。春华：即春花。

③倚仗看孤石：晋谢安所居的地方，有一石柱，谢安常倚仗相对。杜甫在这句诗里说的即指此。

④倾壶：指斟酒。 沙：浣花溪有沙。

⑤梗：阻塞。

⑥涯：穷尽。公元764年，杜甫已五十三岁。

⑦乘兴：兴会所至的意思。

【译文】

长满青苔的小路边，靠近江边的地方仍旧是修竹成林，茅檐下的花木，依然是遍地开放，浓荫覆地。算一算，离开草堂已经三年了，转眼间，归来时正是春花正茂的时候。

晋代的谢安常常倚杖门扉久久凝视居所旁那根独立的石柱，我在浣花溪浅沙滩地倾壶独酌。美慕那远处闲静地浮游于水面上的沙鸥，还有那在微风暖阳里斜飞的燕子。

我今日虽然又回到了草堂，但现在蜀中多乱，世道艰难，路途多梗阻，而

我年纪这么大了，生命也终会有尽头之日。来日既有限，何不愁中取乐，醒后有酒再饮个醉，兴之所至便是家了。

玉华宫

【题解】

此诗作于唐肃宗至德二载（公元757年）闰八月。安史之乱使国家破败不堪，人民灾难深重。杜甫政治上受到打击，内心凄凉。他自长安回陕北鄜州探视妻子，路过残破的玉华宫，触景生情，写下了这首诗。

玉华宫在今陕西省宜君县西北，贞观二十一年（公元647年）所建，到杜甫路过之时，已废为玉华寺。但此诗却题为玉华宫，体现了诗人在兵荒马乱，国家衰微之时，对贞观之治的无限缅怀，通过反衬昔盛今衰，巧妙地将人生无常的感想也暗寓其中，为后文作了巧妙的铺垫，抚今追昔，感叹人与物的幻灭无常。

这首诗不仅在结构上显得跳跃而富于变化，同时在音韵上也很有特色。以短促的仄声韵一韵到底，使音律显得急促有力，给人一种奇崛的美感。

【原文】

溪回松风长①，苍鼠窜古瓦。

不知何王殿，遗构绝壁下②。

阴房鬼火青，坏道哀湍泻③。

万籁真笙竽，秋色正萧洒④。

美人为黄土，况乃粉黛假⑤。

当时侍金舆，故物独石马⑥。

忧来藉草坐，浩歌泪盈把⑦。

冉冉征途间，谁是长年者⑧？

【注释】

①回：一作"迴"。松风：松林之风。南朝宋颜延之《拜陵庙作》诗："松风遵路急，山烟冒垄生。"

②遗构：前代留下的建筑物。绝壁：陡峭的山壁。

③阴房：阴凉的房室。仇兆鳌注："《寰宇记》：废玉华宫，在坊州宜君县西四十里，贞观十七年置。正殿覆瓦，馀皆葺茅。当时以为清凉胜于九成宫。陆机《登台赋》：步阴房而夏凉。"鬼火：磷火。迷信者以为是幽灵之火，故称。坏道：毁坏的道路。湍（tuān）泻：湍急的流水泻下。

④万籁（lài）：各种声响。籁：从孔穴中发出的声音。笙（shēng）竽（yú）：两种乐器名。一作"竽瑟"。色：一作"气"，一作"光"。正：一作"极"。萧洒：即潇洒，清丽；爽朗。

⑤况乃：何况；况且。粉黛：敷面的白粉和画眉的黛墨，均为化妆用品。

⑥金舆（yú）：帝王乘坐的车轿。故物：旧物；前人遗物。石马：石雕的马。古时多列于帝王及贵官墓前。

⑦藉（jiè）：凭借，依靠。浩歌：放声高歌，大声歌唱。盈把：满把。把，一手握取的数量。

⑧冉冉：渐进貌。形容时光渐渐流逝。长年者：长寿的人。

【译文】

玉华宫前有一条溪流迂回流转，从松林之中传来久而不绝的簌簌风声，抬头望去，发现有老鼠在古老的瓦檐上无所顾忌地自由窜跳。一片荒凉景象，这座前代留下的建筑物就构建在陡峭的山壁之下，但不知道是哪个君王修建的殿宇，想必当年也曾辉煌一时。然而现在，只感觉到阴冷的房屋里有青色的鬼火跳跃，不禁悚然，再看那毁坏了的道路残破不堪，更是令人哀怜，好在还有湍急的流水倾泻而下，相依相伴。大自然里的各种声响真真切切地交织在一起，就像笙和竽吹奏而出的悠扬乐声，使萧瑟的秋天里，还能展现出清丽爽朗。

然而，昔日玉华宫里的美人们娇美的身姿都已成了今日黄土，更何况是涂在脸上的脂粉和画眉的黛墨呢？想当年侍奉在皇帝车轿左右的旧物，也唯独剩下这永不腐烂的石马了。面对此情此景，心里感到无比忧愁，倚坐在草地上，不禁放声高歌，凄凉的眼泪

落了满满一大把。可这漫漫的人生征途中，谁又能活到一大把岁数而成为长生不老的人呢？

送孔巢父谢病归游江东兼呈李白①

【题解】

这首诗约在唐玄宗 742 年至 756 年之间的春天，杜甫在京师所作。

诗中描写了孔巢父执意离开长安，蔡侯为之设宴饯行，杜甫在宴上赋此诗以表达依依不舍之情，并在诗中赞扬了孔巢父的高风亮节。

全诗结构严密，句式富于变化，意蕴悠长。正如谢榛所说："拙句不失大体，巧句不害正气，铺叙意不可尽，力不可竭，贵有变化之妙。"孔巢父此去，意在求仙访道，故诗中多缥缈恍惚语，有浓厚的浪漫主义色彩。但也可以看出杜甫作品早期所受屈原之作影响的痕迹。

【原文】

巢父掉头不肯住②，东将入海随烟雾。

诗卷长留天地间，钓竿欲拂珊瑚树③。

深山大泽龙蛇远，春寒野阴风景暮④。

蓬莱织女回云车，指点虚无是归路⑤。

自是君身有仙骨，世人那得知其故。

惜君只欲苦死留，富贵何如草头露⑥？

蔡侯静者意有余，清夜置酒临前除⑦。

罢琴惆怅月照席，几岁寄我空中书⑧？

南寻禹穴见李白，道甫问讯⑨今何如？

【注释】

①孔巢父：《旧唐书》有传。他早年和李白等六人隐居山东徂徕山，号"竹溪六逸"。谢病：是托病弃官，不一定是真病。李白这时正在浙东，诗中又怀念到他，故题用"兼呈"。

②"巢父"句：这句写巢父无心功名富贵，有心归隐。掉头：犹摇头，即掉头不顾，去意坚决。"不肯住"要和下文"苦死留"对看。朋友们要他留在

长安，他总是摇头。

③珊瑚树：生于热带深海中，原由珊瑚虫集结而成，前人不知，见其形如小树，因此误以为植物。

④"深山"二句：写东游的境界。上句，字面上用《左传》"深山大泽，实生龙蛇"，但含有比意。巢父的遁世高蹈，有似于远处深山大泽的龙蛇。下句兼点明送别是在春天。

⑤"蓬莱"二句：写出了东游时的遭遇，是幻境。蓬莱：传说中的三仙山之一，在东海中。织女：星名，这里泛指仙子。虚无：即虚无缥缈的仙境。归路：犹归宿，此指成仙之路。

⑥"惜君"二句：这是一个转折语。代巢父点醒世人，也可看作转述巢父本人的话。草头露：是说容易消灭。苦死留：唐时方言，犹今言拼命留，苦苦相留。

⑦"蔡侯"二句：侯：是尊称。静者：恬静的人，谓不热衷富贵，淡泊寡欲之人。写蔡侯饯行，别人要留，他却欢送，其意更深，所以说"意有馀"。除：台阶。

⑧罢琴：弹完了琴。酒阑琴罢，就要分别，故不免"惆怅"。空中书：泛指仙人寄来的信。把孔巢父看作神仙，故称为空中书。几岁：几年。在此二字很幽默，意思是说不知你何岁何年才成得个神仙。

⑨"南寻"二句：这两句是要巢父见到李白时代为问好。禹穴：会稽（今浙江绍兴县）的禹穴。那时李白正在那里。甫：杜甫自称。问讯：此词汉代已有，唐代诗文中尤多含问好之意。

【译文】

孔巢父无心功名富贵，有心归隐而去，所以摇头表示执意不肯留住长安，决心要东经会稽而去东海学道，伴随云霞仙雾安度余生。将自己写下的所有诗卷永远留存于天地之间，放竿垂钓于江海，将去轻拂深海之中的珊瑚树。

你就像隐居远处深山大泽的龙蛇般遁世高蹈，无拘无束，你要远行的这一刻，时值春寒冷峭，野外阴风四起，天色已近日暮。那蓬莱仙境的仙女们正驾着回转天宫的云车而来，为你所指点虚无缥缈的仙境，正是你未来羽化成仙的归隐之处。这自然是因为你本身生来就具有仙风道骨，世俗之人哪里会知道你离开长安，选择归隐的真正缘故。

大家怜惜巢父你的遭遇，只想苦苦相留劝你等待时机，而你淡然处之，只说所谓荣华富贵难道不像是挂在草尖上的露珠？蔡侯是个淡薄名利的人，但对友人却是无比的义重情深，趁着良宵佳夜，在临近台阶的庭前摆酒为你饯行。助兴的琴声停奏之时，不免离情的惆怅顿生，如同这当空的冷月清辉笼罩残席，不知你何年何月才能从仙界寄书信给我？你此番南下去寻找禹穴，如果见到李白，就说我杜甫在此问候他，代我问问他现在过得怎样，在学道方面有何收获？

渼陂行

【题解】

此诗作于天宝十三载（公元754年）。黄鹤注：此天宝十三载，未授官时作。渼陂，原名五味陂，源出终南山，环抱山麓，故址在今陕西户县西南，是唐时游览胜地，这首诗就是杜甫与岑参兄弟同游渼陂时所作。

诗中开篇对渼陂景色的描写，暗示自己向往已久的心情，然而真正游览之时不料风云突变，渼陂顿时波涛万顷，天地暗淡，本来极高的兴致一下子变成了忧思，点明了惊险的感受；忽而风平浪静，众多游船歌声四起，如梦如幻，使游人沉浸其间，驰动神奇的联想，赞颂了渼陂景致的曼妙。全诗充满了浓厚的浪漫主义气息和独特的联想，体现了杜甫诗艺术创造的多样性和独到之处。

【原文】

岑参兄弟皆好奇，携我远来游渼陂①。
天地黤惨忽异色，波涛万顷堆琉璃②。
琉璃汗漫泛舟入，事殊兴极忧思集③。
鼋作鲸吞不复知④，恶风白浪何嗟及！
主人锦帆相为开，舟子喜甚无氛埃⑤。
凫鹥散乱棹讴发，丝管啁啾空翠来⑥。
沈竿续缦深莫测，菱叶荷花净如拭⑦。
宛在中流渤澥清，下归无极终南黑。
半陂以南纯浸山，动影袅窕冲融间⑧。

船舷暝戛云际寺，水面月出蓝田关。

此时骊龙亦吐珠，冯夷击鼓群龙趋⑨。

湘妃汉女出歌舞，金枝翠旗光有无。

咫尺但愁雷雨至，苍茫不晓神灵意⑩。

少壮几时奈老何，向来哀乐何其多！

【注释】

①岑参：与杜甫是好友，并且是同时期的著名诗人。好奇：此指喜欢奇特之景。渼陂（měi bēi）：水名，在长安东南方向。

②黤（yǎn）惨：天色昏暗的样子。琉璃：比喻水很明澈。

③汗漫：漫无边际的样子。事殊：经历特殊。忧思集：很担心遇到风险。

④鼍（tuó）：一种爬行动物，形体像鳄鱼，又名猪婆龙。不复知：不能预料。

⑤主人：指岑参。氛埃：雾气。

⑥凫（fú）：野鸭。鹥（yī）：水鸥。棹讴：船歌。啁啾：此指乐器的美妙声音。空翠：湛蓝的天空。

⑦沈竿续缦：将鱼竿沉入水中，再接续上缆绳以测水的深浅。沈：同"沉"。 净如拭：洁净得像擦拭过一样。渤澥（xiè）：海洋的别支，通常指渤海，这里指渼陂。

⑧纯：皆，都是。袅窕：摇摆不定的样子。

⑨骊龙：黑龙。传说骊龙颌下有宝珠，这里比喻船上灯火遥映。冯夷击鼓：比喻船上鼓乐齐鸣。冯（píng）夷：传说中的水神。又称"冰夷"。

⑩愁：担心，忧虑。苍茫：旷远迷茫的样子。

【译文】

岑参兄弟和我都喜欢寻幽探奇，游览胜景，于是他们就相约一起到偏远的渼陂去游览一番。

我们刚到这里不久，忽然间天地昏暗，眼前呈现出了奇异的颜色，原本平静的水面，万里波涛汹涌而起，掀起的浪涛清澈闪亮，如同堆起的琉璃宝石山。远远望去，明澈的波涛漫无边际，我们乘着小船驶进水波之中，继续前行，经历刚才这一场惊心动魄的特别时刻，对于喜欢探险之人，自然是兴致高昂，但也不免忧思凝集，担心途中遇到更大的风险。比如说，如果凶恶的猪婆龙突然冲出水面，像大鲸鱼那样张开大嘴连人带船一起吞掉，这样的事件真的难以预料，况且万一险恶的大风发起怒来，掀起巨大的白浪，那后果不堪设想，到那时，恐怕不论如何叹悔也来不及了。

然而，主人倒是很镇定，他指使大家将锦制的船帆相继打开。还好，风浪过后，是船夫特别喜欢的那种风平浪静而又没有尘雾的天气，船夫挥动船桨，行船时歌声齐发，惊起一群野鸭和水鸥分散在半空中，杂乱欢快地飞舞。这时，游船之上，管弦乐器和鸣的美妙音律此起彼伏，仿佛是从湛蓝的天空里传来。此时，如果将竹竿探入水中或是再接续上缆绳以测水的深浅，恐怕也难以测出这碧水的幽深，再看那浮在水面上的菱叶与盛开的荷花，洁净得都好像刚刚擦试过一样。

我们的游船驶到湖心，只见水流坦荡，仿佛到了空旷清澈的渤海，低头向下俯视，水深得看不到底部，只有终南山峰那黑黝黝的倒影映在碧波荡漾的水中。从渼陂中流的南半部开始几乎全都浸满了终南山的倒影，那山影轻轻地摇动，如同袅娜窈窕少女的舞姿，交融在澄澈的碧水之中。

黄昏时分，船舷与篙橹摩擦的声音飘过天际山的大定寺的上空，一轮明月悄悄地从渼陂水面上升起，照亮了夜幕下的蓝田关。这时候行驶在水面上游船的灯火与岸上的灯火遥映，也像是骊龙吐珠一样，游船上的乐声悠扬远播，如同水神冯夷击打乐鼓，美妙异常，众家游船在管弦乐声中竞渡，犹如群龙趋逐一般。

游船上的歌女宛若湘江汉水的女神翩翩而来，为人们载歌载舞，她们华丽的裙袂，就像是黄金色的花枝，又像是翠羽绣制的旌旗，耀眼的光芒在月光里飘忽不定，时隐时现。片刻之后，只看到云气低沉，于是担心雷雨咫尺之间就会到来，如此旷远苍茫之中，真不知道神灵那令人捉

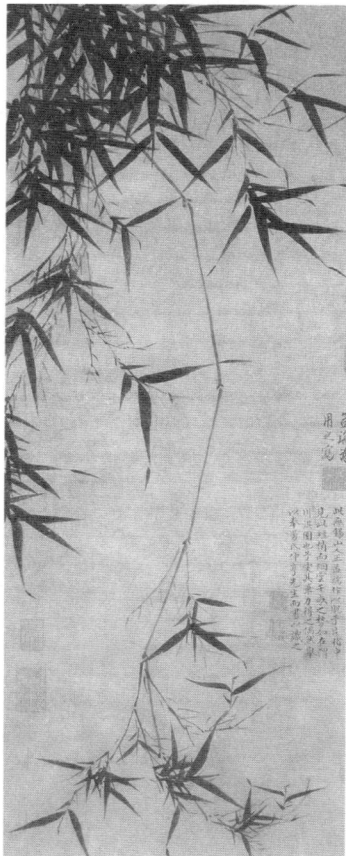

摸不定的心思是什么。

唉！人生一世年轻力壮的时候能有多久，谁又能阻止得了衰老将至呢？自古以来，人生的悲哀与欢乐交相更替，又变幻无常，是何等之多啊！

陪李北海宴历下亭

【题解】

天宝四载（公元 745 年），杜甫到临邑看望其弟杜颖，途经济南，适逢北海郡太守李邕在济南，一起游宴于历下亭。李北海，即李邕。唐代著名的文学家和书法家。时为北海太守，世称李北海，比杜甫年龄大三十四岁。属忘年之交，杜甫能陪李邕宴游历下亭，感到快意当前，但又不知何时能再与李邕前辈共游同乐，因而无限留恋，伤重游之无期，慨叹人生之别易见难。此情此景岂能无诗，此诗便是杜甫即席所赋。

全诗辞真意切，情感深挚，行文虽短，但不乏千古名句为后人所赏誉，流传至今。

【原文】

东藩驻皂盖①，北渚凌清河②。
海右此亭古③，济南名士多。
云山已发兴④，玉佩仍当歌⑤。
修竹不受暑，交流空涌波⑥。
蕴真惬所遇⑦，落日将如何？
贵贱俱物役⑧，从公难重过⑨！

【注释】

①东藩：即李北海，均指李邕。北海在京师之东，故称东藩。司马相如《上林赋》："齐列为东藩"。皂盖：青色车盖。汉时太守皆用皂盖。

②北渚：指历下亭北边水中的小块陆地。清河：大清河，又名济水，原在齐州（济南）之北，后被黄河夺其河路。

③海右：古时正向为南，因海在东，陆地在西，故称陆地为"海右"。一作"海内"。

④云山已发兴（xìng）：云山：指远处的云影山色。发兴：催发作诗的兴致。

⑤玉佩：唐时宴会有女乐，此处指唱歌侑酒的歌妓。当：应当。语本曹操诗："对酒当歌。"有人解作应当或读作去声。

⑥修竹：修长的竹子。交流：两河交汇。《东征赋》：望河济之交流。《三齐记》：历水出历祠下，众源竟发，与泺水同入鹊山湖。所谓交流也。

⑦蕴真：蕴含着真正的乐趣。是说此亭蕴含真趣（自然美），故得以一游为快。惬：称心，满意。

⑧贵：尊贵，指李邕。贱：低贱，杜甫自谦之称。俱：都。物役：为外物所役使。

⑨公：指李邕。难重过：难以再有同您一起重游的机会。

【译文】

李公在历下亭贵为驻城太守，出入乘坐的都是带有青色车盖的车驾，我由北渚出发，乘船经过清河前去历下亭拜访。

历下亭是在海之右的齐地最古老的亭榭，济南也是名士贤才辈出的地方，因而，这里可以说是远近驰名。

历下亭远处的云影山色，溟濛磅礴，已然足以令人生发诗兴、忍不住吟咏，再加上行舟之上有女乐歌舞陪饮，更是令人不由自主地对酒高歌。亭边不远处那一片修长的竹林丝毫不受暑热天气的影响，飒飒凉风透着清爽无比，致使两河交汇的水流也徒然奔涌着凉爽的清波。

这里的景物处处蕴含真趣，令人无比惬意，心旷神怡，感念能有如此胜景可遇，只可惜红日西沉，宴会将散，那将是多么无可奈何？贵者如李公您，微贱者如我，但都难免于被事物役使，今日难得闲暇，自此与李公别过之后，恐怕难以再有同您一起重游的机会了。

阆水歌

【题解】

阆水，又名阆中水，即嘉陵江。杜甫在广德元载（公元763年）秋第一次到阆州，是为好友房琯奔丧，当年冬末，返梓州。广德二载（公元 764 年）春初（即农历的正月至三月），杜甫第二次到阆中，是应王刺史之邀，一住近三月。其间，他参与了唐代阆中在清明节前后十日祭祖祭亡友的扫墓活动。因感慨万端，写下了这篇著名之作。

全诗运用了现实主义手法描述了嘉陵江水的自然景物，展现了阆中城独特的风景，同时也抒发了作者对阆水的喜爱之情，属于寄情于景的抒情表现手法。杜甫在阆中的时间虽然不长，创作的诗篇却不少。这首《阆水歌》专咏阆水之胜，它与《阆山歌》一起成为杜甫在这一时期的代表作。

【原文】

嘉陵江①色何所似？石黛碧玉相因依②。
正怜日破浪花出，更复春从沙际③归。
巴童荡桨欹侧过④，水鸡⑤衔鱼来去飞。
阆中胜事可肠断⑥，阆州城南天下稀⑦!

【注释】

①嘉陵江：长江上游支流。在中国四川省东部，发源于秦岭，重庆市注入长江。

②"石黛"句：形容江色之清绿。石黛：即石墨。青黑色，诗词中多称"青黛"。古时妇女用为画眉墨。相因依：犹相融和。因兼有黛碧二色。

③沙际：临近沙滩的岸边。岸草先绿，故春似从沙际而归。

④巴童：巴地儿童。欹（qī）：倾斜。

⑤水鸡：水鸟名。

⑥胜事：美景。这里指山水之美。可肠断：极言其美之可爱。

⑦"阆州"句：阆州城南三里有锦屏山。错绣如锦屏，号为天下第一。

【译文】

滔滔嘉陵江水的颜色与什么相似呢？依我看，仿佛就是青黑色石黛与碧玉相融和而成，水浅之处呈现淡青色，而水深之处如同画眉的黛墨一般展现出幽黑的碧色。

我正在爱怜地欣赏着红日冉冉冲破海面的壮美，一阵阵浪花涌来，水面上的日影便也随波荡漾开来，再看那岸草率先绿了，仿佛回返归来的春色从临近沙滩的岸边匍匐而来。

此时，正有一只小船从我们的侧面经过，荡着桨划船的是一个巴地的孩童，广阔的嘉陵江面之上，随时可以看到滑翔的水鸟衔着小鱼，自由地飞来飞去。

这些时日里，阆中有关诸如女娲补天因炼石而仙逝，或是清明节祭祖祭亡友的庄严盛事，不禁令人慨然肠断，但一看到阆州城南三里外锦屏山错绣如锦屏的景致，你一定会惊呼，如此独特的山水之美，还真是天下稀有啊！

阆山歌

【题解】

广德元年（公元 763 年）秋天，寓居在梓州的杜甫突然得知挚友房琯客死阆中古城的噩耗，便星夜兼程赶赴阆中去吊唁，期间被阆中的山光水色所迷恋。故而，广德二载（公元 764 年）春，第二次从梓州到阆中，但心境反差很大，所写的诗自然也就风格各异。他第一次到阆中所写的 20 多首诗歌，无论是山水诗、送别诗，还是遣怀诗，字里行间都浸润着深深的忧国忧民之情；而第二次杜甫在攀登城南锦屏山时，天高心远，喜游揽胜之情浓重，便写下了这首《阆山歌》。

诗中赞美了阆州城东城北有独特高峻的诸山护城，气势可与嵩山华山匹敌，松浮欲尽，而锦屏灵秀吸引了自己这样的贤才雅士结庐而居，运用前呼后应的诗歌结构，烘托出清明时节祭祀文化的隆重以及动乱年代自己的忧思之情。

【原文】

阆州城东灵山白，阆州城北玉台碧①。
松浮欲尽不尽云②，江动将崩未崩石③。
那知根无鬼神会？已觉气与嵩华敌④。
中原格斗且未归⑤，应结茅斋著青壁⑥。

【注释】

①“阆州”二句：点出阆州名山及其方位。灵山在阆州城东北十里，传说蜀王鳖灵登此山，因名灵山。灵山白：因公元 764 年清明节，阆中人在被唐

玄宗赐为"仙穴山"的灵山祭神祭祖，漫山白花白幡。玉台山在阆州城北七里，上有玉台观，唐滕王（李元婴）所造。玉台碧：清明时节阆中人在"天帝高居"的玉台山上挂满了青绿色的纱幔祭祖祭天，故而一片碧绿。灵山：一作"雪山"。玉台：一作"玉壶"。

②"松浮"句：写山上。欲尽不尽云：即所谓薄云。松浮：指松枝在摇动。

③"江动"句：写山脚，将崩未崩石：欲掉落而没掉落的巨石，即危石。江动：指江水在涌动。未：一作"已"。

④那知：即安知。气：气象。嵩华：中岳嵩山与西岳华山。敌：匹敌。灵山、玉台的巍峨高峻完全可与嵩、华二山匹敌。

⑤中原：地区名。泛指整个黄河流域，狭义指今河南一带。此指前者。格斗：指安史之乱。

⑥"应结"句：一作"应著茅斋向青壁"。茅斋：即现存于世的曾由阆中后人建在古城内的"杜甫草堂"。著：一作"看"。青壁：即石崖。青表其色，壁显其峭。

【译文】

因为阆州城东北十里的灵山被唐玄宗皇帝赐为"仙穴山"，正值清明时节，阆山人都来到这座山上祭神祭祖，故而漫山都是白花和白幡，整座山都呈现出一片白色，而与此同时，阆州城北的玉台山上，人们挂满了绿色的纱幔也进行了祭祖祭天大典，所以看上去竟是一片碧绿。

春风乍起，松枝随风摇动，挂在松树上的白幡如浮云一样被吹得四处飘散，但在清明为期十天的日子里，陆续有前来拜祭的人将新幡和青纱挂上，如同飘散不尽的薄云在浮动。如此盛大持久的祭祀活动是官民共同参与，络绎不绝的来往船致使江水涌动不绝，水上陆地那震耳欲聋的鼓乐齐鸣，震得山体之上的巨石欲落未落，不禁惊叹，好一番险而惊绝的奇景。

虽然这里人以唐代最隆重的仪式祭拜祖先神灵，可哪里知道，当地的子孙后代却从来没有跟祖先或与神灵相会呢？虽然世上没有鬼神与人能真正相会，但这里的祭拜盛况可与嵩山、华山的清明活动相匹敌。

中原地区的战争还没结束，安史之乱给社会带来的动荡也尚未平息，即使不能回归故里祭祖，我也应当按照清明节的习俗，在阆州城建个茅屋，将青纱挂在墙壁之上，与阆州乃至整个中原人民同思同忧。

负薪行

【题解】

唐代宗大历元年（公元766年）暮春，杜甫游云安（今重庆市云阳县）到夔州（治今重庆市奉节县），这首诗大概是杜甫到夔州后不久所作。杜甫在夔州看到下层劳动人民的困苦生活和土风民俗，感慨万千，写下了姊妹篇《负薪行》和《最能行》。

这是一首风土诗。诗中描绘了由于战乱，男丁稀少，许多妇女四五十岁尚未嫁人，无奈之中抱恨终生；由于土风贱女贵男，妇女们要外出谋生挣钱，负薪换钱成为生活手段，而且除了负薪赶集还得贩盐谋利，一个个因困苦而容颜苍老。抒发了诗人对离乱的时世和鄙陋土风的抨击以及对艰难生活造成了负薪女的悲剧命运予以的同情之心。

【原文】

夔州处女发半华①，四十五十无夫家。
更遭丧乱嫁不售②，一生抱恨长咨嗟。
土风坐男使女立③，男当门户女出入④。
十犹八九负薪归，卖薪得钱应供给⑤。
至老双鬟只垂颈，野花山叶银钗并⑥。
筋力登危集市门，死生射利兼盐井⑦。
面妆首饰杂啼痕，地褊衣寒困石根⑧。
若道巫山女粗丑，何得此有昭君村⑨？

【注释】

①半华：斑白。四十五十：是说有的四十岁，有的五十岁。

②嫁不售：即嫁不出去。

③土风：当地风俗习惯。坐男使女立：重男轻女，故男坐女立。此以下四句是统说一般妇女们，不专指未嫁的老处女。

④男当门户：一作"应门当户"。男：一作"应"。当门户：当家做主人。

出入：指妇女出入操劳做事情。

⑤十犹八九：即十有八九。应供给：供给一家生活及缴纳苛捐杂税。

⑥"至老"二句：因未嫁，故犹结双鬟，这是处女的标志。因穷，故野花山叶与银钗并插。

⑦登危：登高山去打柴。集市门：入集市卖柴。射利：挣钱，谋利。兼盐井：负薪之外，又负盐贩卖。唐代官方卖盐，私自贩卖要受惩罚，故而称死生射利。

⑧啼痕：泪痕。地褊：地方狭小，意为山多耕地少。石根：山根。

⑨"若道"二句：这两句是为夔州女子鸣不平的话。是说她们的丑，乃由于生活的折磨，并非由于什么地理环境，故抬出离此地不远的昭君村作证。

【译文】

初到夔州城这个地方，觉得很奇怪，看到一些梳着处女发型的女子们头发已经花白，原来是四五十岁了，还没有找到可以出嫁的夫家。遭遇这连年战乱的年代，男丁都被征去戍边打仗，就更是难以嫁出去了，只能是终生心存怨恨，深深地惆怅哀叹了。

况且，当地自古就流传下来了男尊女卑的风俗，男人坐着的时候，女人只能在一旁侍候站立，如此都是男人当家作主撑立门户，而都是让女人里里外外地操劳做事。十个女人当中，基本上能有八九个都要出去砍柴，再自己背回来，到集市上卖掉薪柴换来一些钱，然后拿去交纳捐税。

就这样辛辛苦苦度日，直到年老的时候因为还没有出嫁，只能依然梳着两个垂颈的双鬟，由于没有钱买银钗，为了防止头发散落，只能采摘一些山花野草来代替。由于近处的柴草所剩无几，她们整日里必须劳筋费力地登上高山险岭才能砍到好一点的薪柴，然后还要赶到集市上去卖掉，这还不算完事，为了能够获得更大的利润，她们还要拿着卖完薪柴的钱，冒死前去盐井背回来私盐，偷偷贩卖。

即便是戴上首饰，脸上敷些脂粉化了妆，也能看到夹杂着的泪痕，那都是因为这个地方山多耕地少，贫困的人们缺衣少穿地住在山根底下艰难度日，又怎能展开笑颜。如果说临近巫峡的夔州待嫁女子因为相貌丑陋而嫁不出去，那么，离此地不远处的香溪，又怎么可能有因为美女王昭君而得名的昭君村呢？

悲青坂

【题解】

唐玄宗天宝十五载（公元756年）七月，皇太子李亨于灵武登基，改元为至德。十月，房琯自请为兵马大元帅，收复两京。肃宗同意并令兵部尚书王思礼为副元帅，与杨希文、李光进等大将，共五万人。南军自宜寿进攻，中军自武功进攻，北军自奉天进攻。房琯自督中军为前锋。十月，中军、北军与安禄山部将安守忠的部队在陈陶斜遭遇。房琯空有理论，效法古代战术，采用车战，被敌军放火焚烧，又受骑兵冲突，不战而溃。房琯本想暂时坚守壁垒，却被监军使宦官邢延恩敦促反攻。于是房琯又督率南军，与安守忠军战于青坂，再次兵败，几乎全军覆没。这时杜甫沦陷在长安城中，听到这一消息，便写了《悲陈陶》《悲青坂》两首诗。这两首诗所反映的都是这次唐军惨败的事实，诗的结尾句深刻地表现了诗人对战败官军思想感情的合乎逻辑的转变，以及军事上的寄望。

【原文】

我军青坂在东门①，天寒饮马太白窟②。
黄头奚儿③日向西，数骑弯弓敢驰突④。
山雪河冰野萧瑟⑤，青是烽烟⑥白人骨。
焉得附书⑦与我军，忍待明年莫仓卒⑧。

【注释】

①青坂：武功县地名。东门：是唐军驻军之地。

②太白：山名，在武功县，离长安二百里。这里泛指山地。饮（yìn）马：给马喝水。此句写出唐军住寒山，饮寒水，驻军条件艰苦，处于劣势。

③奚（xī）儿：指胡人。奚是东胡的一种。有一个名为室韦的部落，以黄布裹头，故称为"黄头奚"。《新唐书》卷二百十九："室韦，契丹别种。分部凡二十余：曰岭西部、山北部、黄头部，强部也。"又："奚，亦东胡种。元魏时，自号库真奚。至隋，始去库真，但曰奚。"《安禄山事迹》："禄山反，发同

罗、奚、契丹、室韦、曳落河（胡言壮士）之众，号父子军。"

④"数骑"句：写安史叛军得胜后的骄横。驰突：骑兵飞驰突破军营。形容骑兵勇猛无比。

⑤野萧瑟：指寒风凄厉。

⑥烽烟：烽火狼烟。古代军事上传送信号的方式。

⑦焉得附书：怎么能够得以捎带书信。

⑧忍：坚忍。仓卒（cù）：即仓猝。是说要作好准备，不要鲁莽急躁。《房琯传》说："琯与贼对垒，欲持重以伺之，为中使（宦官）邢延恩等督战，苍黄失据，遂及于败。"所以希望我方忍待。杜甫这时正陷安史叛军中，行动不自由，又找不到捎信的人，所以很焦急。

【译文】

我大唐军队驻扎在武功县东门外的青坂坡，正值冬季，天气严寒，兵士们驻扎在寒山之上，不敢轻举妄动，只能到太白山的泉窟中饮马。

可是，黄头的奚兵却依旧每天都在向西推进，步步紧逼，他们个个骁勇善战，就算只有寥寥几个骑兵来对阵，居然也敢手持弯弓乱箭齐发，飞驰着突击我大唐军营，一阵横杀竖砍。

隆冬时节，山上满是雪白的积雪，河水早已冻满厚厚的寒冰，再加上寒风凄厉，旷野里呈现出一片萧瑟残败的景象。抬眼望去，山峰之上滚滚升腾的青烟，是军士们点燃的报警求援的烽火狼烟，而那遍野惨白的物体，正是战死沙场的兵士们的枯骨。

此时的我正沦陷于安史叛军之中，行动不自由，万分焦急，怎么才能找到可以携带书信的人，将消息带给我大唐将士呢？信中主要是嘱咐他们暂时忍耐一下，等到明年再来反攻之时，千万不要仓猝应战，以免损失惨重。

客从

【题解】

此诗大约是唐代宗大历四年（公元769年）杜甫在长沙所作。唐玄宗天宝末年（公元755年）发生安史之乱。此后，唐帝国四分五裂，社会动乱不安。

诗人杜甫深受社会动乱之苦，所以那段时期的作品语意极为沉痛，也是对当时人吃人的社会现实的真实描述。大历三年（公元 768 年）诗人漂泊到湖南，亲眼看见统治阶级对劳动人民的残酷剥削，感到老百姓生活的艰辛和遭受的痛苦，有感而发写下这首诗篇。

这是一首寓言式的政治讽刺诗。杜甫巧妙地运用了传说中的"泉客"来象征被剥削的劳动人民，把泉客的"珠"比喻成劳苦人民的血汗，然而终了却化为乌有，准确点明本诗主旨，深刻地抨击了剥削制度，表达了对劳动人民的深切同情。

【原文】

客从南溟来①，遗我泉客珠②。

珠中有隐字，欲辨不成书③。

缄之箧笥久④，以俟公家须⑤。

开视化为血⑥，哀今征敛无⑦。

【注释】

①南溟：南海。

②遗：问遗，即赠送。泉客珠：指珍珠。泉客：即鲛人，也叫泉仙或渊客。传说中的人鱼，相传它们流出的眼泪能变为珍珠。

③"珠中"二句：有隐字：有一个隐约不清的字。因为隐约不清，所以辨认不出是什么字。佛教传说，有些珠子中隐隐有字。珠由泪点所成，故从珠上想出"有隐字"，这个字说穿了便是"泪"字。它是如此模糊，却又如此清晰。书：即文字。

④缄：封藏。箧笥（qiè sì）：指储藏物品的小竹箱。《礼记·内则》："男女不同椸枷，不敢县于夫之楎椸，不敢藏于夫之箧笥。"

⑤俟（sì）：等待。公家：官家。须：需要，即下所谓"征敛"。

⑥化为血：实是化为乌有，但说化为血，更能显示出人民遭受残酷剥削的惨痛。

⑦征敛：征缴，即征收赋税。《周礼·地官·里宰》："以待有司之政令，而徵敛其财赋。"

【译文】

有客人从南海地区来我家里拜访，送给我一颗珍珠，据说这是人鱼的眼泪经历千番磨砺而成，十分稀有。我小心翼翼地接过珍珠仔细端详，发现珍珠里隐隐约约有字，我努力想辨认出是什么，然而，却怎么看也不是成型的文字。

我想把这颗珍珠久久地封藏在储放物品的小竹箱里，以便等到官家来征收赋税时满足他们的需要。然而，过段时间打开箱子一看，珍珠早已化成了血水，令人悲哀的是，我现在再也没有什么东西，可以用来应付官家征缴的赋税了。

夏日叹

【题解】

这首诗是乾元二年（公元 759 年）夏天，杜甫在华州所作。那一年，关中大旱，造成严重灾荒，灾民流离失所。杜甫从洛阳回到华州以后，仍然时时忧虑动荡的局势和苦难的人民，但似乎对唐肃宗和朝廷中的权臣们已失去信心，悲愤之中写下了这首诗。

诗中的前半部分主要写旱灾时凄惨的景物以及百姓凄楚的流亡生活；后半部分写战乱带来的灾难以及安史之乱仍未平息的时局现状。在这种天灾人祸的现实中，诗人对案不能食之余今昔对比，并通过对贞观之治的追忆和赞扬，表达了心中对现实朝政的不满以及对天灾人祸无可奈何的感慨之情。

【原文】

夏日出东北，陵天经中街①。朱光彻厚地，郁蒸何由开②。
上苍久无雷，无乃号令乖③。雨降不濡物，良田起黄埃④。
飞鸟苦热死，池鱼涸其泥。万人尚流冗，举目唯蒿莱⑤。
至今大河北，化作虎与豺⑥。浩荡想幽蓟，王师安在哉⑦？
对食不能餐，我心殊未谐⑧。眇然贞观初，难与数子偕⑨。

【注释】

①陵天：升上天空。陵天经：一作"经天陵"。中街：古人指日行的轨道。此指太阳当顶直射。

②朱光：日光。彻厚地：晒透大地。郁蒸：闷热。开：散释，散开。

③上苍：苍天。乖：违背，反常。

267

④濡：湿润。黄埃：黄尘，说明天旱大地干燥。

⑤万人：百姓。流冗：流离失所，无家可归。唯蒿莱：田园荒芜景象。

⑥大河：黄河。化：一作"尽"。虎与豺：喻安史叛军。

⑦幽蓟（jì）：幽州（范阳郡）和蓟州（渔阳郡），安史叛军老巢。

⑧未谐：指心情不愉快，不安稳。

⑨眇（miǎo）然：遥想。贞观：唐太宗年号（公元627～649年），贞观之治为唐初盛世。数子：指贞观名臣长孙无忌、房玄龄、杜如晦、魏征等。偕：同，相同。

【译文】

到了夏季的时候，太阳从东北方升起，经由日行的轨道运行，中午时分便是太阳当空，直射在头顶。火辣辣的太阳能晒透厚厚的土地，简直是酷热难熬，可是没有什么法子能够散释开这蒸烤般的闷热。

上天已经好久没有打雷降雨，莫不是雷神和雨神在有意违背天公号令？到目前为止，即使降雨，也是小得无法滋润万物，致使所有良好的田地也都已经干燥得尘土飞扬了。

天空中的飞鸟因为熬不过酷热而死去了，池塘里的鱼儿，由于河水干涸而死在泥沙之中。尚且勉强活命的百姓，为了生存，只能流离失所，漂泊度日，举目四望，只有满眼的蒿草丛生，田园一片荒芜。

时至今日，黄河以北的大片地区都已经变成了安史叛军的营地。想当初叛军队伍浩浩荡荡想要攻打幽州和蓟州的时候，唐王朝的军队又在哪里呢？

我忧心如焚，面对食物却是吃不下，晚上睡也睡不安稳，我的心情极度不舒畅。遥想当年唐初太宗时期的贞观之治，是何等繁盛，而如今，再也没有能与贞观名臣长孙无忌、魏征等人相同的贤臣良相了。

大麦行

【题解】

唐玄宗天宝十四载（公元755年）安史之乱爆发以后，唐朝便由统一进入了分裂的时期。在这时期里，一些怀有野心的地方节度使开始拥兵自重，不仅逐渐形成封建割据势力，而且破坏了同边疆各少数民族的和睦关系。有些少数民族与唐王朝之间不断发生矛盾，向内地侵扰。唐肃宗宝应元年（762年），党项羌攻梁州，吐蕃攻陷成州、渭州等地，熟了的大麦却被羌胡乱军强抢收割，大唐士兵疲于奔命，不能予以救护，故而，杜甫深切同情之中写下此诗。表达了作者在乱世之中哀民生、忧边寇、伤兵疲、思念故乡的浓重情怀。

【原文】

大麦干枯小麦黄，妇女行泣夫走藏。

东至集壁西梁洋①，问谁腰镰胡与羌②。

岂无蜀兵三千人？部领辛苦江山长③！

安得如鸟有羽翅，托身④白云还故乡？

【注释】

①集壁梁洋：这是当时的四个州名。西：唐属山南西道。此句言羌胡之寇掠夺范围之广。

②腰镰：腰间插着镰刀，指收割。这一句中属于自问自答，上四字问，下三字作答。

③"岂无"二句：这两句是说道路悠长，疲于奔命，故不能及时救护。

④托身：寄身；安身。

【译文】

田地里的大麦叶子干枯，早就已经成熟，而且小麦也已经麦穗金黄，妇人边走边哭，田地里的麦子成熟却无人收割，只因连年战乱，丈夫只好逃跑，四处躲藏。

东到集、壁二州，西到梁、洋那两个州，如此广大的田野之中，试问是谁腰间插着镰刀，横冲直撞地冲到麦田里挥镰收割？原来那些抢收的贼子就是入侵大唐的胡人与羌族强盗！

难道说没有驻守蜀地的官兵吗？哪怕是三千人就足以能阻止羌胡贼寇来掠夺粮食，然而距离蜀地的道路悠长，战场之上，将士们疲于奔命保卫社稷江

山，真的很难及时前来救护啊！

战乱不知什么时候才能止息，怎样才能像鸟儿一样生有一双翅膀，寄身白云，然后振翅高飞返回日思夜想的家乡？

去矣行

【题解】

此诗约作于唐玄宗天宝十四载（公元755年），杜甫任右率府胄曹参军以后不久所作。

杜甫起初以为"率府且逍遥"，可谁知数次赋颂都得不到赏识与采用，所以深感才华很难在此得到施展，同时官场黑暗，他又看不惯趋炎附势的小人行径，觉得夹在诸多王侯之间做这等小官实在不是滋味，于是准备辞官而去，所以写下这首《去矣行》。

诗中一开始就以雄鹰自比，点明自己志在蓝天，继而揭露了官场趋炎附势、厚颜无耻的小人那种丑恶的嘴脸，表达了自己宁愿回归山野成为一块等待开采的蓝田玉，也不愿与龌龊之人同流合污的高尚品质。

【原文】

君不见韝上鹰①，一饱即飞掣②。

焉能作堂上燕③，衔泥附炎热。

野人旷荡无羶颜④，岂可久在王侯间？

未试囊中餐玉法，明朝且入蓝田山⑤。

【注释】

①韝（gōu）上鹰：杜甫多以鹰拟人或自拟，这里也是自比。韝：放鹰人所穿戴的臂衣。

②飞掣（chè）：飞去之意。

③堂上燕：堂前飞行的燕子。这里比喻小人。

④野人：此为作者自称。杜甫自称"少陵野老"。羶（miǎn）颜：羶：同"腼"，害羞，不好意思见生人。这里贬义，犹厚颜之意。此句实则讽刺官僚。

⑤"未试"二句：十分讨厌那班王侯，但不作这官儿，生活又成问题，所

以有一试"餐玉法"的无聊想法。《魏书》卷三十三："李预居长安，每羡古人餐玉之法，乃采访蓝田，躬往攻掘，得大小百馀，预乃椎七十枚为屑，日服食之。"蓝田山：山名，在长安东南三十里，出产玉。

【译文】

难道你没看见，站在放鹰人臂套上的雄鹰，一旦吃饱后就会迅速飞上广阔的蓝天，翱翔在云空之中为主人寻觅猎物。怎么可能甘愿作那厅堂前盘旋飞舞的小燕子，像它们那样只知道衔来草泥在人家屋檐下为自己筑巢取暖，而且还喜欢去依附趋炎那些拥有富丽堂皇房舍的权贵之家。

我这个人向来都是心胸开阔处事，坦坦荡荡为人，从来不愿与龌龊同流，况且天生就缺少一副厚脸皮，如此秉性之人，怎么可能会长久留在王侯权贵之中呢？

然而离开王侯官场，生活就会没有着落，听说古人有餐食美玉之法存活，我没有尝试过从盛物袋里取出美玉而服食的方法，待到明天，姑且也进入盛产美玉的蓝田山隐居下来，然后就可以每日里躬身采掘，餐餐服食。

遭田父泥饮美严中丞①

【题解】

此诗是杜甫于唐肃宗宝应元年（公元762年）在成都草堂所作。严武是杜甫的朋友严挺之的儿子。当时严武任成都尹兼御史中丞，在生活上对杜甫帮助很大，两个人的关系非常友好。

杜甫的这首诗不愧历代都有人赞赏，称得上是一首富有浓郁政治色彩和艺术独创的优秀诗篇。这首诗的主题思想很明确，词句精炼、明白晓畅，内容一望便知。诗中具体叙述了杜甫被一位农民盛情相邀饮酒的情景，通过农夫之口赞颂了严武政绩卓著以及在百姓中的极好口碑。诗中对老农的热情淳朴、豪迈正直写得十分生动，从而体现出杜甫对劳动人民的热爱以及劳动人民那种豪爽天真的优良品质，读来令人感动。

【原文】

步屧随春风②，村村自花柳。

田翁逼社日，邀我尝春酒。

酒酣夸新尹，畜眼未见有③。

回头指大男④："渠是弓弩手。

名在飞骑籍，长番岁时久。

前日放营农⑤，辛苦救衰朽。

差科死则已，誓不举家走。

今年大作社⑥，拾遗能往否？"

叫妇开大瓶⑦，盆中为吾取。

感此气扬扬，须知风化首。

语多虽杂乱⑧，说尹终在口。

朝来偶然出，自卯将及酉。

久客惜人情⑨，如何拒邻叟？

高声索果栗，欲起时被肘。

指挥过无礼⑩，未觉村野丑。

月出遮我留，仍嗔问升斗。

【注释】

①遭：指不期而遇。泥（nì）：缠着不放的意思。泥饮：缠着对方喝酒。严中丞：严武，时为成都尹兼御史中丞。美严中丞：赞美御史中丞严武。"美"作动词用。

②"步屧"以下四句：步屧（xiè）：行走，漫步。屧：即草鞋。花柳：花和柳。逼：逼近。社日：社日有春社和秋社之分。这里是春社，在春分前后。春酒：冬酿春熟之酒；亦称春酿秋冬始熟之酒。

③酒酣：有几分酒意。新尹：新上任的成都尹，指严武。畜（xù）眼：畜眼，犹老眼，是对自己眼睛的谦称。"畜"同"蓄"。

④"回头"以下四句：指大男：指着他的大儿子对杜甫说。渠：他。弓弩手：弓箭手。此句是说被征去当兵。《通典》卷一百四十八："中军四千人，内取献兵二千八百人。战兵内，弩手四百人，弓手四百人。"飞骑：军名，指骑兵。长番：唐代府兵制中，无更代的长期兵役。仇兆鳌注引张远之曰："旧兵一万五千，分为六番，以次更代。今日长番，长在籍，无更代也。"

⑤"前日放营农"以下四句：放营农：放归使之从事农耕生产。衰朽：即

272

衰老，田父自谓。差科：指一切徭役赋税。一作"差料"。举家：全家。汉焦赣《易林·乾之需》："目瞤足动，喜如其愿，举家蒙宠。"

⑥"今年大作社"以下二句：大作社：社日要大大地热闹一番。拾遗：指杜甫。杜甫曾任左拾遗。

⑦"叫妇开大瓶"以下四句：取（qiǔ）：取酒的意思，北方方言。风化首：意思是说为政的首要任务在于爱民。

⑧"语多"以下四句：杂乱：多而乱；无秩序、条理。《楚辞·远游》："骑胶葛以杂乱兮，斑漫衍而方行。"朝（zhāo）来：早晨。南朝宋刘义庆《世说新语·简傲》："西山朝来，致有爽气。"卯（mǎo）：地支的第四位，上午五点到七点为卯时。酉（yǒu）：地支的第十位，下午五点到七点为酉时。

⑨"久客"以下四句：久客：久居于外。惜：重视；珍重。邻叟：身边的老人。此指田父。肘：这里作动词用。时被肘：是说屡次要起身告辞，屡次被他以手掣肘（拖住或搂下）。《战国策·秦策四》："智伯出行水，韩康子御，魏桓子骖乘……魏桓子肘韩康子，康子履魏桓子，蹑其踵，肘、足接于车上，而智氏分矣！"后以"被肘"形容受到牵掣或暗示。

⑩"指挥"以下四句：指挥：此指田父指手画脚地挽留杜甫。村野：即乡野村夫，相当于现在说的"老粗"。遮：遮拦，就是拦住不让走。嗔（chēn）：嗔怪，就是生气。升斗：旧时容器。此处借指升斗盛酒。

【译文】

我闲暇无事，便穿戴妥当随着春风到郊外散步，正是春暖花开的季节，只见各个村庄都是片片红花绿柳。正闲游间，恰与田翁不期而遇，田翁热情地告诉我现已临近春社，所以邀请我去他家品尝冬酿春熟之酒。

所谓盛情难却，于是我便跟随他到家饮酒。酒过三巡，他略带几分醉意，不住地赞颂新上任的成都府尹严中丞，直说严武这样的好官，就他这双老眼还真是从没有见过。然后回头指着他的大儿子说："他原来是一个弓箭手，名字登记在飞骑兵的军籍上，按照大唐服兵役的制度，他要无更代地长期服兵役，在军队里的年月是最长久的。前几日严中丞下令放他回家务农，由他担当辛苦的劳作，这才解救了我这个辛辛苦苦大半辈子的老朽。如果官府繁重的差役赋税逼人致死也就罢了，否则我发誓绝不会带着全家远走他乡。对了，今年的社日，百姓们要大大地热闹一番，庆祝我们有这位勤政爱民的好官，不知拾遗您能否在这里留住一起去参加呢？"随后转身呼喊他的妻子，让她把大坛酒打开，倒入大盆之中，为我再次斟满美酒。

我被这种扬扬洒洒的意气深深感动，也从中懂得了从政的首要任务就是在于如何去爱民。

田翁说的话虽然过多，而且又显得有些杂乱无序，但是夸赞府尹严武的话却始终不离口。就这样，我是清晨出来闲游，偶然相遇来到他家，却从卯时开始喝，一直快喝到了酉时，还觉得没有尽兴，不肯罢休。

长久在人家做客应该重视主人的心情感受，于是我起身准备告辞，然而我又哪里抗拒得了身边田翁的执意挽留？只听他高声叫家人拿来上好的果栗摆在桌上，我屡次想起身告辞的时候，都被他拉住我的臂肘，强迫我重新坐下来。

看着他指手画脚地强留于我，并没觉得他过分或者没有礼法，也不觉得乡野村夫粗鄙呆丑。直到月亮都升起来了，他还一再遮拦将我挽留，甚至仍然假装生气地问我，喝酒就要喝个痛快，管它喝了几升几斗。

送韦讽①上阆州录事参军

【题解】

据诗中"十载供军食"句，此诗当作于唐代宗广德二年（公元764年），距天宝十四年（公元755年）安史之乱爆发刚好十年。诗人观察到百姓疾苦，产生了对祸国殃民者的强烈憎恨，于是写下了这首诗。

这是一首送别诗，描绘出一幅战争连绵未断、民生哀声遍野的景致，写出了国运艰难的现状。十年的战乱，惨重的徭役负担，逼得人民哀声遍野，但当时的战争也是一场捍卫统一的正义战争，因而对战争造成的疾苦，诗人未作更多的谴责。表现了诗人感时伤乱的愤慨以及忧国忧民的复杂心情。全诗言辞犀利，感情强烈，内容深刻，气度恢宏。

【原文】

国步犹艰难，兵革未休息②。

万方哀嗷嗷，十载供军食③。

庶官务割剥，不暇忧反侧④。

诛求何多门，贤者贵为德⑤。
韦生富春秋，洞彻有清识⑥。
操持纲纪地，喜见朱丝直⑦。
当令豪夺吏，自此无颜色⑧。
必若救疮痍，先应去蟊贼⑨！
挥泪临大江⑩，高天意凄恻。
行行树佳政，慰我深相忆。

【注释】

①韦讽：成都人。上：去，奔赴。唐人多是赴上连文，也可以单用。阆（làng）州：治所在今四川阆中。录事参军：官名，职责是掌管文书，督察治所，宣达教令，兼管狱讼捕亡等。

②国步：国运。兵革：指战争。休息：平息，停战。

③万方：全国各地。嗷嗷（áo）：哀鸣声。十载：自天宝十四载安禄山造反至广德二年为十载。供军食：供给军队的粮食费用。

④庶（shù）官：众官。指一般下级官吏。他们缺乏远见，不知剥削过甚，民心不安，就要引起大乱。务：专心致力。割剥（bō）：宰割剥夺。不暇（xiá）：没有工夫。反侧：指民心不安。

⑤诛求：指横征暴敛。多门：名目繁多。贵为德：重视实行德政。

⑥富春秋：年岁还多，即年少、年富力强。洞彻：洞悉透彻，通达事理之意。清识：清明的见识。

⑦操持：掌握、管理。纲纪：指法制伦常。喜见：操持纲纪，纠正贪污之风，正需要正直的人，故曰喜见。朱丝：染成朱红色的琴瑟弦，这里喻指正直无私。

⑧当令：当使。豪夺吏：巧取豪夺的贪官污吏。无颜色：脸面。意谓使污吏害怕，不敢恣意侵渔百姓。

⑨必若：若要；如果一定要。疮（chuāng）痍（yí）：创伤，比喻战争后民生凄惨。蟊（máo）贼：指危害国家和人民的人。《诗经》："去其螟螣，及其蟊贼。"注："食根曰蟊，食节曰贼。"

⑩"挥泪"二句：大江：指岷（mín）江。高天：上天。凄恻：因情景凄凉而感到悲伤。行行：连续不断。树佳政：树立美好的政治面貌。

【译文】

　　自从天宝十四载安禄山开始叛乱到现在，国家的命运前景仍然很艰难，不容乐观，主要是连年战争，至今都没有停息。全国各地的哀嚎声声，遍布田间山野，十年战争，供给军队粮食费用的军用征敛连绵不断，百姓苦不堪言。

　　地方各级官员只知道致力宰割剥削百姓，根本就没有闲暇时间去反思，如果压榨过度，就会使民心不安，也很容易导致思叛。官府横征暴敛名目繁多，根本就不顾及贤明的人应该重视以德为先。

　　韦生你正年富力强，通达事理而且又有清明的见识，才气不同凡响。此番前去阆州掌管国家的法制伦常，令当地人欢喜的是，终于看见了像红色琴瑟弦那样正直而不偏的官员。

　　一定会使那些巧取豪夺的贪官污吏，吓得面无血色，从此之后再也不敢恣意侵扰宰割百姓。若要把战争中深受重创的人民从苦难里解救出来，那些作威作福的害民之贼必应率先尽快惩办！

　　洒泪将你送到岷江边，就连上天也因我们依依惜别而感到悲伤。希望你此去能接连不断地建树良好政绩，以此来安慰我的深情忆念。

最能行

【题解】

　　最能，是指驾船的能手。显然这是杜甫描写江上水手的一首诗。

　　唐代宗大历元年（公元 766 年）暮春，杜甫由云安（今重庆市云阳县）到夔州（今重庆市奉节县），杜甫在夔州游历风景之时不忘留意当地风俗人情，关心百姓疾苦，这首诗大概是杜甫到夔州后不久所作。此诗和《负薪行》应是同时期之作，结构也相似，只是《负薪行》写的是山中负薪女的凄楚生活，而这首诗则写的是江上水手，同是通过描述他（她）们的生活状态，来表达对他（她）们的无比同情。

　　全诗共十六句，每四句换一次韵。诗写土风，词吐真情，文字虽然朴素却是所含意味深远。

【原文】

峡中丈夫绝轻死，少在公门多在水^①。

富豪有钱驾大舸，贫穷取给行舽子^②。

小儿学问止论语，大儿结束随商旅^③。

欹帆侧舵入波涛，撇漩捎濆无险阻^④。

朝发白帝暮江陵，顷来目击信有征^⑤。

瞿塘漫天虎须怒，归州长年行最能^⑥。

此乡之人气量窄，误竞南风疏北客^⑦。

若道士无英俊才，何得山有屈原宅^⑧？

【注释】

①峡中：夔州所属的一个地名。公门：即衙门。此句意是说峡中男子不重读书为官，多习驾船谋生。

②舸（gě）：即大船。舽（dié）：指小船。此二句的意思是富人家里有钱就驾驶大船，而穷人则驾驶小船谋生。

③论语：古代名著，是封建社会的教科书之一。随商旅：即指驾船。

④"欹帆"二句：这两句插写操舟的技巧，驾船的人斜帆侧舵穿波过浪，遇漩则撇开，遇濆则捎过。欹（qī）：倾斜，歪向一边。漩：是漩涡的意思。濆（pēn）：同"喷"，濆涌。无险阻：如覆平地。

⑤顷：刚刚，不久以前。目击：亲眼看见。征：征验。

⑥瞿塘：峡名。虎须：滩名。行最能：谓通过瞿塘、虎须这两个险地很容易。行：一作"与"。

⑦气量窄：气量狭窄。"误竞"句：出自《左传》中"南风不竞"。浦起龙注："竞南疏北者，竞为南中轻生逐利之风，而疏于北方文物冠裳之客也。解者以为恃强慢客，谬甚。"误：贻误。竞：竞争，争先。

⑧"若道"二句：杜甫认为气量狭窄，并非由地理环境决定，而是因为缺乏教育，故以屈原为证。秭归县北有屈原故宅。士：一作"土"。

【译文】

　　夔州峡一带的男子，大多数都不愿意去学堂读书，也不愿意考取功名到衙门去做官，而是喜欢驾驶船只为业，不怕飓风骇浪，在江水之中出生入死。富豪人家能有一些积蓄，都是驾驶大船游走各地经商，成为商贾巨富，而那些贫穷人家，只能选取一般木材制造的小船，靠打鱼或者短途运输为生。

那些富家的小孩子也只是读很少的一点书，基本上学会论语为止，等到年纪稍大一些就绾结起头发，穿戴行船的装束，跟随前辈驾驶商旅船，往返于全国各地经商谋生。那些出色的水手能够斜帆侧舵穿波过浪，航行在波涛汹涌的大江之上，能够灵巧地躲开强大的水流漩涡，穿过喷涌而起的巨浪，稳操舟船畅行无阻。

早晨从白帝城出发，日暮时分就能到达江陵，一日之间就能行驶千里，这都是不久以前我来到夔州之时，亲眼目睹这精湛的驾驶技艺才有此验证。瞿塘峡的江浪漫天，虎须滩更是凶险无比，这一切都无法阻挡长年累月往返于惊涛骇浪之中这些归州的驾船能手，他们都能轻易通行。

据说这地方的百姓都是气量狭窄，依我看，这都是因为学问太少而贻误了仕途之上的考取功名，他们争先成为南中轻视生死之人而乘上逐利之风，至于像北方冠裳之客那样的文豪贤士，自然也就略显稀疏。如果说是因为这里的人天生愚钝，才致使不能成为英明才俊之士，那么为什么秭归县北面的山上，就有伟大诗人屈原的故居呢？可见人们多为生活所迫，才不得不舍弃读书。

岁晏行

【题解】

此诗写于唐代宗大历三年（公元 768 年）之后，杜甫携家人从夔州（今四川奉节）出三峡，这年冬天来到岳州，作此诗以记途中见闻，这也是杜甫在生命的最后三年移家于舟中，漂泊在长江湘水上的诗作之一。

安史之乱以后，唐朝时局仍一片混乱。藩军镇压割据，军阀混战，繁重的赋税致使民不聊生，这就深刻地暴露了统治阶级的腐朽，道出了人间不平的来由。

这首诗运用了铺叙和对比的艺术手法，诗首从岁暮所见写起，诗末又以岁暮所闻收官，首尾呼应，点破题旨。概括了封建社会两种阶级的对立和人民在战乱中的苦难生活，进一步揭露了官府横征暴敛，对百姓的残酷压榨已到了忍无可忍的境地，流露出诗人对时局的深深忧虑和对百姓生活困苦的同情。

【原文】

岁云暮矣多北风①，潇湘洞庭白雪中。

渔父天寒网罟冻，莫徭射雁鸣桑弓②。

去年米贵阙军食③，今年米贱大伤农。

高马达官厌酒肉④，此辈杼柚茅茨空⑤。

楚人重鱼不重鸟，汝休枉杀南飞鸿⑥。

况闻处处鬻男女⑦，割慈忍爱还租庸⑧。

往日用钱捉私铸⑨，今许铅锡和青铜。

刻泥为之最易得⑩，好恶不合长相蒙⑪。

万国城头吹画角，此曲哀怨何时终⑫？

【注释】

①云、矣：都是语气助词，无实意。岁暮：年末，即诗题所言的岁晏。

②罟（gǔ）：鱼网。莫徭：湖南的一个少数民族。《隋书·地理志》记载，莫徭善于射猎，因其先祖有功，常免征役。鸣：因弓开有声，此指射箭发出的声音。桑弓：指用桑木作的弓。

③贵：价格高。亦指好价钱。阙军食：据《唐书·代宗纪》记载，大历二年（公元767年）十月，朝廷令百官、京城士庶出钱助军，减京官职田三分之一，以补给军粮。

④高马：指高头大马。达官：指显达之官。厌：同"餍"，饱食。《孟子》："良人出，则必餍酒肉而后反。"

⑤此辈：即指这些渔民、莫徭的猎人们。杼柚：亦作"杼轴"，原意是织机上的织杼和轴，此指织布机。茅茨：茅草房。

⑥楚人：今湖南一带的人。《风通俗》记载，"吴楚之人，嗜鱼盐，不重禽兽之肉。"汝：指莫徭人。鸿：大雁，这里代指飞禽。

⑦况：何况，况且。鬻（yù）：出卖。男女：即儿女。

⑧割慈忍爱：指出卖儿女。还：交纳。租庸：唐时赋税制度有租、庸、调三种，租是交纳粮食，调是交纳绢绫麻，庸是服役。这里代指一切赋税。

⑨私铸：即私自铸钱。

⑩刻泥：用胶泥刻制铸模。易得：容易取得。

⑪好恶：好钱和恶钱，即官钱和私钱。不合：不应当。蒙：欺蒙，蒙骗。

⑫ 万国：普天之下。画角：即号角。此指战乱不断。此曲：指画角之声，也指诗人所作的这首诗。

【译文】

一年将尽的时候，漫天遍野都是飒飒而起的凛冽北风，潇湘之地的洞庭湖，也笼罩在纷纷扬扬的皑皑白雪之中。

在这天寒地冻的时节，渔父的鱼网已经冻结，无法捕鱼，善于射猎的莫徭人只能开弓放箭射向空中的飞禽，以换取钱粮，只听见他们拉开桑弓箭所发出的啾啾声，在旷野里久久回荡。

去年的米粮收成不错，正赶上战乱米价上涨，原本以为可以卖个好价钱，谁料想都被官府征收去补给军粮，而今年是米粱歉收，粮价太低，却是赋税加重，让农民大受伤害，苦不堪言。

那些骑着高头大马的达官贵人们，个个都吃厌了鱼肉美酒，悠闲地穿街走巷，再看看那些贫民百姓，家家户户都是男耕女织辛辛苦苦一大年，到头来却落得是织机空空，茅草屋里一无所有。

吴楚之地的人喜欢吃鱼虾之类的食物，不愿吃飞禽之肉，你们射杀禽类也不能换来银钱改变穷困，所以劝你们不要白白杀害了南飞的孤鸿。

况且我听说，贫苦的人们因为生活困窘，迫于无奈而到处都是卖儿卖女的现象，他们忍痛割爱卖掉儿女，却仅仅因为要去偿还官府的租庸。

过去的时候，官府严禁私人熔铸钱币，发现以后必将捉拿归案，可如今富户奸商

为了牟取暴利，盗铸钱币之事十分严重，官府竟然默许他们铸造，也不去管制他们在铅锡里掺和青铜。

用胶泥刻制铸模而去铸钱，成本低廉，暴利更容易取得，就这样滥制之下，官钱、私钱难以区分，但官府不加阻拦，唉！真不应当让困苦的贫民百姓长期再受到如此欺蒙！

现在，普天之下都处在兵荒马乱之中，全国各地的城头之上也都吹起了凄凉的征战号角，这样哀怨的号角曲调频频响起，真不知道什么时候才能曲尽调终？

玉台观

【题解】

玉台观，故址在今四川省阆中县，相传为唐宗室滕王李元婴所建。

杜甫所作的《玉台观》共两首，第一首为七律，这第二首为古体诗。约作于唐代宗广德二载（公元764年）。

诗中开篇点明滕王正是这座玉台观建造之人，之后顺势而下，巧用典故，以浪漫主义的笔触，娓娓道来，叙述了此观的历史久远、雄伟壮丽以及建观人的文采出众、能诗善文。从而渲染了玉台观的神秘色彩以及仙风道骨之气，抒发了作者怀古思今之情。

【原文】

浩劫因王造①，平台访古游②。

彩云萧史驻③，文字鲁恭留④。

宫阙通群帝⑤，乾坤到十洲⑥。

人传有笙鹤⑦，时过此山头⑧。

【注释】

①浩劫：浩大的台阶。道家亦称官观的台阶为浩劫。王：唐宗室滕王李元婴。

②平台：古迹名，在河南商丘东北。相传为春秋时宋国皇国父所筑。此处指玉台观。游：游览。

③彩云：指壁画上的云彩。萧史：此指传说中秦穆公之女弄玉之夫萧史驻于云间事。

④鲁恭：汉时鲁恭王。曾在曲阜修建了灵光殿，并有题字。

⑤群帝：五方的天帝。

⑥乾坤：代指玉台观的殿宇。十洲：十洲仙界，比喻九州之外的仙界。

⑦人传有笙鹤：传说中王子乔乘鹤飞升成仙的故事。笙鹤：笙鸣鹤叫。

⑧此山头：一作"北山头"。

【译文】

这座拥有浩大台阶的玉台观是唐宗室滕王李元婴所建造的，访游玉台观，就仿佛看到了古时春秋宋国皇国父所建筑的平台胜景。

壁画上画的是仙人萧史站在彩云之中，俯望众生，立在大台阶一侧的石碑上篆刻的滕王序文，有如鲁恭王在灵光殿留下的雄浑有力的文字。

玉台观壮丽雄伟，高耸的亭阁直通五方天帝诸神的宫阙；殿宇中四周的壁画之上，画的是逍遥在十洲仙界的仙灵圣身。

有人传说，如果静静地坐在大殿之中，就能听到悠扬的笙箫与鹤的和鸣，我想，那时候应该正是飞升成仙的晋人王子乔，驾乘仙鹤，悠然地飘过北山头的山顶。

天边行

【题解】

此诗当作于唐代宗广德二年（公元764年），那时杜甫自梓州来阆州，打算由嘉陵江入长江出峡，此诗也是杜甫重到阆州所作。当时正赶上吐蕃犯境，陇右失守，被战争波及的百姓不得不背井离乡，骨肉分离。年逾五旬的杜甫在感慨自己回天乏力之余，也只能临江而泣了。

诗中描述了一幅战乱中人民颠沛流离的生活场景，以及不得已旅居异地的思乡之情。全诗风格上回旋往复，亦诗亦史；表达上直抒胸臆、真情奔涌而出，在沉郁顿挫之中抒发了作者忧国忧民的思想感情。这首诗可说是《同谷七歌》的续篇。

【原文】

天边老人归未得①，日暮东临大江哭②。

陇右河源不种田③，胡骑羌兵入巴蜀④。

洪涛滔天风拔木⑤，前飞秃鹙后鸿鹄⑥。

九度附书向洛阳⑦，十年骨肉无消息⑧。

【注释】

①天边老人：流落天涯海角的老人，此为诗人自称。归未得：意思是由于战乱只能在外漂泊，回不了家。

②大江：嘉陵江。哭：失声痛哭。

③陇右：陇右道，唐代十道之一。辖地为今甘肃陇山以西、乌鲁木齐以东。此指广德元年（公元763年）七月吐蕃入侵，尽取河西、陇右之地。河源：在青海省境内。

④胡骑：指广德元年十二月，吐蕃陷松、维、保三州及云山，新筑二城。

⑤"洪涛"句：写了江边所见波浪滔天，风拔秀木的景象。寓情于景，意在暗指世乱之象。

⑥秃鹙（wù）：一种大型猛禽，又名"座山雕"，状如鹤而大，青苍色，张开翅膀有五六尺。鸿鹄（hóng hú）：鸿是指大雁，鹄则是天鹅。大雁和天鹅是近亲，均是鸟纲，雁行目，鸭科，雁亚科。鸿鹄是古人对秃鹰之类飞行极为高远鸟类的通称，因飞得很高，所以常用来比喻志向远大的人。

⑦九度：多次。九：极言其多。洛阳：故里所在。

⑧十年：自天宝十四年（公元755年）安史之乱起，至今已十年。骨肉：这里指兄弟手足。

【译文】

现如今，一个流落天涯海角的老人，想回归家乡却不能如愿，黄昏时分，只能是孤独地举步向东来到嘉陵江畔，失声痛哭。

陇右和河源之地再也不能进行耕种了，因为胡虏的骁骑，以及羌人的兵马，已经破关侵入了巴蜀。

再看眼前，真真地波浪滔天啊，大风肆无忌惮地拔起了江边的秀木，我不禁仰天长叹，但见那高空之上，前面有凶猛无比的秃鹙，紧随其后的是志向高远的鸿鹄。

曾多少次托人给故乡洛阳的亲人捎去书信，然而，已经过了十年之久，至今，依然是骨肉亲朋音讯杳无。

夜闻觱篥

【题解】

安史之乱后，唐帝国日渐衰败，而且战乱连年发生。杜甫在成都草堂生活期间，蜀中就发生过徐知道的叛乱。此外，羌、吐蕃、回纥等外族军队也不断入侵，内忧外患致使人民流离失所，哀鸿遍野。此情此景，杜甫既有自身遭际的伤感，也有对人民的关心与同情。因此于大历三年（公元768年）冬，赴岳阳途中，写下此诗，借以抒吐内心深处的悲愤之情。

诗中描述了作者于舟行途中，夜闻邻舟有人吹奏觱篥时，被那悲壮的乐声所触动，愁旅之中更是感慨万分。结尾两句诘问，使浓郁的抒情气氛到达一定高度，这也正是本诗的突出特征。

【原文】

夜闻觱篥沧江上^①，衰年侧耳情所向^②。

邻舟一听多感伤，塞曲三更歘悲壮^③。

积雪飞霜此夜寒，孤灯急管复风湍^④。

君知天地干戈满^⑤，不见江湖行路难^⑥。

【注释】

①觱篥（bì lì）：是以竹做管、以芦苇做嘴的管乐器，其声悲切，类似茄管。沧江：此指长江。

②情所向：即寻所向。此句写诗人旅情顿起，引颈而望，侧耳倾听。

③塞曲：边塞之曲。指邻舟觱篥所吹之曲。歘（xū）：忽然。

④急管：指觱篥发出急促的节奏。风湍：风吹浪涛奔湍。

⑤君：指吹觱篥者。干戈满：指当时吐蕃多次侵扰，商州、幽州等地有战乱，桂州少数民族起事等。

⑥行路难：概括诗人飘泊江湖之苦。

【译文】

凄冷的夜色里，舟船停泊在青苍色的江面上，隐约听见凄凉的觱篥声幽幽响起，就连我这年老体迈的人也忍不住站起身来，循着声音传来的方向侧耳倾听，瞬间就深深为之动情。

原来，这一听到就能令人无限感伤的乐曲正是从相邻的船上传来，在这三更半夜忽然响起如此悲壮的塞外之曲，又怎能不令人顿起羁旅思乡之情。

厚厚的积雪，再加上九天飞降的寒霜，使这凄冷的冬夜更觉严寒，孤灯影里，我难以成眠，只觉得这急促的管乐声，一次又一次地夹杂在劲风之中，随着汹涌的波涛湍流而去。

你这夜吹觱篥的人啊，能吹奏出如此哀怨的曲调，定是知道满天下正干戈四起，战乱不断，到处疮痍凄婉，怕是没看见这江湖之上，我们的行驶之路，也是一样的艰难。

夜听许十一诵诗爱而有作

【题解】

这首五言诗是杜甫于天宝十四载（公元755年），在长安时所作，又题名《夜听许十损诵诗爱而有作》，被选入《全唐诗》的第216卷第34首。黄鹤《集千家注分类杜工部诗》所注，许十一，当是居五台学佛者。

此诗分三段。前二段各八句，后段四句收。首段叙述了许生精通禅理；次段描绘了倾听许生自作自诵诗篇，让人感到其气势浑然流出，优游从容可惊四座，功之纯熟可比上古捶钩巧匠，思通造化更是无以伦比；末段有赞诵也有叹惋，虽然许生独能超凡，无待改削，却也不乏惋惜他知己难求。正如自己这怀才不遇又坎坷的一生，使诗歌在抑扬顿挫之中，归结夜听之意。

【原文】

许生五台宾，业白出石壁①。
余亦师集可，身犹缚禅寂②。
何阶子方便，谬引为匹敌③。
离索晚相逢，包蒙欣有击。

诵诗浑游衍，四座皆辟易④。

应手看捶钩，清心听鸣镝⑤。

精微穿溟涬，飞动摧霹雳⑥。

陶谢不枝梧，风骚共推激⑦。

紫燕自超诣，翠驳谁剪剔⑧。

君意人莫知，人间夜寥阒⑨。

【注释】

①五台：据《水经注》记载：五台山，五峦巍然，故谓之五台。此山名为紫府，仙人居之，其北台之山，即文殊师利常镇毒龙之所。 业白：《宝积经》：若纯黑业，得纯黑报，若纯白业，得纯白报。朱鹤龄注《翻译名义集》：十使十恶，此属于罪，名为黑业。五戒十善，四禅四定，此属于善，名为白业。

②犹：犹如。缚：束缚。禅寂：（朱鹤龄注）《维摩经》："一心禅寂，摄诸乱意。

③匹敌：与之相当的意思。《左传》：宾媚人曰："若以匹敌。"

④游衍：优游从容的样子。语出《诗》："及尔游衍。" 四座：语出孔融诗"高谈满四座。"辟易：惊惧而避开，此指感到震惊。语出《项羽传》中"人马俱惊，辟易数里。"注："分张而易其处。"

⑤应手：应之于手。此比喻他功夫纯熟。《庄子》："轮扁斫轮，得之于心，应之于手。"捶钩：《庄子》又曰，"大马之捶钩者，年八十矣，而不失豪芒。"朱鹤龄注：司马云：拈捶钩之轻重，不失豪芒。或云：江东三魏之间，人皆谓锻为捶。镝（dí）：本意箭头。鸣镝指响箭，比喻迅捷。

⑥溟涬（mǐng xìng）：天体未形成前的浑然元气。此喻思通造化。"溟"是多音字，在本词中读音同"抿"。吴迈远诗："精微贯穿旻。"《淮南子》："四海溟涬。"《帝系谱》："天地初起，溟涬蒙鸿。" 摧霹雳：语出《公羊传注》："雷疾而甚者为震。"震与霆，皆谓霹雳也。喻势压雷霆。

⑦推激：意思是推尊而激扬之。

⑧"紫燕"二句：据《西京杂记》：文帝自代来，有良马九匹，其一曰紫燕骝。《赭白马赋》："紫燕骈衡。"《唐六典》：《昭陵六马赞》："紫燕超跃。"司马相如《封禅文》："招翠黄。"即紫黄也。扬雄《河东赋》颜注："翠龙，穆天子所乘马也。"此云翠驳，即翠黄，翠龙之意。据《尔雅翼》：六驳，如马，白

286

身黑尾，一角，锯牙虎爪，其音如鼓，喜食虎豹。盖驳毛物既可观，又似马，故马之色相类者以驳名之。《子虚赋》：楚王乃驾驯驳之驷。徐铉曰：晋侯乘驳，乳虎见之而服。则象驳之文，理或然也。《世说》：诸葛玄所谈，便已超诣。剔：刷的意思。

⑨"君意"二句：莫知：不知道。寥阒（liáo qù）：亦作寥闃。意为寂静，孤独寂寥。语出萧子范《直坊赋》："何坊境之寥阒。"王嗣奭曰：公自谓"语不惊人死不休"，又云"沉郁顿挫，随时捷给，扬枚可企"。

【译文】

许十一先生曾在五台山客居学佛，学成善业之后，出游北山石壁玄中寺。我也曾拜高僧粲与慧可为师，自今我依旧犹如被释家的禅思与寂静所束缚一样。

殊不知，是什么样的阶梯搭建了如此方便之门，让我能得到您智慧颖悟的索引，机缘巧合地成为了与您彼此品行相当的人。

离群索居的生活虽然清静，但也总会让人失去太多，今日得见真是大有彼此相逢恨晚的感觉，您的包容与启蒙，令我十分欣慰，同时也推开了我的愚昧之心门。

您吟诵诗作之时，优游从容，挥洒自如，使四周座位上的人都惊异不已，自叹不如纷纷离去。您的诗意功夫纯熟，仿佛远古那位锻打带钩的巧匠，虽已年逾八十，却依旧不失豪芒，能给人以清心寡欲之感，犹如听到了离弦的响箭在高空之中不绝于耳的余音。

您所作的诗篇立意绝妙，思通造化的精致细微之处可以穿透大自然中的溟濛之气，那种飘逸生动可摧毁压制雷霆的声

威。就连陶潜、谢灵运二公的诗歌也不能与您相匹敌，简直可与《诗经》和《楚辞》的造诣共相推尊而激扬。

您写的诗如同骏马紫燕骝那样自身高超脱俗，又像是雄健威武的翠驳那样震服八方，试问有谁敢轻易为之剪鬃刷毛。

然而，令人无比惋惜的是，您的诗意胸怀却没有人知道，忽然间感觉，这俗世间的夜竟是如此的孤独寂寥。

白水明府舅宅喜雨得过字

【题解】

这首诗题又名《白水明府舅宅喜雨》。

天宝十四载，杜甫时常往来于白水奉先之间，这年冬探家于奉先，次年夏天又携带家眷投奔白水（今陕西西安府）舅家，杜甫的舅舅是崔十九翁，当时正在白水任职。

诗中描绘了杜甫在到来之后，眼见白水地区在舅父的仁政治理下，这个远古时代常年大旱的地区如今却是雨水丰盈，百姓安乐。于是，感慨之余写下这首五言古诗，抒发了对舅父治理地方的赞美之情。

【原文】

吾舅政如此①，古人谁复过②？

碧山晴又湿，白水雨偏多③。

精祷既不昧④，欢娱将谓何。

汤年旱颇甚⑤，今日醉弦歌⑥。

【注释】

①吾舅：指杜甫的舅舅崔十九翁，时任白水县令。政：政绩。

②过：超过。

③白水：白水县，在今陕西西安府。多：丰盈。

④精祷：真诚地祈祷。

⑤汤年：远古的成汤时代。颇甚：特别厉害的意思。

⑥醉：沉醉，陶醉于。

【译文】

自从投奔舅父所在的白水县，亲眼所见了我的舅父有这样令人赞赏的政绩，试问天下，又有哪个古人能够胜得过他呢？

抬眼望去，远山苍翠碧绿，晴朗的天空如洗，忽而青山又被雨水打湿了，然后依旧晴空万里。在这农人需要雨水的时节，白水县的雨水偏偏丰盈无比，又是那么的恰合时宜。

既然真诚地祷告不能算是行为愚昧，那么只求上苍庇佑而不有所作为，百姓们如此欢乐愉悦的生活，又将从何说起。

想当年成汤之时，这里大旱灾情特别严重，成汤王曾经亲自到桑林虔诚地祷告上苍，也无济于事，哪里比得上如今爱民如子的崔县令，可以沉醉于弦歌而治的喜人政绩。

花鸭

【题解】

这首诗是杜甫在成都所作《江头五咏》（丁香、丽春、栀子、鸂鶒、花鸭）的最后一首。这五首诗都是借咏物以自咏的，而这一首，是他结合自身经历所写，且极具讽刺意义。

杜甫曾由左拾遗贬华州司功参军，也正是由于好开腔，好管"闲事"，以至于触怒了唐肃宗和他的亲信。但是杜甫并不后悔，而且一直鸣到死，这就是他的伟大过人之处了，在旧社会，是难能可贵的。

诗中描绘了花鸭洁身自好从容不迫的本性，又以羽毛独立喻自己的才能，下句以黑白分明喻自己的品德。似有贬抑之意，其实是极力赞扬。充分表现了杜甫"疾恶如仇"的性格，讽刺了嫉贤妒能之人的丑恶嘴脸。

【原文】

花鸭无泥滓，阶前每缓行　①。

羽毛知独立，黑白太分明②。

不觉群心妒，休牵众眼惊③。

稻粱沾汝在，作意莫先鸣④！

【注释】

①"花鸭"二句：以花鸭身上之无泥，喻自己之洁身；以花鸭之缓行，喻自己之从容自得。泥滓（zǐ）：泥渣。

②太分明：特别清楚明了。这里所指是非分明，善恶分明。说"太分明"，似有贬抑之意，其实是极力赞扬。这也充分表现了杜甫"疾恶如仇"的性格。

③"不觉"二句：依照仇兆鳌注："下四作警戒之词。群心众眼，指诸鸭言。然惟独立，故群心妒；惟分明，故众眼惊。"按群心众眼，比一般俗物。

④稻粱：食物，此处喻禄位。汝：你。先鸣：首先发声。此处喻直言。末二句含义极深广，意在揭露权贵们用威迫利诱的手段来垄断言路，使大家都不敢发声。

【译文】

花鸭虽然不是什么名贵的物种，但它却有着可贵的独特之处。你看它身上从来都不沾染一点儿泥渣，无论多么高的台阶，都能保持稳重的姿态，缓步慢行。

再看它身上的羽毛，每一根都是紧紧相依却更懂得如何单独站立，只是它这一身与众不同的羽毛，黑色与白色太过分明。

花鸭并没有察觉它已招惹了一大群鸭子的真心嫉妒，但它也没有丝毫办法，去阻止那些被俗世凡尘牵动的惊诧的眼神。

花鸭啊花鸭，如果你身边那极其微少的稻粱尚且还在，我劝你千万不要率先发出声音，不然触动了群鸭的私欲，你必将断了你赖以生存的稻粱。

寄赞上人

【题解】

这首诗是杜甫于唐肃宗乾元二年（公元759年）冬在秦州所作。赞上人，即赞公和尚。

当年，杜甫在天水西枝村想与赞上人共同寻置一处向阳暖和的地方搭建草堂毗邻而居。然而当时临近深秋，树藤已沉入暗色，土地露出潮湿，直到夜色来临，两人仍没有找到如意的地方，只好回去歇息。到了晚上，二人烧火煮茶，通宵攀谈，回顾京城往事，感慨万千。然而经过几天寻找未果，杜甫只好暂时回到秦州。过了几天他又听说西枝村西边有个山谷风光极美，于是又产生了一同寻找卜居地的想法，便用诗的形式给赞上人写了这一封信，再次谈到自己对卜居地的基本要求和与赞上人作邻往来的美好憧憬。

【原文】

一昨陪锡杖，卜邻南山幽①。

年侵腰脚衰，未便阴崖秋②。

重冈北面起，竟日阳光留③。

茅屋买兼土，斯焉心所求④。

近闻西枝西，有谷杉黍稠⑤。

亭午颇和暖，石田又足收⑥。

当期塞雨干，宿昔齿疾瘳⑦。

裴回虎穴上，面势龙泓头⑧。

柴荆具茶茗，径路通林丘⑨。

与子成二老，来往亦风流⑩。

【注释】

①一昨：昨天，过去。一为发语词。锡杖：僧人所持之杖，亦称禅杖，此代指赞上人。卜邻：选择邻居。《左传·昭公三年》："惟邻是卜。"

②年侵：为岁月所侵，指年老。未便：不便。

③重冈：大而平坦的山冈。竟日：终日，整天。

④买：一作"置"。斯：这样，就。

⑤闻：听说。杉：指树。黍：指庄稼。《全唐诗》校："一作漆，即黍'。稠：多。

⑥亭午：中午。颇：很，特别。石：《全唐诗》校：一作"沙"。

⑦塞：《全唐诗》校：一作"寒"。宿昔：早晚，表示时间之短。齿疾：齿病。瘳：病愈。

⑧裴回：同"徘徊"。虎穴：山名。面势：对面。龙泓：水名。

⑨柴荆：用柴荆做的简陋的门，指村舍。径：一作"遥"。此为《全唐诗》校。

⑩二老：指自己与赞上人。亦：也。

【译文】

前几天，承蒙禅师您的陪同前往南山，去寻找一处幽静的栖身之地，然后与您久居为邻。因为我现在为岁月所侵，日渐衰老，而且腰身腿脚明显已经乏力，所以目前长期在阴冷的山崖下居住以度生命之秋，实属不便。

如果能找到一块由北而起、大而平坦的山冈，终日都能得到阳光照耀之地，该有多好。到那时，我们在阳光充足的山坡上搭建茅屋比邻而居，再置点田地耕种，这样就心满意足，自此后也就可以安心颐养天年了。

我最近听说西枝村的西边有个山谷，那里林木繁盛，生长很多杉树，而且田地土质良好，庄稼地也有很多。况且，那个地方正午时候的阳光颇为和暖，在这样旱涝保收的田地耕种，能够保障农作物获得丰收。

所以，我想等到雨停路干，早晚这牙疼的老病痊愈以后，再邀您同去西谷，徘徊于山谷的虎穴之上，同在龙潭的对面闲情观览。

如果能在那里定居下来的愿望得以实现，我会在茅舍里备下清茶相待，我们共同论经吟赋，我踏着林间小径，前去拜访您的雅居林丘。让我们愉快地结成西枝"二老"，你来我往，赏花论酒，那将是令人十分惬意，也无比风流的晚年生活。

剑门

【题解】

唐肃宗乾元二年（公元 759 年）三月，唐王朝九节度的六十万大军败于邺城。各藩镇借机扩充势力，唐朝就此陷入土崩瓦解危机。杜甫先从长安携家眷迁往秦州同谷，但不久后因生活艰难，只好南赴成都。途中写了十二首纪行诗，途经剑门，惊叹于地势之险要，联想到由藩镇强大造成的安史之乱，意识到剑南之地恐怕又难以免遭战乱之争，遂写下此诗。

诗中首先咏叹剑门地势险要，又借议论秦汉以来蜀地财物无辜流入中原的笔触，来表示担心历史重演，在议论中融注激情，寄寓了深刻的政治思想，针对社会现实，句句咄人，又耐人寻味，深刻地表达了诗人对国家命运的忧虑之情。

【原文】

唯天有设险，剑门天下壮①。

连山抱西南，石角皆北向②。

两崖崇墉倚，刻画城郭状③。

一夫怒临关，百万未可傍④。

珠玉走中原，岷峨气凄怆⑤。

三皇五帝前，鸡犬各相放⑥。

后王尚柔远，职贡道已丧⑦。

至今英雄人，高视见霸王⑧。

并吞与割据，极力不相让⑨。

吾将罪真宰，意欲铲叠嶂⑩！

恐此复偶然，临风默惆怅。

【注释】

①设险：天造地设的险要。剑门：即大剑山，在今四川剑阁县。

②石角：山峰的巨石。皆：都。

③崇墉（yōng）：高峻的城墙，用以形容两崖。城：指用作防御的内城墙垣。郭：指外城。

④"一夫"两句：语出张载《剑阁铭》："一人荷戟，万夫趑趄。"即李白《蜀道难》"一夫当关，万夫莫开"之意。关：指剑门山，山壁中断如关厂。傍：靠近。

⑤珠玉：一作"珠帛"，指征敛的财物。中原：泛指黄河中游地带，这里指代京都所在地。岷峨：岷山和峨眉山，岷山在四川北部，峨眉山在四川中南部。凄怆：悲伤。

⑥三皇五帝：传说中最先的一些帝王。三皇：此说法不一，一般指燧人、伏羲、神农。见班固《白虎通》。五帝：指黄帝、颛顼、帝喾、帝尧、帝舜。见《史记·五帝本纪》。鸡犬各相放：比喻安居乐业的生活，不分彼此。

⑦后王：指夏商周三朝的君主。柔远：语出《尚书·舜典》："柔远能迩。"指对边远地区实行安抚怀柔政策。职贡：《周礼》："制其职，各以其所能　制其贡，各以其所有。"意思就是规定各地方担负一定的劳役，按时交纳一定

的贡物，也就是劳役和赋税。道：指上文所说先王时"鸡犬各相放"的安居现状。

⑧霸王：意思是称王为霸。割据叫霸，统一天下叫王。

⑨并吞：指王者并吞他国，如秦始皇等。割据：指霸者，如公孙述、刘备等。

⑩真宰：指天帝。因为古人认为苍天主宰万物。铲叠嶂（zhàng）：削平重叠的山峦。

【译文】

只有天帝才能在人间设下万重高山险阻，而属这剑门之险堪称雄居天下，蔚为壮观。

连绵起伏的群山像两只巨大的手臂抱护着西南，险奇的石壁犄角都指向北方。两侧的崖峰高耸，如同两堵相应而立高峻的城墙，耸立的岩石纹理之上，被千年风雨雕刻成城郭的形状。看起来，这里只要有一人怒而奋勇临关把守，就算是有百万人马也无法靠前。

蜀地的珠玉财宝无休无止地被朝廷征敛流向中原，致使蜀民的生活日渐贫困，就连原本苍翠葱郁的岷山、峨眉山也为之气色惨淡。

遥想那三皇五帝的时代，蜀地百姓乐享田园，亲密无间，就连各家的鸡犬都随便散养。而到了夏商周这些后代君王之时，虽然对边远地区实行安抚怀柔政策，但设立纳贡制度、实行无情的劳役和各种苛刻的赋税，致使以往安居乐业、淳朴的风俗中断。

更可怕的是，如今那些所谓的英雄豪杰，完全失去控制，他们骄横跋扈，高首阔步无视仁德法制，整日里刀兵相见，只想占据重关天险，而后称霸为王

分割天下江山。就这样，这些为王者要并吞他国，称霸者也要割据拓疆，你争我夺互不相让，拼力相残。

我要怒向天帝问罪，真想铲除这险要的重山叠嶂！唯恐这种据险作乱的事情还会时常发生，一想到这些割据战争带来的灾难，我不禁临风惆怅，沉默哑言。

忆昔二首

【题解】

这是唐代诗人杜甫创作的七言古诗组诗作品，作于广德二年（公元764年）。题目虽曰忆昔，其实是在借忆昔之笔讽今时政。

第一首忆昔是在感伤肃宗之失德。描述了唐肃宗信任宦官李辅国和宠惧张良娣，致使纲纪坏而国政乱，目的在于警戒唐代宗不要走肃宗的老路，以致将来误国；第二首忆的是唐玄宗时的开元盛世，目的在于鼓舞代宗应致力于安国兴邦，恢复往日繁荣。

广德元年，杜甫被召为京兆功曹参军，参谋工部员外郎之职，未去赴任。到了广德二年春，杜甫便寄居阆州。杜甫感于今昔变化，借忆昔也是来表示对现实的忧虑和哀叹，或许，兴唐事业只能期望于后世之君了。

【原文】

其一

忆昔先皇巡朔方，千乘万骑入咸阳①。

阴山骄子汗血马，长驱东胡走藏②。

邺城反覆不足怪，关中小儿坏纪纲③。

张后不乐上为忙，至令今上犹拨乱④，

劳心焦思补四方⑤。

我昔近侍叨奉引，出兵整肃不可当⑥。

为留猛士守未央，致使岐雍防西羌⑦。

犬戎直来坐御床，百官跣足随天王⑧。

愿见北地傅介子，老儒不用尚书郎⑨。

【注释】

①先皇巡朔方：指唐肃宗在灵武、凤翔时期。入咸阳：指至德二年九月收复关中，十月肃宗还京。与汉灵帝末童谣相仿："侯非侯，王非王，千乘万骑上北邙。"

②阴山骄子：指回纥。《史记·秦本纪》："西北斥逐匈奴，自渝中并河以东属之阴山。"《通典》："阴山，唐安北都护府也。"汗血马：大宛国有汗血马。东胡：指安庆绪。胡走藏：肃宗借兵回纥，收复两京，安庆绪奔河北，保邺郡，所以说胡走藏。

③"邺城"句：邺城反覆：指史思明既降又叛，救安庆绪于邺城，复陷东京洛阳一事。史思明被迫投降，反覆无常，乃意料中事，故云不足怪。"关中"句：关中小儿，指李辅国。

④"张后"句：《旧唐书·后妃传》："张后宠遇专房，与辅国持权禁中，干预政事。帝颇不悦，无如之何"。上：指肃宗。至令：一作"至今"。今上：当今皇上，此指代宗。

⑤劳心：指处理政务而身心疲劳。焦思：焦虑思索。

⑥"我昔"二句：指诗人杜甫昔日为拾遗时。在皇帝左右，故曰近侍。又拾遗职掌供奉扈从，故曰叨奉引。叨：忝也，自谦之词。出兵：指代宗当时以广平王拜天下兵马元帅，先后收复两京。当：势不可挡。

⑦猛士：指郭子仪。宝应元年（公元762年）代宗听信宦官程元振谗害，夺郭子仪兵柄，使之居留长安。未央：汉宫名，在长安。岐（qí）雍：唐凤翔关内地一带。

⑧犬戎：古代族名，又叫猃狁，此处指吐蕃。跣足：打赤足。形容逃跑时的狼狈，鞋子都来不及穿。天王：指唐代宗。

⑨傅介子：西汉时人，曾斩楼兰王头，悬之北阙。尚书郎：作者自谓。

【译文】

回忆起当年先皇肃宗起兵灵武，收复凤翔等关中之地，带领千军万马入主咸阳。骑着汗血宝马，统率阴山骄子回纥之兵不远万里直驱东胡，而后收复两京。唐王朝兵马节节取胜，迫使东胡安史叛军安庆绪退兵河北，死守邺城。

直到史思明出兵邺城，解救了安庆绪。史思明既是降将又翻脸叛变，如此反复无常地反过来又攻陷东京洛阳，这是意料之中的事，因为肃宗皇帝用人不当，凡是他认为有才能的人都委以重任，故而错用了关中小人李辅国，致使他权倾朝野，败坏了朝钢。

肃宗不理国事，整日诚惶诚恐地讨好信任李辅国，更主要的是宠惧后宫张良娣，任其干预朝政，致使纲纪沦丧而国政乱，以致于当今代宗皇上，不但要去拨正后宫之难，还要身心劳累地去肃清纲纪，焦思国家前途，更要挥使兵马补救失地，平定四方。

当年我官拜拾遗时，近侍在皇帝左右，又拾遗职掌供奉扈从。代宗皇帝委任广平王为天下兵马元帅，为了肃清叛乱，先后收复两京势不可挡。眼看就要大功告捷，然而代宗却听信宦官程元振的谗害，夺去郭子仪的兵柄，命他居留长安，如此致使岐雍一带兵力单薄，不能防敌于国门之外。

因而骄横的吐蕃兵马直接入侵，坐上龙椅御床，自此两京再度沦陷，府库间舍，被他们焚掠一空，百官狼狈逃窜，鞋子都来不及穿就跟随皇帝逃往陕州。

我现在唯一的心愿，就是多么渴望能再出现像西汉傅介子那样勇猛的人物手起刀落一雪国耻，只要国家能灭寇中兴，老儒我无所谓做不做这个工部尚书郎。

【原文】

其　二

忆昔开元全盛日，小邑犹藏万家室①。
稻米流脂粟米白，公私仓廪俱丰实②。
九州道路无豺虎，远行不劳吉日出③。
齐纨鲁缟车班班，男耕女桑不相失④。
宫中圣人奏云门，天下朋友皆胶漆⑤。
百馀年间未灾变，叔孙礼乐萧何律⑥。
岂闻一绢直万钱，有田种谷今流血⑦。
洛阳宫殿烧焚尽，宗庙新除狐兔穴⑧。
伤心不忍问耆旧，复恐初从乱离说⑨。
小臣鲁钝无所能，朝廷记识蒙禄秩⑩。
周宣中兴望我皇，洒泪江汉身衰疾。

【注释】

①开元：唐玄宗年号（718—741 年）。开元盛世是中国历史上最有名的治世之一。小邑：小城邑。藏：居住。万家室：言户口繁多。《资治通鉴》唐玄宗开元二十八年载："是岁，天下县千五百七十三，户八百四十一万二千八百七十一，口四千八百一十四万三千六百九。

②"稻米"二句：写全盛时农业丰收，粮食储备充足。流脂：形容稻米颗粒饱满滑润。仓廪：储藏米谷的仓库。

③"九州"二句：因为没有盗贼，旅途平安，所以出门自然不必选什么好日子，随时可以出行。说明了全盛时社会秩序安定，天下太平。《资治通鉴》开元二十八年载："海内富安，行者虽万里不持寸兵。豺虎：比喻寇盗。

④齐纨鲁缟：山东一带生产的精美丝织品。车班班：商贾的车辆络绎不绝。班班：形容繁密众多，商贾不绝于道。桑：作动词用，指养蚕织布。不相失：各安其业，各得其所。

⑤圣人：指天子。奏云门：演奏《云门》乐曲。云门：祭祀天地的乐曲。"天下"句：是说社会风气良好，人们互相友善，关系融洽。胶漆：比喻友情极深，亲密无间。

⑥百馀年间：指从唐王朝开国（公元 618 年）到开元末年（公元 741 年），有一百多年。未灾变：没有发生过大的灾祸。"叔孙"句：西汉初年，高祖命叔孙通制定礼乐，萧何制定律令。这是用汉初的盛世比喻开元时代的政治情况。

⑦"岂闻"二句：开始由忆昔转为说今，写安史之乱后的情况：以前物价不高，生活安定，如今却是田园荒芜，物价昂贵。一绢：一匹绢。直：同"值"。

⑧"洛阳"句：用东汉末董卓烧洛阳宫殿事喻指两京破坏之严重。广德元年十月吐蕃攻陷长安。盘踞了半月，代宗于十二月复还长安，诗作于代宗还京不久之后，所以说"新除"。宗庙：指皇家祖庙。狐兔：指吐蕃。

⑨伤心：指不堪回首的心情。不忍问：不忍心过问。是因为怕他们又从安禄山陷京说起，惹得彼此伤心。耆旧：年高望重的人。乱离：指天宝末年安史之乱。

⑩小臣：杜甫自谓。鲁钝：粗率，迟钝。记识：记得，记住。禄秩：俸禄。蒙禄秩：指召补京兆功曹参军，未赴任。

【译文】

想当年开元盛世之时，仅仅一个小城邑就能有万家人口。那时候，农业丰收，粮食储备充足，白花花的稻米就像流动的脂膏，不论官家还是私家的储米仓库，都是装得满满的，一派丰盈富足。

社会秩序安定，九州大地一片祥和，根本就没有寇盗横行。因为天下太平，旅途平安，所以随时可以出门远行，自然不必选什么吉日出门。当时齐鲁大地的手工业丝织品和商业贸易都很发达，那些商贾贸易往来的船只、车辆络绎不绝，男耕女桑，各安其业，各得其所。

宫中天子率文武百官到祠庙，奏响祭祀天地的乐曲《云门》，普天下一派太平祥和，社会风气良好，人们相互友善，亲密无间，关系十分融洽。百余年间，从没有发生过大的灾祸、兵变。吹奏叔孙通制定的礼乐，使用萧何制定的律令，因而国家昌盛，政治清明。

谁知安史之乱以后，物价昂贵，一绢布匹要卖万贯钱，战乱使得民不聊生，有田地而不能耕种，致使田园荒芜，到处是流血死亡的惨状。吐蕃攻陷长安，洛阳的宫殿就像东汉末董卓火烧洛阳宫殿一样被焚烧殆尽，好在他们仅又盘踞了半月，代宗皇帝就率兵收复了两京，重建了皇家祖庙，捣毁了吐蕃的巢穴。

不敢跟年高望重的人絮叨旧事，怕他们又从安禄山攻陷两京时说起，惹得彼此伤心。小臣我愚钝，没有成就大事的才能，犹记得当初，承蒙朝廷赐召补京兆功曹参军官职给我，但没及时赴任。只希望当今皇上能像周宣王恢复周代初期的政治那样恢复江山社稷，我虽然身在江汉流经的巴蜀地区，但也一样会感动涕零的。

蚕谷行

【题解】

这首诗大约作于唐代宗大历元年至大历四年（766—769 年）之间，确切年代难定，诸家说法不一。

诗中表达了作者希望把战争中使用的兵器作为农具，重现男人耕种、女人养蚕织布的和平时代愿景。当时安史之乱基本上已扑灭，因此杜甫希望战争早日停止，让战士都能解甲归田，同时也反映了当时广大人民的愿望。

此诗虽短，却是杜甫一千四百多首诗中最光彩夺目的一颗瑰宝。它是照亮历史诗界的一颗钻石，是杜甫诗思想精华的凝缩。

【原文】

天下郡国向万城①，无有一城无甲兵②！

焉得铸甲作农器③，一寸荒田牛得耕？

牛尽耕④，蚕亦成。

不劳烈士泪滂沱⑤，男谷女丝行复歌⑥。

【注释】

①郡国：郡和国的并称。汉初，兼采封建及郡县之制，分天下为郡与国。郡直属中央，国分封诸王、侯，封王之国称王国，封侯之国称侯国。后亦以"郡国"泛指地方行政区划。向：差不多。

②甲兵：铠甲和兵械。泛指兵器。《诗经·秦风·无衣》："王于兴师，脩我甲兵，与子偕行。"

③焉：怎么。农器：农用器具。

④尽：一作"得"。一本"耕"下有"田"字。

⑤烈士：指战士。滂沱：雨大貌，这里形容落泪。

⑥男谷女丝：即男耕女织，属于名词动用。行复歌：一边走，一边唱。行复：且又，且还。

【译文】

全天下各个郡县和国的城邑总和，差不多能有千万座，算起来，没有哪一座城池没有甲胄和兵器的！

由于连年战争，大量金属都用作制造兵器了，怎样才能把甲胄兵器重新改铸成农具，让每寸已经荒芜了的土地重新得到开垦，让无地可犁的牛都能够有用武之地去耕种呢？

其实道理很简单，只要有了金属铸造的农用工具，牛可以大尽其用、全力投入耕种，蚕桑业也会大有发展，创收可观的收成。

没有了战争，就再也不需要强迫各家各户的男丁奔赴残酷的战场，致使将士们洒泪如大雨滂沱，到那时，普天下都呈现出一片和谐的男耕女织盛况，家家户户都能安居乐业。人们可以一边悠然行走，且还可以一边唱着欢快的歌，那将是多么美好的生活。

奉送严公入朝十韵

【题解】

严公即是严武，字季鹰，华州华阴人，是杜甫朋友严挺之之子。唐肃宗上元二年（公元761年）十二月，严武以兵部侍郎任成都尹兼御史大夫镇守巴蜀，这期间对杜甫生活大加资助照顾，杜、严之间也往往诗酒唱和关系融洽，成为"忘年交"。唐代宗宝应元年（公元762年）四月，玄宗肃宗相继去世，代宗即位后召严武还朝，七月严武离开成都，杜甫远送严武至绵州，临别赠了这首五言排律诗。

诗中描述了朝廷君王更替、四海多难之际需要严武这样文韬武略满腹经纶旧臣，并嘱咐严武，回朝担任辅弼要职，一定要克尽职守，不要临危惜身。同时诗人也表达了自己滞留四川心中惆怅，希望自己此生不要终老蜀地，争取再回朝廷效力。

【原文】

鼎湖瞻望远，象阙宪章新①。
四海犹多难，中原忆旧臣②。
与时安反侧，自昔有经纶③。
感激张天步，从容静塞尘④。
南图回羽翮，北极捧星辰⑤。
漏鼓还思昼，宫莺罢啭春⑥。
空留玉帐术，愁杀锦城人⑦。
阁道通丹地，江潭隐白蘋⑧。
此生那老蜀？不死会归秦⑨！
公若登台辅，临危莫爱身⑩！

【注释】

①鼎湖：鼎湖是黄帝升仙处，《汉书·郊祀志》："黄帝采首山铜铸鼎于荆山下，鼎既成，龙有垂胡髯下迎，后世因名其处曰鼎湖"。此处以黄帝的升天来说明玄宗和肃宗的去世。象阙（quē）：指朝廷，沈约《上建阙表》："宜诏匠人，建兹象阙。"宪章：法制。

②多难：此时祸乱未平，所以说犹多难。旧臣：严武在玄宗时已为侍御史，肃宗时又为京兆少尹兼御史中丞（时年三十二），所以称为旧臣。

③安反侧：指平安史之乱。经纶：比喻一个人的文武才干。

④感激：奋发。张天步：张国运，指收复京师。从容：有应付自如之意。静塞尘：指镇守四川。

⑤羽翮（yǔ hé）：鸟羽。翮：羽轴下段不生羽瓣而中空的部分。比喻辅翼或辅佐者。北极：北极五星，其一曰北辰，是天之最尊星，古人多以喻朝廷或皇帝。

⑥漏鼓：漏是古代的计时器。古时官吏凌晨上朝，要先去朝房等待，时候到了，就击鼓为号，所以上朝常称为待漏或听鼓。思昼：等天亮。用"思"字是为了调平仄。宫莺罢啭（zhuàn）春：点明严武入朝已在夏天，宫莺都不歌唱了。啭：鸟叫得好听。

⑦玉帐术：古代兵家一种安营的方法，认为主帅在某月将营帐安在某个方位，敌人就无法攻破，是一种迷信。锦城：指成都。

⑧阁道：栈道。丹地：指皇帝的宫廷，因宫廷都用红色涂饰。这是说严武入朝。蘋（píng）：通"苹"，多年生的水生蕨类植物，茎叶浮在水面。

⑨会：定。秦：此处代指长安，这是说，严武走后，自己无所依靠，隐居江潭、白蘋之间是不能长久的，如果不死，定要北归，像严武那样效忠朝廷。

⑩台辅：即宰相。台：三台，星名，又名泰阶。辅：辅佐。古人认为这颗星和宰相有天人交感的关系，宰相得人，所以用台辅作宰相的美称。莫爱身：献身。

【译文】

据说鼎湖是黄帝升仙的地方，玄宗与肃宗二帝也先后抵达鼎湖仙境，遥望江山渺远。如今，代宗即位，朝廷原有的法制逐步更新。然而，五湖四海之内仍然是祸乱频起，致使国家多灾多难。您在玄宗时期就官拜侍御史，肃宗时又为京兆少尹兼御史中丞，所以此刻朝廷更加思念您这位两代朝臣。

想当年，安史之乱爆发，您应时而起，为平定战乱立下功勋，安抚了君王的忧心，您满腹经纶，自从入朝就显示出了卓越的治国才能。您慷慨奋发，收复京师壮大国运，您遇事沉着冷静、应对自如，从容地平定了西蜀的边争。

如今，您又像灵鸟扇动羽翼一样从蜀地返回京都，去朝廷辅佐新君。您心系国家命运，自从接到圣旨就开始准备动身，夜闻漏鼓声声，盼望天明即刻启程。即便这样，如此山高路远，恐怕到达之时也是春天已过，宫莺都停止了啁啾婉啭的啼鸣。只可惜，这里空留了您精妙的用兵之术，真不知您这一去，这里还能不能防住敌军，因而成都人民都为此愁苦万分。

您即将行经蜀地栈道，进入朝廷继续辅政，而我仍在江潭之滨隐居，有如浮在水面的白蘋。细细想来，我这辈子哪能就此碌碌无为而老于蜀地？如果不死，我一定要再回到关中跟您一样效忠朝廷！此番回去，您若能登上宰相之位，还望一如从前，面对危机来临之时，切莫顾怜自身！

叹庭前甘菊花

【题解】

此诗题一作"叹檐前甘菊花"。当是唐玄宗天宝十三年（公元754年）重阳节，杜甫居长安下杜城时，看到庭前迟开的甘菊花，不禁联想到自己的身世，有感而作。

诗中描绘了看到庭前甘菊花开却没赶上重阳佳节，叹息甘菊生不逢时，对甘菊花的遭遇表达了惋惜与同情，借以表达了自己因遭人馋毁而没能为国家平定叛乱尽力的愤慨；同时借甘菊喻君子，众芳喻小人。流畅之中巧妙地使葵花的文化寓意与诗人的高尚情操相得益彰，菊花的顽强执著精神与诗人永不磨灭的意志交相辉映，而菊花的意蕴也正是诗人敢于面对现实的勇气和不屈不挠的精神写照。

【原文】

庭前甘菊移时晚①，青蕊重阳不堪摘②。
明日萧条醉尽醒③，残花烂熳④开何益？
篱边野外多众芳⑤，采撷细琐升中堂⑥。

念兹⑦空长大枝叶，结根失所缠风霜。

【注释】

①甘菊：又名真菊，家菊，花黄，茎紫，气香而味甘，叶可作羹食。移时晚：谓移植已晚矣，故花开迟。

②蕊（ruǐ）：花蕊，花心。重阳：农历九月九日，为重阳节。堪：能。

③萧条：寂寥。醉尽醒：都已经在菊花酒的沉醉中醒来。古人喜欢酿菊花酒，此指因为开花晚没赶上被酿成菊花酒。

④烂熳（màn）：同"烂漫"。

⑤众芳：泛指野花。

⑥采撷（xié）：摘取。升中堂：花得以登庙堂之上，而甘菊反失其时。中堂：诗中代指高位。

⑦兹：现在，如今。

【译文】

庭前的甘菊花也许是我移栽得有些晚了，所以，已经到了重阳赏菊的时节，可它们的花蕊还是青青的没有绽开，自然也就不能摘下来了。

甘菊啊甘菊，你竟如此不知应时花开，一副别人皆醉你独醒的样子，如果你等到明天秋景萧瑟，人们已从菊花酒醉中醒来，你再开出残秋之花，即便开得再怎么灿烂又有什么用呢？

你再看看那篱笆边、野地之上，各种各样的野花竞相开放，扭捏作态比试芬芳，人们却将这些细碎琐屑的野花采来，摆在中堂之上观赏。

可怜你日夜经风历雨拼命生长，如今却空长了大而繁茂的枝叶，只因扎根太晚，错失了安身立命的最佳时机，终没能为之所用，那么你注定要被寒风纠缠，被秋霜摧残。

水会渡①

【题解】

唐乾元二年（公元759年）冬天，杜甫离开同谷前赴成都。在这次行程中，杜甫写了十二首纪行诗。此诗为其中之一。诗中"迥眺积水外，始知众星乾"是神来之笔,大有从骇人险境跳出来的豁然之感,很有"印象派"的神韵。

诗中描写了路途的艰辛和水陆存在的危险,诗人虽然在艰险面前略有紧张之感,但他骨子里所具有的博大胸怀促使他又无比豁达乐观,"歌笑轻波澜"虽然写的是船夫,但同时也表现了诗人平稳刚健的性格。在他心灵深处,总是闪烁着希望就在不远方,到了新去处,一切都会好起来的达观精神。通篇催人奋进。

【原文】

山行有常程,中夜尚未安②。

微月没已久,崖倾路何难③。

大江动我前,汹若溟渤宽。

篙师暗理楫④,歌笑轻波澜。

霜浓木石滑,风急手足寒。

入舟已千忧,陟巘仍万盘⑤。

迥眺⑥积水外,始知众星乾。

远游令人瘦,衰疾惭加餐。

【注释】

①水会渡:一个渡口的名字,大概是指合凤溪。一作"水回渡"。

②未安:没有安顿下来。

③崖倾:悬崖前倾。形容山崖陡峭的样子。何难:何等艰难。

④楫:船桨之类的划船用具。

⑤陟(zhì):攀登,登高。巘(yǎn):山峰,高山。盘:盘旋而上的山路。

⑥迥(jiǒng)眺:向远处眺望。迥:远的意思。

【译文】

在山路上行走,着实困难,每天都要走上一定的路程,半夜了还没有找到休息的地方安顿下来。此时,就连发出微光的月牙也早已落山,四周漆黑一片,向前倾斜的悬崖更是令人毛骨悚然,要想通过这条山路,可想而知是何等的艰难。

走着走着,就感觉脚下的地在颤动,忽然看见一条大江横在我面前,汹涌澎湃的江涛就像渤海一样宽阔苍茫。有几个船夫在黑漆漆的江面上整理着船楫，有说有笑，偶尔还唱起了船歌，根本不把这汹涌的波澜放在眼里。

夜深了，降霜以后的草木山石都显得特别湿滑，再加上寒风阵阵，手脚顿时感到冰凉，浑身发冷。在这样风寒夜冷的时候坐船过江，已经让人深感千般忧愁，然而过了江还要攀登高山，况且仍然是一条条盘旋而上的险路蜿蜒。

但不管怎样，路还是要走下去的。等渡过江以后，再回头远眺滔滔江水之外的天空，才发现，原来满天的星星是晶亮干爽的，而绝非是在水中湿漉漉地飘荡。

长途跋涉毕竟是一件非常艰苦的事情，总会让人疲惫消瘦，而人若是太过衰弱了，疾病就会接踵而来，我的身体这样瘦弱，真是令人惭愧，所以为了身体更加强健，此后一定要努力加餐。

发阆中

【题解】

阆中，位于四川盆地东北部，嘉陵江（古称阆水）中游，唐时为阆州治所。

这首诗是唐代宗广德元年（公元 763 年），杜甫由阆中（今属四川）回梓州（治今四川三台）途中所作。

从诗中可知，诗人的女儿病了，自己又流寓异地，接到信的时候已经数月，心里焦急万分，恨不得肋生双翅早些到家，其情甚苦。通过描写途中蛇虎为患，无村可避，暗示了当时国家内忧外患的形势，表达了诗人忧国忧民的情怀以及期盼早日天下太平的热切之情。

【原文】

前有毒蛇后猛虎，溪行尽日无村坞①。
江风萧萧云拂地，山木惨惨天欲雨②。
女病妻忧归意速，秋花锦石谁复数③？
别家三月一得书，避地何时免愁苦④？

【注释】

①"前有"二句：描写人烟稀少，坐了一整天的船也碰不到一个村庄。毒蛇：指安史之乱平息以后入侵大唐的吐蕃以及各地割据势力。猛虎：暗指唐王朝对百姓的横征暴敛。暗示当时唐朝正处在内忧外患之中。

②"江风"二句：描写溪行之景。云拂地：写云随风掠地而过，正是将雨之象。

③速：急速，快。锦石：水底有花纹的小石。

④别家：离开家。避地：为避难而流寓异地。杜甫自公元七五九年由华州避地秦州后，转徙至此时，已近五年，故有"何时"之叹。

【译文】

连年战乱以及官府的横征暴敛，造成人口急剧减少，沿途各地荒无人烟，行走之中小心翼翼，生怕前面有毒蛇蹿出来，又怕后面有追逐的老虎，就这样战战兢兢地乘了一整天的船，也没有看到一个村庄。

江面之上，寒风呼啸，地面弥漫着的层层云雾随风拂动。抬眼望去，只见山中林木惨惨戚戚，衰败不堪，天空之中阴云笼罩，似乎一场大雨即将来临，不禁令人倍感凄凉。

我的女儿病了，妻子很忧虑，此时心中万分焦急，只想快点到家，就算是江岸之上秋花招展，水底之下锦石遍地，可我哪还有心情去欣赏？

一封家书，离家几个月才收到，真不知现在女儿是否已经痊愈。为了避难而流落异地，流离辗转已近五年，苍天啊！什么时候才能结束这种愁苦与悲劳的日子呢？

宗武生日

【题解】

这是杜甫为勉励他幼子宗武写的一首诗，约为宝应元年（公元762年）秋所作。时杜甫送严武至绵州，因成都少尹兼御史徐知道作乱，遂入梓州（今四川三台），时宗武留在成都。这首诗的写作时间，一说杜甫当时送严武还朝到绵州，碰上西川兵马使徐知道乱入梓州，杜甫被困其中，而宗武在成都，因思念而作；一说此诗作于离开成都以后，是面命而不是遥寄，两说都可供参考。

诗中他嘱托儿子发扬和继承写诗的家风，告诫其子要趁青春年少及早努力，熟精《文选》，继承父志，体现了杜甫的教育思想，最后两句说自己以衰病之躯，也要为小儿子的生日开筵祝贺一番，足见父子之情深厚，此情可叹。

【原文】

小子何时见^①，高秋此日生^②。
自从都邑语^③，已伴老夫名。
诗是吾家事^④，人传世上情^⑤。
熟精文选理^⑥，休觅彩衣轻^⑦。
凋瘵筵初秩^⑧，欹斜坐不成^⑨。
流霞分片片，涓滴就徐倾^⑩。

【注释】

①小子：指杜甫的儿子杜宗武，小名骥子。见（xiàn）：出生。

②高秋：八九月份。宋子侯诗："高秋八九月。"生：出生。

③都邑语：《大戴礼》：百里而有都邑。此处指在成都写的诗。宗武是作者幼子，乳名骥子，作者多次写诗称赞他。如《遣兴》："骥子好男儿，前年学语时，问知人客姓，诵得老夫诗。"

④诗是吾家事：杜甫祖父杜审言，以诗知名于世，为"文章四友"之一。杜甫认为诗为自己的家学，故云。

⑤人传世上情：承上句，意为诗是杜家祖辈以为的事业，人们会以为我在成都给你写诗这只是世间寻常的父子情。

⑥文选：指《文选》，南朝梁萧统所编先秦至梁的诗文总集。集古人文词诗赋凡三十卷，是我国最早的一部文学总集。

⑦休觅彩衣轻：这句是说不必像老莱子身穿彩衣在双亲身边嬉戏。《列女传》载，老莱子行年七十二，著五色彩衣，以娱双亲。

⑧凋瘵（zhài）：老病。初秩：十年为一秩，意为第一个10岁。

⑨欹（qī）斜：倾斜，歪斜。杜甫衰弱多病，筵席间不能端坐，故云"欹斜"。

⑩流霞：传说中的仙酒。常用来形容美酒。流霞亦指浮动的彩云，联想到仙人餐霞，故云"分片片"。不得不说杜甫奇思妙想，用法奇特。涓滴：一滴滴。徐倾：慢慢地饮酒。杜甫因病，不能多饮酒，故云。

【译文】

若问我的小儿子是何时出生的，那一年高秋的今天正是你呱呱坠地时。自从我在成都写过想念你的诗，诗中提到你在咿呀学语时就能"问知人客姓，诵得老夫诗"之后，你伴着我的名字也已经被很多人知道了。

提笔作诗是我家祖辈相传的事，而人们也许会以为我在成都给你写诗，这只是世间寻常的父子情。儿啊，你要熟读精通《文选》之中的文思道理，以光耀家学，不要效仿春秋楚国的老莱子，年老到七十二岁了还身穿彩衣扮儿童，以娱悦双亲。

我年老病中也要像你十岁那年那样为你的生日开筵庆祝，我坐不起来就侧着身子，斜靠在椅子上，慢慢倒酒以细饮。这流霞仙酒，美食佳肴，如同仙人餐霞，一片又一片，一杯又一杯，那是莫大的享受，然而现在我年老体衰，不能多饮，那就让我为你的生日缓缓干杯吧。

九日寄岑参

【题解】

据《旧唐书·玄宗本纪》《资治通鉴》记载，天宝十三载秋，长安一带"霖雨积六十余日"，大雨成灾，农田淹没，关中饥荒遍野，堪称"稼穑不可救"，然而宰相杨国忠却取好庄稼来，向玄宗皇帝说："雨虽多，不害稼也。"这首诗正作于这时期。岑参是杜甫好友，那时已辞安西四镇节度幕府书记职，返长安。面对当前的局势，杜甫以诗代柬，寄寓浓郁的深厚友情。

这属于寄赠之作，相当于一封诗歌体的书信。杜甫在诗中，一方面表达重阳节不能共赏秋菊把酒论诗的遗憾与惋惜；一方面对于遭遇天灾给苍生带来的苦难，所给予了一定的关怀和同情，以及对当时朝政的极度不满与痛恨。

【原文】

出门复入门，雨脚但如旧①。

所向泥活活，思君令人瘦②。

沉吟坐西轩，饭食错昏昼③。

寸步曲江头，难为一相就④。
吁嗟乎苍生，稼穑不可救⑤！
安得诛云师，畴能补天漏⑥？
大明韬日月⑦，旷野号禽兽。
君子强逶迤，小人困驰骤⑧。
维南有崇山，恐与川浸溜。
是节东篱菊，纷披为谁秀⑨？
岑生多新语，性亦嗜醇酎⑩。
采采黄金花⑪，何由满衣袖。

【注释】

①复：是再三再四。因为雨所困，故方欲出门访友，又复入门。雨脚：一作"两脚"。但：只是。如：一作"仍"。

②泥活活：古读"括"音，走在泥沼中所发出的声音。思：想念。

③饭食错昏昼：阴雨不辨昏昼，故饭食颠倒。昏昼：黄昏与白昼。

④寸步：是说离得很近。相就：主动靠近之意，即相互去拜访。

⑤吁嗟乎：表叹息，虚词无实意。稼穑（jià sè）：春耕为稼，秋收为穑，即播种与收获，泛指农业劳动。

⑥诛：责罚。云师：云神，名丰隆，一说名屏翳。畴：古同"谁"。

⑦大明：即指日月的光辉。韬：韬晦。日夜下雨，故日月尽晦。

⑧君子：指朝廷官员。逶迤：犹委蛇，从容自得的样子。《诗经·召南》："委蛇委蛇，退食自公。"这句是说朝官虽有车马，但上朝退朝，来往泥泞，也

只能勉强摆出一副官架子。语含讥讽。按白居易《雨雪放朝》诗："归骑纷纷满九衢，放朝三日为泥途。"可见唐代原有因大雨大雪而放假的说法，但这一年雨下了六十多天，当然不能总放朝。小人：指平民和仆役。他们都是徒步，所以困于奔走。驰骤：疾奔，这里指为生活而奔走。

⑨纷披：是盛开的样子，为谁秀：因雨天不能赏玩，所以说"为谁秀"。

⑩新语：一作"新诗"。醇酎（chún zhòu）：即醇酒，醇厚的美酒。

⑪采采：采了又采。黄金花：指菊花，古人多用菊花制酒。

【译文】

今日，本想应邀出门前去造访，却又不得不返回门内，只因那密集落地的雨点依然下个不停。去往你家的道路太过泥泞，想去看望你，但此时无法启行，日夜思念你，不禁使我容颜消瘦。

我独自坐在西窗下深思不已，整日里魂不守舍，连吃饭也辨不清是黄昏还是白昼。虽然你我分住在曲江两头，我距您的住处并不遥远，却难得一见，无法相互拜访叙旧。

唉！更加可悲叹的是，天下那些受苦受难的老百姓，被两个多月连日大雨淹毁的庄稼是无可挽救了。粮食绝收，百姓何以生存！真不知，怎么才能重重地责罚那可恶的云神，谁能去修补那苍穹漏雨的天洞？

日和月隐去了光辉，使天地笼罩在阴暗之中，百姓凄苦，禽兽在空旷的原野里哀号。官员们虽然有车马，但上下朝时走在泥泞的雨中，也只能勉强装出从容自得的样子，而仆役和老百姓出行靠双脚，所以只能是被困于泥泞之中，为了生活而艰难地来回奔走。

城南边有座终南高山，恐怕此时也会被这大雨形成的急流淹没漂走。现在正是重阳佳节登高望远、采菊酿酒的好时候，你看这东篱的菊花盛开得多么美好，此时却不能携同友人一起欣赏，菊花啊菊花，不知你此时为谁开得这般隽秀？

我很钦佩岑生你有那么多新颖隽美的诗篇佳句，生性也是特别喜欢豪情畅饮香醇美酒。在这绵绵不休的雨中，眼看着繁盛的黄菊花神采依旧，而此时采摘定能制造出佳酿美酒，我想，你一定会采了又采，甚至是发愁怎样才能装满你的衣袖。